Ausschuss

JAN OFF

AUSSCHUSS

ROMAN

ventil

Jan Off: Geb. im Jahre des Herrn 1967 in Nowosibirsk; Mitglied im Vereinsvorstand von Traktor Tscheljabinsk; Bachmannpreisträger der Herzen; zurzeit in Hamburg ansässig.

www.jan-off.org

Erstveröffentlichung:
Lautsprecherverlag, Stuttgart, 2003

1. Auflage Dezember 2008
ISBN 978-3-931555-665

Lektorat: Theo Bender
Layout/Satz: Oliver Schmitt
Umschlag unter Verwendung einer Grafik von Łukasz Sławiński (www.myspace.com/lukazzo)
Druck: Fuldaer Verlagsanstalt

VENTIL VERLAG
Augustinerstraße 18, 55116 Mainz
www.ventil-verlag.de

Gewidmet dem ehrenwerten Knut Gabel.
Dank gebührt Katharina Arendt und Karen Ulber.

Beim ersten Mal da tut's noch weh
da glaubt man noch, daß man es nie verwinden kann
doch mit der Zeit so peu à peu
gewöhnt man sich daran
Hans Albers

1

»Ja, zwei Jahre Jugendknast und dann noch mal dreizehn Monate in Växjö. Wegen Körperverletzung.«

»Mhhh.« Der Langhaarige zu Burkhards Rechten wandte sich ab und begann sichtbar gelangweilt, die matschigen Früchte in seiner Erdbeerbowle mit dem Strohhalm zu verrühren.

»Zur Zeit bin ich auf Bewährung draußen.«

Diesmal kam überhaupt keine Rückmeldung.

Burkhard nahm es gelassen. Auf den Hippie war geschissen. Im Vergleich zu der Braut hinter der Theke ein vollkommen unbedeutender Mitbürger. Echter Menschenmüll; hatte wahrscheinlich schon so viele Orgasmusworkshops und Batik-Seminare hinter sich, daß ihm die Gehirngrütze zu Jauche mutiert war. Niemand, dessen grindiger Gesichtsattrappe man hinterhertrauern mußte, schon gar nicht, wenn sich circa drei Liter Bier in der eigenen Blutbahn tummelten.

Die leckere Ananasfrisur, die da gerade mit eleganter Routine eine Zitrone in Scheiben zerlegte, war dem Tantrajünger in jeder Hinsicht vorzuziehen. Schade nur, daß es Burkhard bisher nicht gelungen war, sie in ein Gespräch zu verwickeln. Sie traf seinen Geschmack wie eine gut gezielte Mörsergranate den flüchtenden Planwagen. 1-A-Figur in einem bauchfreien Shirt und weitgeschnittenen Armeehosen; durchtrainiert, aber nicht zu muskulös – eher Hürdenläuferin als Diskuswerferin. Dazu ein markantes Gesicht mit hohen Wangenknochen und einem Blick, so verheerend wie Ebola-Viren. Eine Amazone, ganz klar – abgeschmeckt und überzuckert mit einer stolzen Nackenlinie und einer Nase zum Abbrechen, einer Nase, die ihm aus unerfindlichen Gründen das Prädikat griechisch ins Bewußtsein drückte. Aber ob griechisch, römisch oder phönizisch – das war nebensächlich. Entscheidender war der Gedanke, daß er diese Tochter des Zeus unbedingt von seinen einzigartigen Qualitäten überzeugen mußte.

Mehrfach hatte er es bereits versucht, hatte seine Bestellungen ab dem vierten Bier mit ausgeklügelten Beweisen seines Charmes gewürzt, war aber jedesmal an ihrer frostigen Fassade festgefroren. Jetzt war sie fällig. Sein Blutalkoholgehalt hatte endlich den nötigen Mindeststand erreicht. Er war jung, clever und gutaussehend. Und er war neu in der Stadt. Er war der geheimnisvolle Fremde, der heimatlose Abenteurer ohne Furcht und ohne Gewissen.

Lässig steckte er sich eine Zigarette an. Dann hielt er, um die Aufmerksamkeit der Hürdenläuferin zu gewinnen, seine leere Flasche in die Höhe. Sie bemerkte ihn. Aber sie ließ ihn einen unendlichen Moment lang zappeln. Ein eindeutiger Beleg für Burkhards Vermutung, daß sie ihren Job nicht erst seit gestern ausübte.

Als sie sich schließlich zu ihm über den Tresen beugte, hatte sein Plan erste Risse bekommen. Ihre Stimme, ein jadegrüner Flokati, in dem ein ausgewachsener Waran locker hätte versinken können, ließ aus den Rissen Einschußlöcher werden.

»Willst 'n neues?«

Burkhard spürte seinen Magen wegsacken. Aber er riß sich zusammen. Er war Jean-Paul Belmondo in *Atemlos*. Er war tough.

»Ich denk, ich nehm 'nen Whisky«, sagte er so ruhig wie möglich, wobei er versuchte, jede Silbe zu betonen.

»Scotch oder Bourbon?«

»Äh ... Bourbon. Ohne Eis, bitte.«

Während sie den Drink eingoß, arbeitete Burkhards Schaltzentrale fieberhaft an einem passenden Auftakt zu der geplanten Großoffensive.

Die Tätowierung bot sich an. Sie hatte da so ein chinesisches Schriftzeichen am Hals. Ja, das war es. Eine Attacke gegen die persönliche Eitelkeit. Unschlagbar.

»Hey, diese Tätowierung. Is' das nich' das Symbol für Fruchtbarkeit?«

Sie sah ihn durchdringend an. Dann formten ihre Lippen eine tödliche Antwort.

»Knapp daneben, Cowboy. Das ist das Symbol für weibliche Kastrationsphantasien. Es soll Spinner und Nervensägen fernhalten.«

Das war deutlich.

Burkhard schluckte. Er wollte etwas sagen, irgendwas, das zum Ausdruck bringen sollte, wie wenig er mit dem eben genannten Menschenschlag gemein hatte. Aber mehr als ein ›Hey, warte‹ brachte er nicht zustande. Die Besitzerin der Tätowierung war derweil längst zum anderen Ende der Bar gerauscht, zeigte ihm ihren Hintern wie eine Katze, die sich über das ständige Billigfutter beschwert.

Burkhard betäubte die Schmach, indem er den Bourbon in einem Zug zu Grabe trug. Er hätte gern noch einen bestellt, am besten zwei oder drei. Aber für keine Droge der Welt hätte er die Hohepriesterin hinter der Theke noch einmal ansprechen wollen.

Hatte er vorhin noch großzügig sein Seemannsgarn gesponnen, stand ihm jetzt eher der Sinn nach Kontemplation. Die Metze hatte seine gute Laune unwiederbringlich dahingemeuchelt. Bitter, aber wahr: Ein verheißungsvoller Abend war abrupt auf Grund gelaufen. Hohe Zeit, nach Hause zu reiten.

Burkhard schmiß einen Fünfziger auf die Theke und schwankte aus der Tür. Er würde sich an der Tag- und Nachttankstelle noch ein paar Halbe besorgen.

2

Ich krache den Bordstein runter; das Brett gerät ins Trudeln, droht umzukippen, aber ich halte den Fliehkräften stand und zwinge die vier komplett abgefahrenen Räder zurück in die Spur. Dann gebe ich Stoff, paddle mit meinen Monsterarmen wie ein Irrer, bis ich die Hügelkuppe erreicht habe. Das Gröbste ist geschafft. Mein Puls darf wieder Kurzarbeit verrichten.

Ich lasse derweil die Schwerkraft für mich arbeiten, rase mitten auf dem Asphalt an einer Schlange wartender Autos vorbei.

Rotlicht fordert mich auf, einen Zwischenstop einzulegen. Aber die Straßenverkehrsordnung hat mich noch nie interessiert; außerdem bin ich zu schnell, um das Brett jetzt noch zum Stehen zu bringen. Und so schieße ich über die Kreuzung, manövriere meinen Beinersatz durch die querfliegenden Blechgranaten, wobei ich nur knapp an einem Sammeltaxi vorbeischramme. Verdammt knapp sogar.

Als ich schließlich die Avenida Eduardo Molina erreiche, der Abhang also langsam ausläuft, nehme ich das Tempo soweit raus, bis ich mich gefahrlos umdrehen kann. Von Hoppe und dem Kambodschaner ist nichts mehr zu sehen. Ein Umstand, der mich nicht weiter überrascht. Mich zu Fuß einzuholen ist ein Ding der Unmöglichkeit. Ich habe das früher zur Genüge ausprobiert, habe mein bescheidenes Taschengeld mehr als einmal dadurch aufgebessert, daß ich die Jungs aus dem Viertel, diese unappetitliche Mischung aus aufgepumpten Nachwuchskriminellen und Hinterhofschlägern, zum Rennen herausforderte.

Nebenbei habe ich mir auf diese Weise die erste intensive Begegnung mit dem anderen Geschlecht ergattert.

Ein Typ namens Turek Jacoby, auch einer der zahllosen Unbelehrbaren, die dem Irrglauben anhängen, Krüppel seien zu keiner Leistung fähig, mußte sich mir auf der Meile geschlagen geben. Vom Krebsgeschwür ständiger Zahlungsunfähigkeit befallen, bot er mir an, die fälligen Wettschulden von der flinken Zunge seiner Freundin begleichen zu lassen.

Obwohl das Mädchen, ich glaube sie hieß Marina, nicht gerade mit Schönheit geschlagen war, griff ich sofort zu. Damals dachte ich noch, daß sich eine derartige Gelegenheit nie wieder bieten würde. Das große Ereignis ging dann ziemlich unspektakulär über die Bühne. Sie besorgte es mir nach der Schule in einem Gebüsch neben der Hochsprunganlage. Ich kam vor lauter Aufregung zu schnell und fand die ganze Sache nicht viel spannender als die Pornohefte, die ich bei meinem Alten in der Remise entdeckt hatte.

Da gab es wenigstens nacktes Fleisch zu bestaunen, während ich hier nichts weiter als einen auf- und abwippenden Pferdeschwanz zu sehen bekam. Dennoch hat sich diese erste Begegnung mit der Sünde in mein Gedächtnis gebrannt. Kaum, daß ich abgespritzt hatte, erhob sich Marina, oder wie auch immer sie hieß, brachte ein besticktes Taschentuch zum Vorschein und tupfte sich mit einer überaus affektierten Geste die Lippen ab. Der Ausdruck der Verachtung, der dabei in ihren Augen lag, läßt mich heute noch erschauern.

Aber gut in Form war ich damals; auf den ersten Blick bin ich das immer noch. Meine Oberarme besitzen nach wie vor den Umfang von Abflußrohren. Verfolgungsjagden sollte ich allerdings in Zukunft auf ein Minimum reduzieren. Meine Nerven vertragen diese Art des Wettstreits immer weniger.

Das Geschäft ist eben aufreibend, und es wird nicht angenehmer, im Gegenteil. Die Kundschaft benimmt sich von Tag zu Tag närrischer. Ein Freak drückt dem nächsten die Stafette in die Hand, und wer vorgestern noch Freak war, kann gestern schon Zombie geworden sein.

Der Kambodschaner ist so ein Kandidat; dem gebe ich höchstens noch ein halbes Jahr. Eigentlich ein grundguter Zeitgenosse, aber das verfluchte Crack hat ihm schon einen gewaltigen Teil der Seele weggeätzt. Von Hoppe will ich in diesem Zusammenhang gar nicht erst anfangen. Weitaus schlimmer allerdings ist der Nachwuchs. Es ist noch keine drei Wochen her, daß mir ein verdammter Fünfzehnjähriger seinen Pitbull auf den Hals gehetzt hat. Bei meiner Größe ein durchaus lebensbedrohliches Unterfangen. Das Vieh hätte noch nicht mal springen müssen, um mir die Kehle durchzubeißen. Zum Glück hatte ich eine Dose Reizgas an Bord.

Ja, die Backfische sind mit Abstand am gefährlichsten. Kaum, daß sie die seligmachende Wirkung von Drogen für sich entdeckt haben, pfeifen sie sich auch schon alles ein, was der Markt zu bieten hat. Und dann dauert es nicht lange, bis das, was eben noch den hoffnungsvollen Ansatz einer Persönlichkeit darstellte, einer Sickergrube gleicht, einem übelriechenden Gemisch aus Gier und unkontrollierter Gewaltbereitschaft.

Nicht, daß es in dieser Branche jemals so etwas wie Anstand gegeben hätte, aber im Vergleich zum *zukünftigen* Ausschuß dieses Landes handelt es sich bei Hoppe und Konsorten beinahe um Simulanten. Ich sehne den Tag herbei, an dem ich dieser ganzen Mischpoke adieu sagen kann. Ich werde ans Meer ziehen, ein bißchen Angeln, ein bißchen Kartenspielen, was auch immer. Hauptsache, ich kann meine Zeit ohne diese ständige Anspannung vergeuden.

Vielleicht nehme ich Martha oder die Mädchen mit. Mal seh'n. Mit den Geschäften wird dann auf jeden Fall Schluß sein.

Das Gewerbe entläßt selten jemanden ohne Narben in die Rente. Ich besitze den Ehrgeiz, zu den wenigen Ausnahmen zu gehören (auch wenn es sich in meinem Fall hoffentlich um eine Frührente handeln wird).

Bis dahin müssen noch ein paar Kilogramm unters willige Volk gebracht werden. Fürs erste brauche ich allerdings selbst ein bißchen Stoff. Meine zerrütteten Nervenstränge schreien nach Balsam. Also verlasse ich die erleuchtete Avenida, dirigiere das Brett an den Beinen der Amüsierwilligen vorbei in eine der zahllosen heruntergewirtschafteten Nebenstraßen.

Vor der unliebsamen Umwelt durch einen Müllcontainer geschützt, fische ich die Filmdose aus meiner Jacke, tunke den Zeigefinger in den giftigen Staub und gönne meinen Schleimhäuten ein kurzes Brennen. Das ist meine Dosis. Mehr benötige ich nicht. Und das noch nicht mal täglich. Wenn du dein Geld mit Drogen verdienst, bist du gut beraten, die Finger von dem Dreck zu lassen. So lautet die goldene Regel. Aber darauf scheiße ich. Ich habe mich noch nie für Regeln interessiert. Auch ich brauche meinen Kick. Jeder braucht was zum Abheben. Und wenn du das Zeug gleich beutelweise zu Hause rumliegen hast, noch dazu so gut wie ungestreckt, dann liegt es einfach nahe, sich auch da zu bedienen. Wichtig dabei ist allein die Selbstdisziplin.

Diese unendliche Gier, die Maßlosigkeit – das ist es doch, was die meisten Verbraucher in der Umlaufbahn verglühen läßt. Die Droge selbst ist genauso unschuldig wie ein bissiger Hund, den du in seiner Jugend zu oft geprügelt hast. Letzten Endes geht es immer um Todessehnsucht. Ich kenne das. Nachdem mir dieser gottverfickte Tanklastzug damals die Beine zermatscht hat, habe ich mich jahrelang nach einem Grab gesehnt. Irgendwann habe ich dann festgestellt, daß ich auch auf vier Rädern reich werden kann. Und seitdem will ich leben.

3

Der Alte kauerte sabbernd in seiner Ecke, vor sich einen Blechnapf mit Essensresten. Die Kette hatte sich mehrfach um seinen linken Unterschenkel gewickelt. Seine verdreckten Klamotten verströmten einen beißenden Gestank.

Der Spast hatte sich also wieder mal vollgepißt – er hatte da zwar einen Eimer stehen, aber den benutzte er immer seltener. Irina schüttelte sich bei dem Gedanken, daß sie auch diese Schweinerei irgendwann würde beseitigen müssen. Einmal mehr überkam sie der Wunsch, daß das alkoholverseuchte Stück Scheiße endlich sterben möge. Sein Anblick war schon schlimm genug, aber daß sich der Versager auch noch regelmäßig einsaute, war der absolute Überhorror.

Sie nahm sich ein Bier und setzte sich für einen Moment an den Küchentisch. Kaum, daß sie die Dose geöffnet hatte, erwachten die Augen des Alten aus ihrer Starre und begannen, um einen Schluck zu betteln. Seine Mundwinkel zuckten, seine Lippen versuchten einen Laut zu formen. Aber es gelang ihnen nicht. Der zahnlosen Abfallgrube entwich nichts als ein hilfloses Gurgeln.

Irina überlegte, wie lange es her war, daß er seinen letzten verständlichen Satz gesagt hatte. Mußte in der Zeit gewesen sein, als Bertrand auf die Idee mit der Kette verfallen war. Vor ungefähr drei Jahren also. Seitdem hatte er nicht mehr gesprochen, höchstens gewinselt. Aber selbst das tat er nicht mehr. Scheinbar hatten Bertrand und Haimar ihn davon überzeugt, daß nur sein völliges Schweigen Überleben bedeutete.

Sie fühlte nichts als Verachtung für diese Kreatur, für diesen Schwächling, dessen ungesunder Same sie gezeugt hatte. Für einen Moment überkam sie das Verlangen, ihm das Bier direkt unter die Nase zu halten. Nur solange, bis er danach griff, bis seine gichtigen Finger ins Leere schossen. Aber sie verwarf den Gedanken.

In der Spüle stapelten sich mehrere Kilo Geschirr – verkrustet wie Baumrinde und zum Teil mit Schimmel überzogen. Wenn Bertrand hier auftauchte – womit immer zu rechnen war –, verfiel er womöglich auf die Idee, gerade heute den großen Abwasch ins Programm zu nehmen. Sie mußte so schnell wie möglich raus aus diesem Schweinestall. Irgendwohin, irgendwas Gutes erleben. Zum Glück war Freitag. Da war die Aussicht auf ein bißchen Spaß nicht völlig verhangen.

Irina trank das Bier aus und schmiß die leere Dose in Richtung des Alten. Mit etwas Geschick konnte er sich das Teil mit dem Fuß angeln und die Reste herauslutschen. Sie packte sich in die Jacke und verließ das Haus.

Auf dem Hof kam Serge auf sie zugelaufen. Auch er an der Kette. Sein wedelnder Schwanz verriet seine naive Hoffnung auf einen späten Spaziergang.

Seltsam, wie sich die beiden Gefangenen doch voneinander unterschieden. Während der eine ungebrochen an seine Chance glaubte, war der andere längst in eine totengleiche Starre verfallen.

»Ein anderes Mal, Alter.« Irina nahm den schweren Kopf des Mastino in beide Hände und gab ihm einen flüchtigen Kuß auf die Schnauze. Dann lief sie los, vorbei an den unzähligen Autowracks und den stillgelegten Traktoren bis zu einem Loch im hinteren Teil des morschen Bretterzauns; ein Fluchtweg, der schon so lange existierte, wie sie denken konnte. Sie schlüpfte hindurch und kämpfte sich durch die Brombeerhecke zum Bahndamm.

Es war dunkel wie im Gehirn einer alternden Puffmutter. Aber Irina fühlte sich nicht unwohl. Wer mit Bertrand und Haimar aufwuchs, der hatte nur zwei Möglichkeiten. Entweder er schmiß seine Furcht über Bord oder er ging kaputt wie der Alte. Nein, die Dunkelheit ängstigte sie in keiner Weise. Im Vergleich zu den schleimigen Lichtern der Vorstadt, besaß die fette Schwärze etwas geradezu Beruhigendes.

Leider dauerte der angenehme Teil der Reise nur kurz. Dann hatte es sie einmal mehr zwischen seinen morschen Zähnen, das verschissene Ghetto – die ungezählten Waben mit ihrem nie endenden Ausfluß.

Überall standen sie herum, die Gescheiterten, die Freaks, die Aussätzigen; ausgemusterte Roboter, die nur noch von einem Vollrausch zum nächsten denken konnten. Sie pfiffen ihr hinterher, sie machten zweideutige Bemerkungen und dreckige Witze. Ein letztes Aufbäumen ihrer verdorrten Hoffnungen. Beinahe mitleiderregend.

Ansonsten ließen sie sie in Ruhe. Meistens. Irgendwie schienen sie zu spüren, daß sie bereit war, jederzeit bis zum Äußersten zu gehen. Für den Fall, daß ihr doch mal einer zu nahe kam, besaß sie ein einfaches, aber wirkungsvolles Rezept. Sie sah dem Wichser fest in die Augen, während sich ihr Geist mit aller Kraft der Vorstellung hingab, wie es wäre, ihm die Eier abzuschneiden. Das half fast immer. Und wenn nicht, so war da noch ihr Butterflymesser; guter schwedischer Stahl, der die telepathische Botschaft mit Fakten anreichern konnte.

Benutzt hatte sie es noch nie, hervorgeholt eher selten. Daß die Asseln sich wirklich an sie heranwagten, war eben der absolute Ausnahmefall.

Heute allerdings versuchte sich ein alter Sack über die Grenze zu schleichen.

Sie hatte sich gerade auf eine der vollgeschmierten Betonbänke gesetzt, um auf die Metro zu warten, als der Penner herangeschlurft kam. Seine Stirn zierte eine offene Wunde, seine von grauen Bartstoppeln umrandete Fresse spuckte eine Fahne aus, die töten konnte.

Er versuchte es mit der Schnorrermasche.

»Nun, schönes Fräulein, Ihr habt wohl nicht zufällig eine Kopeke für einen vom Schicksal gebeutelten Fahrensmann?«

Irina schwieg einfach.

»Dann vielleicht ein wenig Tabak?«

»Verpiß dich!« gab sie zurück.

Aber der Penner hatte was an den Ohren, peilte es nicht, war wahrscheinlich schon komplett hirntot.

»Aber Majestät, Ihr werdet doch einen alten Soldaten nicht abweisen.« Er brachte sein zerfurchtes Gesicht ganz nahe an das ihre heran. Tropfen seines stinkenden Speichels sprühten ihr in die Augen.

Das genügte. Irina packte ihn bei den angefressenen Ohren und gab ihm eine Kopfnuß.

Als sie in die U-Bahn stieg und sich ein letztes Mal umwandte, wälzte sich die Schmeißfliege noch immer auf dem Boden herum.

4

Gerade als mir der erste Schwall köstlich bitteren Schleims die Kehle hinunterrinnt, das betörende Stärkungsmittel sich also langsam daran macht, von mir Besitz zu ergreifen, tauchen meine Verfolger wieder auf.

Ich will das Brett eben zurück auf die Avenida dirigieren, als ich die beiden Vollblutirren keine dreißig Meter entfernt aus einem Taxi steigen sehe. Welch unglaublicher Instinkt sie bewogen hat, den Kutscher gerade an dieser Stelle halten zu lassen, ist eine Frage, deren Beantwortung ich auf später verschiebe. Vorab steht erst einmal Selbstschutz auf dem Speiseplan. Denn Hoppe und der Kambodschaner haben mich ebenfalls entdeckt.

»Da ist das Schwein!« brüllt Hoppe, und ich meine zu erkennen, wie sich sein stumpfes Bauerngesicht zu einer haßerfüllten Fratze verzieht.

Für weitere Betrachtungen fehlt mir die Muße. Ich muß zusehen, daß ich hier wegkomme. Leider lege ich diesmal einen Fehlstart hin. Ich bin zu hektisch und übersehe eine weggeworfene Zeitung, die sich zwischen den Rädern verfängt und mich empfindlich ausbremst, noch bevor ich halbwegs auf Geschwindigkeit bin. Diese verschissene Nebenstraße ist einfach zu vermüllt; zu schwieriges Terrain, selbst für einen alten Querfeldeinspezialisten wie mich. Verbissen kämpfe ich mich durch den Much, spüre aber, daß ich es diesmal nicht schaffen werde. Und tatsächlich holt mich nur einen Moment später ein harter Schlag vom Brett, fegt mich wie einen Federball in einen Stapel ausrangierter Obstkisten. Der Schmerz ist ungeheuer und raubt mir für eine unendliche Sekunde die Sinne.

Als ich wieder Sicht bekomme, starre ich direkt in Hoppes Hackfresse. Er grinst wie ein Untoter und winkt mir mit einem soliden Baseballschläger der Marke Louisville. Hinter seiner linken Schulter lugt die undurchdringliche Visage des Kambodschaners hervor. Wie immer steckt ihm eine Kippe in der Freßluke.

Die Situation könnte unangenehmer nicht sein. Aber ich habe ja noch meine 45er. Die gute alte Bleispritze mit eingebautem Schutzengelfaktor. Leider nur ein Plastikimitat aus vietnamesischer Produktion. Aber um den beiden Kleingeistern vor mir ein wenig Anstand beizubringen, sollte sie reichen.

»Hey Jungs, laßt uns die Angelegenheit in Ruhe besprechen«, starte ich das notwendige Ablenkungsmanöver, während sich meine Rechte langsam ins Innere meines Jacketts vortastet.

Unglücklicherweise nicht langsam genug, denn schon bekomme ich wieder die Keule zu schmecken. Diesmal trifft sie mein Handgelenk (mein rechtes natürlich), das sich dafür mit einem lauten Knacken bedankt. Da scheint empfindlich was kaputtgegangen zu sein. Jetzt wäre Erste Hilfe gefragt, aber davon versteht Hoppe nichts. Sein Gebiet ist das mittelmäßige Kopieren irgendwelcher C-Film-Helden.

»So, und nun zum Geschäftlichen«, tönt er. »Für den Dreck, den du uns letzte Woche untergeschoben hast, schuldest du uns vierhundert Steine. Also pack schön die Taschen aus und gib den beiden freundlichen Onkeln ihr Geld zurück.«

Ich weiß, daß meine Lage eine gewisse Höflichkeit erfordert. Aber ich kann vor diesen Idioten unmöglich auf dem Boden herumkriechen (wobei ich diesen Begriff ausdrücklich im *geistigen* Sinne verstanden wissen möchte). Meine Selbstachtung würde mir eine derartige Schwäche niemals verzeihen. Also raffe ich mich zu einer mehr als halbherzigen Erwiderung auf: »Wenn ihr der Meinung seid, daß ich euch Geld schulde, dürft ihr euch gern an meinen Konkursverwalter wenden.«

Noch während meine Lippen diese Worte formen, weiß ich, daß sie mich ein gutes Stück Gesundheit kosten werden. Dennoch ist es immer wieder faszinierend zu beobachten, was für unterschiedliche Reaktionen ein großes Maul hervorrufen kann. In diesem Fall tut sich Folgendes: Hoppe starrt wie ein strunzdebiler Rohypnol-Freak (und nichts anderes ist er ja auch) an meinem linken Ohr vorbei, und für einen Moment kommt mir der durchaus erheiternde Gedanke, er könne über meinen Satz ernsthaft nachdenken. Der Kambodschaner zeigt sich da wesentlich agiler: »Okay, Puta. Wenn du Schmerzen willst, sollst du Schmerzen bekommen.«

Verdammt, ich habe es mit zwei echten Cineasten zu tun. Wobei ich darauf wetten könnte, daß der Kambodschaner sich hauptsächlich mit Snuff-Videos beschäftigt.

Er tritt aus Hoppes Schatten heraus und verpaßt mir mit der Spitze seines Kroko-Lederstiefels einen sauberen Dropkick gegen die Stirn. Jetzt steigt auch Hoppe in den Ring – die Aktion hat ihn scheinbar aus seinen tiefgründigen Betrachtungen gerissen. Und so verpassen mir vier hochmotivierte Fäuste eine Tracht Prügel, die meine Nehmerqualitäten auf eine nicht zu meisternde Probe stellt. Bevor ich ins wohltuende Reich der Ohnmacht entschwinde, bekomme ich gerade noch mit, wie die beiden Kakerlaken meine Taschen durchwühlen.

Als ich mich entschließe, in die Wirklichkeit zurückzukehren, hat sich mein Besitztum entscheidend verringert. Neben der Filmdose vermisse ich fünf große Scheine und einen überaus kostbaren Siegelring. Selbst die Plastikwumme ist verschwunden. Dafür bin ich um drei Dutzend Hämatome reicher. Auf meinen Händen entdecke ich Brandwunden. Im Gesicht habe ich sicher auch welche. Ein Andenken des Kambodschaners. Der Arsch kann seine Zigarette noch nicht mal beim Prügeln zur Seite legen.

Wirklich ernsthafte Schäden kann ich nach einer ersten Überprüfung allerdings nicht ausmachen. Meine leidgeprüften Knochen fühlen sich zwar ziemlich verbeult an, bis auf mein Handgelenk scheint aber alles funktionsfähig geblieben zu sein.

Mein Valentino-Jarbatto-Jackett kann ich dagegen der Altkleidersammlung spenden. Es ist an mehreren Stellen zerrissen und mit mindestens einem halben Liter Blut besudelt. Alles in allem also ein recht empfindlicher Schlag für mein Betriebskapital. Und das nur, weil die bulgarischen Amphetamine, die ich letzte Woche vertickt habe, den beiden Armleuchtern nicht genug Gehirnzellen weggefressen haben. Jesus, was kann ich dafür, wenn meine Klienten die Begriffe erlesen und minderwertig nicht unterscheiden können. Sei's drum, viel Freude wird den beiden meine Habe nicht bereiten. Denn eins ist klar: An einer Bestrafung führt kein Weg vorbei. Eine Bestrafung, die schnell und vor allem mit gnadenloser Härte ausgeführt werden muß. Sonst kann ich mein Gewerbe gleich ins Seniorenheim verlagern; den zitternden Greisen heimlich Schnaps und Tittenmagazine aufs Zimmer liefern.

Zum Glück verfüge ich über einschlägige Kontakte. Verbindungen, die umgehend informiert werden müssen. Dummerweise hat das Rollkommando mein Mobiltelefon außer Gefecht gesetzt. Es liegt zertreten an der Stelle, an der sich, so ich denn welche hätte, meine Füße befinden müßten. Egal, werde ich eben eine Münze für die nächste Telefonzelle schnorren. Dafür brauche ich allerdings mein Brett.

Ich sehe mich um, durchforste den herumliegenden Abfall, die gebrauchten Spritzen, das zerbrochene Glas und die menschlichen wie tierischen Exkremente. Aber ich kann nichts entdecken.

Nachdem ich gut zehn Minuten lang panisch durch das Gelumpe gerobbt bin, verdichtet sich die Befürchtung, die verschissenen Speedsklaven hätten das Teil einfach mitgehen lassen, und ich will schon aufgeben, will mich schon der Verzweiflung überantworten, als ich das heilige Gefährt schließlich ausfindig mache.

Die Schweine haben es auf einen übervollen Müllcontainer geschmissen. Selbst wenn ich mich lang mache, komme ich da unmöglich ran. So demütigend, so ekelhaft es auch sein mag, mir bleibt nichts anderes, als zurück zur Avenida zu kriechen und irgendeinen barmherzigen Idioten um Hilfe zu bitten.

5

Bürgersöhnchen, die ihr Selbstbewußtsein mit Vatis Kreditkarte aufbliesen; selbstverliebte Hengste aus dem Fitness-Studio; Typen in Lederchaps; Wochenendjunkies; minderjährige Mädchen, die sich Schaumstoff in die Wonderbras stopften und für jedes Jahr, das ihnen zur Volljährigkeit fehlte, ein Stück Fleisch mehr sehen ließen. Das *Palais* ging langsam vor die Hunde, verlor von Woche zu Woche mehr an Reiz.

Zum Glück war Moses da. Irina gelang es, ihm eine Nase aus dem Kreuz zu leiern; schnell weggezogen in einer der kaputten Kabinen der Frauentoilette. Dann stellte sie sich an eine der schwerumlagerten Theken und trank Cola-Rum.

Zwei Typen quatschten sie an, aber sie hatte keine Lust auf die üblichen Spielchen, schon gar nicht, wenn die Mitspieler, wie in diesem Fall, verdächtig nach Schnellspritzern aussahen. Außerdem besaß sie genügend Kohle, um ihre Getränke aus eigener Tasche zu bezahlen. Noch jedenfalls.

Als sie ihr drittes Glas in Angriff nahm, kam Igor vorbei. Er war nichts weiter als das Mädchen für alles, gab sich aber als Geschäftsführer aus. Eine Lüge, aus der er das Recht ableitete, jeden weiblichen Gast mit seinen dumpfen Begierden zu nerven. Wie oft er es bei ihr selbst schon versucht hatte, hätte Irina auf Anhieb gar nicht sagen können. Oft genug jedenfalls, und immer erfolglos. Trotzdem wußte er nicht, wer sie war. Darauf konnte sie wetten.

»Na, Prinzessin, nachher noch Lust, mit zu mir zu kommen? Ein bißchen das gute, alte Rein-Raus-Spiel trainier'n?«

»Zieh Leine, Igor.«

Der selbsternannte Geschäftsführer lachte nur. Schamgefühl war für den Schmierlappen eindeutig ein Fremdwort.

»Überleg's dir, ich hab extrem geilen Afghanen da. Da läufst du aus wie 'n zerschossener Öltank.«

Irina hob den Blick.

Das sündige Leben hatte in Igors Gesicht deutliche Spuren hinterlassen. Tränensäcke der Größe XXL und aufgedunsene, rotfleckige Wangen, unterlegt von einem fleischigen Doppelkinn – zwei, drei Jahre noch, dann hatte sich die Geschäftsführernummer erledigt. Irina verspürte einen Anflug von Mitleid. Eigentlich wollte sie ihm noch irgendeine Beleidigung mit auf den Weg geben. Aber wozu?! Das Schicksal hatte das arme Schwein ohnehin auf der Abschußliste.

»Laß gut sein«, sagte sie nur. Dann leerte sie ihr Glas und zwängte sich durch die dichtgedrängte Menge auf die Tanzfläche.

Auch hier war es voll, aber sie kämpfte sich den Raum frei. Sie spielten irgendwas von Tricky. Das war nicht wirklich ihr Sound. Die schnellen, abgehackten Schläge der Bässe genügten jedoch, um die Umgebung aus ihrem Bewußtsein zu sprengen, bis irgendwann *Pilot The Dune* von Slo Burn aus den Boxen quoll. Sie schloß die Augen, ließ ihre langen Haare fliegen, peitschte der rauchgeschwängerten

Luft die Scheiße aus den Molekülen, und dann ... stieß ihr irgendein Wichser seinen Ellenbogen in die Rippen, brachte sie beinahe zu Fall und zwang sie, die Augen zu öffnen.

Die Wirklichkeit hatte sich zurückgemeldet. Und zwar in Gestalt eines komplett besoffenen Idioten in Lederjacke und G.B.H.-T-Shirt. Ein Waschlappen, der den Harten mimen wollte.

»Ey, schuldijung. Tut mir leid«, lallte der Typ und stierte ihr blöde ins Gesicht.

Irina ließ ihn wortlos stehen, schob sich ein paar Meter zur Seite und versuchte, in den Rausch zurückzufinden.

Aber es funktionierte nicht. Der Kick war verflogen. Die schäbige Kulisse ließ sich nicht länger ausblenden. Außerdem fing der Typ an zu nerven. Er war ihr gefolgt, und nun versuchte er, ein Gespräch zu beginnen. Soweit sie sein Gestammel verstehen konnte, wollte er sie zu irgendwas einladen, dachte wohl, der Zusammenstoß wäre eine Fügung des Schicksals oder so was. Sie ignorierte ihn, sah demonstrativ an ihm vorbei. Aber der Schwachkopf nahm das gar nicht mehr wahr.

»Du biss fadammt schön ... Wennu schon nichts mit mir trinken wills, gib mir wenigsens deine Telefonnumma«, sagte er gerade. Dann versuchte er, ihr Haar zu berühren, verlor aber das Gleichgewicht und taumelte ungeschickt zur Seite.

Als er sich wieder gefangen hatte, brachte sie ihr Gesicht ganz nah an das seine heran.

»Paß auf, du Fotze. Du verpißt dich jetzt. Augenblicklich. Und du quatschst mich nie wieder an.« Während sie das sagte, wobei sie laut und deutlich sprach, um die Musik zu übertönen, griff sie ihm mit der rechten Hand zwischen die Beine und drückte zu, bis er zu schreien anfing.

Sofort stellten die Leute neben ihnen das Tanzen ein und bildeten den vorgeschriebenen Kreis aus Neugier, Ekel und Belustigung. Einschreiten wollte scheinbar keiner. Umso besser. Irina verstärkte den Druck, bis aus dem Schreien ein Winseln wurde.

»Ey, laß los, laß los ...«, wimmerte der Typ und begann kraftlos um sich zu schlagen.

Irina ließ los, und der Typ sank auf die Knie.

»Scheiße, die Sau hat mich, die hat mich …«, stöhnte er. Der Rest seiner Worte wurde von lautem Schluchzen verschluckt.

Irina bahnte sich einen Weg durch die Schaulustigen und bestellte sich an der Theke einen weiteren Drink. Langsam ging ihr die Kohle aus. Der Scheißladen war einfach zu teuer. Vom Koks war auch nichts mehr zu spüren. Sie würde sich noch was besorgen müssen. Vielleicht konnte sie auch ein bißchen E auftreiben. Der Alki hatte sie verdammt runtergezogen, hatte ihrer Laune den Rest gegeben. Daß sie ihn gemaßregelt hatte, war nur ein kleiner Trost.

Sie fühlte sich auf einmal sehr müde. Aber um nach Hause zu gehen, war es noch zu früh. Also machte sie sich auf die Suche nach Moses.

Er lungerte am Eingang herum und versuchte, zwei Schnallen, die nicht älter als zwölf sein konnten, mit seinen zahllosen Narben zu beeindrucken.

»Die hier hab ich mir geholt, als ich in Kairo mal mit einem vollkommen ausgeklinkten Mystiker aneinandergeraten bin«, tönte er, wobei er auf einen verheilten Schnitt über seiner rechten Augenbraue zeigte.

Irina kam um ein Lächeln nicht herum. Sie wußte genau, daß er sich diese Wunde bei einem Unfall mit seinem Moped zugezogen hatte. Er war betrunken eingeschlafen und gegen den einzigen Baum im Umkreis von zwei Kilometern gefahren.

»Ey, hör auf zu spinnen, Alter«, sagte sie, und an die Hühner gewandt: »Laßt euch von dem Großmaul bloß keinen Scheiß erzähl'n. Der lügt schon morgens vorm Zähneputzen.«

Die beiden sahen sie abschätzig an. Dann zogen sie wortlos davon. Auf zum nächsten Arschloch, das bereit war, ihre kindlichen Phantasien mit Nahrung zu versorgen.

»Shit, du hast mir die Schau versaut«, maulte Moses mit gespielter Ernsthaftigkeit. »Hast du geseh'n, wie die an meinen Lippen hingen?«

»Hab ich, du Kinderficker. Hör zu, hast du noch was für mich?«

Moses zögerte, fuhr sich über den kahlgeschorenen Schädel.

»Aber diesmal bläst du mir einen.« Der belustigte Ausdruck in seinem Gesicht hatte sich verabschiedet.

Irina dachte nach. Sie war mit dem Typen schon im Bett gewesen. Was sprach also dagegen?! Wenn sich seit damals nichts Entscheidendes verändert hatte, würde sein Schwanz wenigstens sauber sein.

»Okay. Aber ich krieg 'n halbes Gramm.«

»Kein Ding.« Moses spuckte einen gelben Kaugummi auf den Boden. Sein Lächeln war zurückgekehrt.

6

Natürlich hasse ich die Menschen. Wenn ihr keine Beine hättet, würdet ihr das auch tun. Ich hasse sie wegen ihrer Größe, wegen dieser mitleidigen, angewiderten Blicke, die sie aus einer Höhe zu mir herabschicken, die ich nur mit dem Fahrstuhl erreichen kann. Ich hasse sie wegen ihrer Beweglichkeit und der Selbstverständlichkeit, mit der sie sich attraktiv und mich abstoßend finden. Aber ich bemerke diesen Haß nicht mehr. Habe ich ihn in den Tagen meiner verkümmerten Jugend wie eine Streitaxt vor mir hergetragen, so führt er heute ein unscheinbares Dasein, irgendwo hinter den Stahlbetonwänden meiner Seele.

An diesem Abend aber bricht er abrupt hervor. Guter, reiner Haß mit einem Beigeschmack von Mordlust. Leider darf ich ihm nicht nachgeben. Im Gegenteil. Ich muß hübsch devot und freundlich tun.

Ich habe es zurück zur Avenida geschafft, sitze da wie ein hilfloses Kleinkind, den Arsch im Dreck, an eine Hauswand gelehnt und bettle Passanten um Hilfe an. Und es sind Hunderte, die da an mir vorbeiströmen. Zum größten Teil Geschlechtsgenossen, alle geschäftig unterwegs ins nächste Nepplokal.

»Entschuldige, Bürger, könntet Ihr vielleicht ...?«

Weiter komme ich meist gar nicht. Ein kurzer Blick aus den Augenwinkeln, dann beschleunigt der Angesprochene noch einmal seinen Schritt und hastet an mir vorbei, als ob ich mit Beulenpest geschlagen wäre. Ein einziger bleibt stehen, mustert mich kurz und schmeißt mir seine halbgerauchte Zigarette vor die Stümpfe.

Diesmal läßt sich meine Wut nicht länger in Schach halten.

»Die Pussy deiner Mutter ist so ausgeleiert wie ein dreißig Jahre altes Einmachgummi!« brülle ich ihm hinterher.

Keine zwei Minuten später fängt es an zu regnen. Nicht wirklich heftig, aber die Tatsache allein genügt, um mich gänzlich zu entmutigen. Ich fühle mich elend wie schon lange nicht mehr, und wenn ich könnte, würde ich aufgeben. Aber ich kann nicht. Ohne das Brett und ohne Kohle komme ich niemals hier weg. Bis zu meiner Herberge sind es gut und gerne sechs Kilometer, und keiner meiner Freunde wohnt viel näher. Normalerweise würde ich versuchen, die Strecke zu ›laufen‹, mich allein durch die Kraft meiner Arme fortzubewegen. Mit dem kaputten Handgelenk kann ich das vergessen. Also mache ich weiter, leiere meinen Text herunter wie ein gescheiterter Alleinunterhalter, der seine Brötchen in Obdachlosenheimen und Sterbekliniken verdient. Der Regen ist dabei alles andere als hilfreich.

Irgendwann schwebt schließlich eine von den Transen herüber, die hier ihrem Geschäft nachgehen, und ich denke, jetzt hat die Tortur endlich ein Ende. Aber sie ist nur gekommen, um mir mitzuteilen, daß ich den Betriebsablauf störe und von hier verschwinden soll.

»Du vertreibst uns die Kundschaft, Schätzchen. Du bist nicht gerade das, was man einen erotischen Blickfang nennt.«

Ich schlucke die Beleidigung wie einen Löffel Honig. Stolz kann ich mir jetzt nicht leisten. Stattdessen krame ich die letzten noch vorhandenen Reste meines Charmes hervor.

»Hör zu, Süße, ich würde diesen gastlichen Platz ja gern verlassen. Aber wie du siehst, fehlt mir der dafür notwendige Untersatz. Der steckt da hinten in 'nem Müllcontainer.« Ich zeige in die Dunkelheit der Seitenstraße. »Wenn du mir helfen könntest, das kostbare Stück da rauszuholen, hätte sich unser beider Problem mit einem Schlag erledigt.«

Die Transe späht in die angegebene Richtung. Dann sieht sie mich an, als hätte ich sie aufgefordert, mir eine ganz besonders abartige Sexualpraktik vorzuführen.

»Ich weiß nicht, was *du* für Probleme hast, Honey. Es interessiert mich auch nicht. Aber ich sag's dir noch mal im Guten: Sieh zu, daß du deinen Arsch hier wegbewegst.« Sie dreht sich um und stöckelt zurück zu ihren Kolleginnen.

Ich gucke ihr hinterher. Eigentlich ein ganz hübsches Mädchen, tolle Beine, ausladender Hintern. Trotzdem bringe ich mich aus der Schußlinie, schleppe mich mit dem linken Arm wenigstens fünfzig bis sechzig Meter weiter. Diese verwirrenden Wesen sind gefährlicher als sie aussehen. Die ziehen dir ohne lange Vorreden mal eben ein Rasiermesser durchs Gesicht. Da heißt es, die Warnung wenigstens ansatzweise zu befolgen. Dankbarerweise finde ich einen überdachten Hauseingang. So habe ich wenigstens den Regen nicht mehr in der Fresse. Meine Lage hat sich trotzdem verschlechtert. Ich bin kaum noch zu sehen (was bei meinem Äußeren natürlich auch als Vorteil ausgelegt werden könnte) und bis zum Brett sind es eben fünfzig bis sechzig Meter mehr. Das hilft meinem Anliegen nicht gerade.

Ich verfluche meinen Gott und seine unlauteren Machenschaften. Ich beschwöre ihn, mir ein letztes Mal die Hand zu reichen. Aber was nützt es? Nichts natürlich. Und so mache ich mich langsam mit dem Gedanken vertraut, doch noch mit reiner Muskelkraft hier wegzukommen, bis ich den Jungen sehe.

Er trägt eine zerrissene Lederjacke und eins dieser T-Shirts, mit denen der Nachwuchs seiner Umwelt mitzuteilen versucht, daß er sich dieses Leben nicht freiwillig ausgesucht hat. *Und* er hat mächtig Schlagseite; scheint schwer getankt zu haben. Für seine Fortbewegung benötigt er die gesamte Breite des Bürgersteigs.

Das ist mein Mann; ein harmloser, volltrunkener Trottel. Wenn ich den nicht überzeuge, sitze ich noch im Winter hier.

Als er mich passiert, spreche ich ihn an.

»Hey, bleib mal steh'n, Amigo. Wart 'nen Moment.«

Er stolpert achtlos weiter.

»Hey Bruder«, ich erhöhe die Lautstärke, »wart mal! Du hast was verloren.«

Diesmal bin ich zu ihm durchgedrungen. Er dreht sich um und stiert mich mißtrauisch an.

»Wassen?« fragt er, während er langsam näherkommt.

»Na, dein Bewußtsein, Mann.«

Ich habe darauf spekuliert, mit diesem Scherz umgehend eine zwischenmenschliche Verbindung herzustellen. Aber der Plan geht nicht auf. Mein Gegenüber findet keinen Gefallen an der Pointe.

Er kneift die Augenbrauen zusammen und schiebt streitlustig das Kinn nach vorn. Noch bevor er irgendwas sagen kann, entschließe ich mich, die Situation zu entschärfen.

»Hey, war nur Spaß ...«

Er antwortet nicht, glotzt mich nur an, mit seinen verquollenen Säuferaugen. Sein retardierter Denkapparat scheint keinen Plan auszuspucken, was er jetzt tun soll. Immerhin entspannt sich seine Kinnmuskulatur. Und was das Wichtigste ist: Er macht keine Anstalten, seinen Weg fortzusetzen. Ich entscheide mich dafür, ihn einfach vollzuschwallen.

»Es ist ein wahrer Segen, daß ich dich treffe, Amigo. Ich stecke gewaltig in der Klemme. Zwei dreckige Junkies haben mir meinen fahrbaren Untersatz entwendet. Und jetzt hänge ich schon eine halbe Ewigkeit hier fest. Du bist der erste vernünftige Mensch, der mir in den letzten Stunden begegnet ist. Wie sieht's aus, Bruder, hilfst du mir, das Teil wiederzubeschaffen? Es liegt gleich um die Ecke auf 'nem Müllcontainer. Für dich wär's 'ne einfache Sache, für mich ist es leider unmöglich.« Ich senke den Blick auf meine fehlenden Gliedmaßen und warte auf eine Reaktion.

Es gibt keine. Der Junge starrt immer noch geradeaus.

»Ja ... na ja, ich hab noch was zu'ause«, lallt er schließlich.

Eine Antwort, die ich nicht zu deuten vermag. Aber er scheinbar ebenso wenig.

»Na los, dann komm mit!« befehle ich der Einfachheit halber und setze mich in Bewegung. Ein labiler Charakter bedarf nun mal einer führenden Hand.

Als ich sehe, daß er zögert, wiederhole ich die Aufforderung: »Los, komm schon!«

Und tatsächlich folgt er mir, holt mich ein, und ich muß aufpassen, daß mir sein ausladender Gang nicht den Arm wegreißt. Währenddessen unterhält er mich mit wirren Reden.

»Da war diese Braut«, stammelt er. »Die war unglaublich, die war ... So eine Furie, Mann.« Eine Klage, die er in mehrfachen Variationen darbietet.

Ich versuche, so gut es geht, ein paar belanglose Bemerkungen einzustreuen; irgendwas, das ihn bei der Stange hält.

Als wir den Container erreicht haben, ist der Junge wieder still.

»Da ist es«, sage ich und zeige auf mein wertvollstes Besitztum.

Der volltrunkene Samariter reagiert nicht. Er befindet sich augenscheinlich in einem anderen Szenario.

Ich schlage ihm sachte gegen den Oberschenkel.

»Na, komm schon. Nimm's runter und gib es mir.«

»Was? Ja, ja.« Geistesabwesend greift er sich mein Brett, mustert es kurz - so als würde er zum ersten Mal bemerken, was hier eigentlich abläuft - und stellt es dann neben mich auf den Boden. Sofort zeigt sein Blick wieder diese unnatürliche Leere.

»Tausend Dank auch, Bruder.«

Auf eine Antwort warte ich vergebens. Aber mir soll es egal sein. Ich habe was ich wollte, bin endlich wieder ein freier Mann. Ich schwinge mich auf das liebevoll polierte Holz und mache mich - einarmig paddelnd - an den längst fälligen Abgang.

Nach zwanzig Metern drehe ich wieder um. Ich verspüre plötzlich das dringende Bedürfnis, mich erkenntlich zu zeigen. Nicht, daß ich besonders sentimental veranlagt wäre. Aber der Junge hat mir keinen geringen Dienst erwiesen. Da komme ich an einer Würdigung seines lauteren Charakters nicht vorbei. Als ich ihn erreicht habe, durchwühle ich ein weiteres Mal in dieser schicksalsschweren Nacht meine Taschen. Klar, der Bleistiftstummel ist noch da. Mit dem konnten selbst der Kambodschaner und Hoppe nichts anfangen. Ich greife mir einen herumliegenden Papierfetzen und schreibe die Nummer der Gräfin auf. Über eine eigene verfüge ich ja seit kurzem nicht mehr.

»Paß auf, Amigo, wenn du mal Hilfe brauchst, dann rufst du hier an und fragst nach Krupp. Und jetzt gehst du besser nach Hause. Is' 'ne schlechte Gegend hier.«

Ich halte ihm den Fetzen hin. Aber natürlich nimmt er ihn nicht. Also stopfe ich ihm das Teil in die Tasche seiner Lederjacke. Dann sehe ich zu, daß ich Land gewinne.

Als ich mich an der Ecke noch einmal umdrehe, ist der Junge gerade dabei, sich auf die Schuhe zu kotzen. Sieht ganz so aus, als könne er jetzt schon Hilfe gebrauchen.

7

Irina ließ die Scheibe herunter. Sofort drang angenehm kühle Luft in den Wagen. Der Job war zäh gewesen, hatte fast eine halbe Stunde gedauert. Sie hatte sich wirklich abgemüht, aber aus irgendeinem Grund hatte Moses nicht abspritzen können. Echte Knochenarbeit, weitaus schlimmer als die Sklaverei bei *Wompy's*.

Aber das war Vergangenheit, also drauf geschissen. Dafür besaß sie astreines Koks (beinahe ein ganzes Gramm, weil Moses, dem die Sache irgendwie peinlich gewesen war, noch was draufgelegt hatte). Und dann hatte sie Raoul und Alarm getroffen und jetzt saß sie mit den beiden in einem 7er BMW, der garantiert nicht sauber war. Aber das war nebensächlich. Sie war angenehm high, hatte endlich das richtige Gefühl für diese Nacht.

Draußen glitten Lichter vorbei, vor ihr lachte Raoul wie ein Irrer, während er das Gaspedal durchtrat. Neben ihm hatte Alarm endlich den Joint fertig und ließ sein Zippo aufflammen. Fehlte nur noch Musik.

»Hey, mach doch mal das Radio an.«

»Geht nich'.« Alarm sog gierig den Rauch ein. »Uns fehlt die Keycard.«

»Egal.« Irina ließ sich die Tüte geben und lehnte sich zurück.

»Wie geht's eigentlich Plagge?« fragte Alarm unvermittelt.

»Was?« Irina verschluckte sich, bekam Rauch in die Speiseröhre. Das Zelluloid hatte sich plötzlich verheddert.

»Hey, ich wollte Euch nicht zu nahe treten, Jungfer.« Alarm lachte. Und dann erzählte er die Geschichte von einer Braut, die es versäumt hatte, den Leichenbestatter darüber zu informieren, daß ihr verstorbener Mann einen Herzschrittmacher besaß. Der Typ war während der Einäscherung explodiert und hatte das halbe Krematorium in die Luft gesprengt. Das genügte, den Film wieder anlaufen zu lassen.

Scheiß was auf Plagge. Das Arschloch würde noch früh genug wieder auftauchen. Irina strich sich eine Strähne aus dem Gesicht und sah aus dem Fenster. Sie hatten die Stadt mittlerweile hinter sich gelassen. Das Lichtermeer war bis auf ein paar vereinzelte Pfützen der Dunkelheit gewichen.

»Wo fahr'n wir eigentlich hin, Raoul?«

Der Angesprochene drehte sich, ohne den Fuß vom Gas zu nehmen, zu ihr um und schob grinsend seine Sonnenbrille nach oben. Verdammt, sie hatte ganz vergessen, wie bescheuert der Typ manchmal sein konnte.

»Wohin Ihr wollt, schöne Dame!«

»Dann fahr ans Meer. Da war ich ewig nich'.«

»Bei so einer weiten und gefahrvollen Reise halte ich es dringend für geboten, noch einmal Proviant auszuteilen.«

»Ja, aber halt an, okay?! Ich hab keinen Bock drauf, das ganze Zeug zu verschütten.«

In Wahrheit hatte sie einfach Angst, Raoul könne die Kiste von der Straße jagen, wenn er seine Nase während der Fahrt ins Pulver steckte.

Sie hielten auf einem Feldweg. Alarm schaltete die Innenbeleuchtung ein, und Irina holte das kleine Plastikkügelchen aus ihrer Jeans, streute einen Teil des Inhalts auf ihren Ausweis, zerhackte die Kristalle mit einer Telefonkarte und zerteilte sie in etwa drei gleich große Spuren. Raoul gab ihr einen zusammengerollten Zwanziger, und dann zogen sie sich das gestreckte Glück durch die Nasenlöcher.

Keine Minute später gab Raoul wieder Gas, und der Wagen schoß durch die Finsternis, als hätte ihm die Nachricht, daß es ans Wasser ging, zusätzliche PS verliehen. Alarm brachte eine Flasche Schnaps zum Vorschein, und nachdem sie alle einen Schluck genommen hatten, zog er sein T-Shirt aus und hing sich soweit aus dem Fenster, daß Irina gerade noch seine Oberschenkel sehen konnte. Er schrie irgendeinen Scheiß, brüllte einfach seinen Energieüberschuß in die Nacht.

Irina überkam ganz plötzlich ein Gefühl wie manchmal beim Klauen – so als wären sie alle drei auf eine ganz besonders intensive Weise miteinander verbunden. Sie mußte daran denken, wie sie mal mit Plagge nach Marsa el-Bauru gefahren war. Richtig edel, mit Hotel und allem. Aber dann fiel ihr ein, wie der Idiot schon am zweiten Abend irgendeinem armen Licht, das einfach nur mit ihr tanzen wollte, die Fresse eingetreten hatte, und sie beschloß, diese Erinnerung beiseite zu schieben. Schwer war das nicht. Genau in diesem Moment ging die Sonne auf.

Als sie die Küste erreichten, war es sechs Uhr dreißig. Trotzdem war es bereits unglaublich warm. Bestimmt zwanzig Grad, dazu ein komplett wolkenloser Himmel. Es versprach ein extrem schöner Tag zu werden.

Raoul lenkte den BMW direkt zum Strand; ganz so, als wäre er schon mal hier gewesen. Und dann lag es vor ihnen, das träge Blau – der tröstende Betrug der Sinne. Sie waren die ersten Besucher. Der gesamte Parkplatz war leer; weit und breit nichts Lebendiges zu sehen. Nur ein paar Möwen hatten sich bereits auf den Kriegspfad begeben.

Sie machten das letzte Koks weg; den Schnaps hatten sie schon eine Stunde zuvor entsorgt. Und dann stiegen sie aus und gingen der Wasserkante entgegen, langsam und breitgefächert, als würden sie zu einem Duell antreten. Als sie die Dünen hinter sich gelassen hatten, zog sich Irina Stiefel und Socken aus.

Der Sand war noch feucht. Trotzdem war es ein gutes Gefühl, die nackten Zehen ins Weiche zu tauchen.

»Na los, ihr Arschlöcher. Schwimmen!«

»Niemals. Da setz ich keinen Fuß rein in die Suppe. Weißt du, was da für Monsterviren auf dich warten?!« Alarm verzog angeekelt das Gesicht.

Raoul sagte gar nichts, schob nur seine Sonnenbrille zurecht.

»Schisser!« Irina schälte sich aus ihren Klamotten und rannte in die Brandung.

Es war saukalt, aber für ein paar Schwimmzüge reichte es.

Als sie zurückkam, schoben Alarm und Raoul eine Nummer.

Sie ließ sich etwas abseits nieder. Nicht daß die beiden etwas dagegen gehabt hätten, daß sie zusah. Sie hatte nur gerade jetzt keine Lust auf Liebesgeflüster, wollte lieber allein sein. Sie trocknete sich notdürftig mit ihrem Shirt ab und steckte sich eine Kippe an.

Als die beiden fertig waren, kamen sie zu ihr, setzten sich links und rechts neben sie. Alarm legte ihr einen Arm um die Schultern.

»Gib mir 'nen Kuß, Alter.« Sie meinte, Raouls Samen in seinem Mund zu schmecken. »Du auch, Raoul.«

Er öffnete die Lippen. Seine Zunge war ein Tier, eine Schlange, die dich lähmen konnte. Für einen Moment verlor sie die Kontrolle. Dann biß sie ihn leicht und zog ihren Kopf zurück. Diese Fährte war so kalt wie der Arsch einer Wasserleiche.

Alarm hatte unterdessen sein Piece herausgekramt und machte ein weiteres Hörnchen zurecht.

Kaum, daß er es entzündet hatte, tauchte diese Touri-Familie auf. Sie waren zu viert; ein übergewichtiger Vater, eine fettleibige Mutter und zwei entsprechend geartete Knaben – beladen mit dem üblichen Schnickschnack, von der Kühltasche bis zur Luftmatratze.

Sie steuerten zielgerichtet auf eine bestimmte Stelle zu, so als ob sie ihr Claim in den letzten Tagen schon abgesteckt hatten, gerieten aber ins Stocken, als sie die drei Tagediebe entdeckten, die den Strand an diesem Morgen vor ihnen entjungfert hatten. Irina konnte eine kurze aber heftige Diskussion beobachten, die eine krasse Richtungsänderung zur Folge hatte. Die Vierhundert-Kilo-Familie schwenkte scharf nach rechts und bezog ihre Stellung ungefähr zweihundert Meter entfernt. Das Oberhaupt der Sippe plierte nervös zu ihnen hinüber. Eine Empfindung, die durchaus Sinn machte.

»Ich geh mal rüber«, sagte Alarm, nachdem er einen kräftigen Zug genommen hatte. Er erhob sich und schlenderte nackt wie er war in Richtung der Fleischbank.

Irina sah ihm nach. Als er die Familie erreicht hatte, schien sich ein Wortwechsel zu entspannen. Kurz darauf suchten die unappetitlichen Vier samt Luftmatratze und Kühltasche das Weite.

»Was war'n los?« wollte Irina wissen, nachdem Alarm zurückgekehrt war.

»Keine Ahnung, ich hab die Spießer bloß gefragt, ob sie für mein Würstchen ein bißchen süßen Senf übrig hätten.« Bei diesen Worten fuhr er sich mit der Rechten über seinen ausnehmend langen, dunkelblau geäderten Schwanz.

Irina mußte lachen.

Raoul schlug einen anderen Ton an: »Tja, Alter. Dann müssen wir wohl die Biege machen. Wird garantiert nicht lange dauern, bis die Bullen hier einfliegen.«

»Ich muß sowieso nach Hause«, sagte Irina und vergrub den toten Joint im Sand.

8

»Krupp!« Martha schmeißt ihren Schlüssel auf den Tisch und zieht sich die Pumps mit den Killerabsätzen von den Füßen. Sie sieht abgespannt aus, scheint aber erfreut, mich zu sehen.

»Morgen, Martha.« Ich liege rauchend auf einer hochmodernen, sündhaft teuren Designerliege, ein Glas Scotch in der Linken, um den Schmerz im Handgelenk in den Griff zu kriegen. Der uralte Schwarzweiß-Fernseher zeigt eine Gameshow. Den Ton habe ich ausgeblendet.

»Du warst lang nicht mehr da.« Martha läßt sich neben mich aufs Leder fallen.

Eine Weile starren wir beide auf den Bildschirm.

»Was führt dich her?«

»Ich hatte ein paar Probleme mit der Kundschaft.«

Sie betrachtet mein Gesicht.

»Ist nicht zu übersehen ...«

»Die Ansprüche steigen. Vielleicht sollte ich mir beizeiten eine eigene Reklamationsabteilung zulegen.«

»Vielleicht solltest du dir beizeiten einen anderen Job zulegen. Irgendwann erwischt es dich mal. Dann kommst du nicht mehr mit ein paar blauen Flecken davon.« Sie greift sich eine meiner Zigaretten. Dabei fällt ihr Blick auf mein Handgelenk, das ich auf einem ihrer Satinkissen geparkt habe. »Scheiße, was ist denn damit passiert?«

»Gebrochen, fürcht ich.«

»Ich sag's doch, Krupp: irgendwann ... Soll ich dir das verbinden?«

»Laß mal. Ich geh morgen zu Mengele. Wollte nur nicht in die Notaufnahme. Du weißt ja, was das für'n Schlachthof ist.«

»Ja«, sagt sie und läßt den Blick zu ihrem Unterschenkel wandern. Durch das schwarze Nylon ist die Narbe nur zu erahnen.

Ich fülle mein Glas auf und gebe es ihr.

»Wie läuft's bei dir?«

Sie nimmt einen Schluck und zieht an ihrer Zigarette.

»Eigentlich nicht schlecht. Aber wie du selbst sagst, die Ansprüche steigen. Heute war ein Typ da, der darauf bestanden hat, daß wir ihm ein paar Fleischerhaken durch die Haut jagen und ihn an der Decke aufhängen. Als wir ihn endlich oben hatten, wollte er, daß ich ihm die Börsenkurse vorlese.«

»Und?«

»Was *und?*«

»Hast du sie ihm vorgelesen?«

»Klar. Microsoft hat in den letzten Tagen mächtig zugelegt.« Sie lacht und drückt die Zigarette aus. »Hey, ich geh duschen. Bleibst du?«

Ich überlege. Vor ungefähr einer Stunde habe ich einen Anruf getätigt. Um Hoppe und den Kambodschaner wird sich jemand kümmern. Bis morgen mittag habe ich eigentlich nichts zu tun.

»Wenn du nichts dagegen hast, gern.«

Sie sagt nichts, lächelt nur kurz und verschwindet ins Badezimmer. Keine Minute später höre ich die Dusche anlaufen.

Während ich erwachsene Menschen betrachte, die einer Unzahl kleiner Bälle hinterherjagen, denke ich an den Tag zurück, an dem ich Martha das erste Mal begegnet bin. Ein alkoholgeschwängerter Abend im *Marquise*. Lange her. Sehr lange her.

Ich war damals gerade dabei, erste Erfahrungen in meinem Gewerbe zu sammeln, war ziemlich ungestüm und mußte eine Menge Lehrgeld zahlen. Martha war nicht älter als zwanzig und studierte Kunst. Sie hatte da so eine Perfomancegruppe am Laufen, wollte mich gleich einspannen; den hübschen Krüppel an ihre Berufung verfüttern.

Na ja, Perfomance ist ja in gewisser Weise immer noch ihr Ding. Wenn der künstlerische Anspruch auch gewaltig gelitten hat. Ihre Lebensfreude hat sich Martha trotz allem bewahrt. Kann ich das auch von mir behaupten? Habe ich diese hehre Eigenschaft überhaupt je besessen? Ich gieße mir noch einen Schwung ins Glas, lasse die Frage in meinem Kopf kreisen und entscheide mich schließlich für ein gepflegtes Jein.

Als Martha, in ein weißes Badelaken gewickelt, zu mir zurückkommt, scheinen sich diese Gedankengänge in meinem Gesicht zu spiegeln.

»Hey, nicht so melancholisch, Krupp.«

»Was?«

»Guck nicht so traurig. Ich mach uns was zu essen.«

Es gibt irgendeinen Tofu-Kleister, aber ich schlage ordentlich zu. Es muß über zwölf Stunden her sein, daß ich das letzte Mal gegessen habe.

Später, als wir in ihrem Bett liegen, fragt mich Martha, ob ich mich noch an Samuelson erinnern kann.

»Klar«, antworte ich. Samuelson war der einzige aus ihrer Gruppe, dem man den Kunstschwulen nicht auf den ersten Blick ansah. Ein paarmal hatten wir zusammen gefeiert. »Was ist aus ihm geworden?«

»Ich hab ihn letztens im Riccardos's getroffen. Aids. Im Endstadium. Hatte schon Flecken auf der Haut.«

»Scheiße«, sage ich, und dann dreht sich Martha zu mir, schmiegt sich an mich und nimmt meinen Schwanz in die Hand, der unter ihrem festen Griff zu wachsen beginnt. Und so liegen wir schweigend da, hören nur den Atem des anderen, und ich kann erst einschlafen, als mir einfällt, daß mich Samuelson mal einen degenerierten Massenmörder genannt hat.

9

Serge erhob sich mühsam. Die Hitze fraß selbst seine Energiereserven. Er hatte seinen muskulösen Körper im Schatten des ausrangierten Renault geparkt. Jetzt kam er träge auf sie zu.

Irina ging in die Hocke und kraulte ihm die Ohren.

»Schön ruhig, Alter.«

Der Hund fuhr seine Zunge aus und begann, ihr den Schweiß von der Stirn zu lecken.

»Komm, hör auf, Serge.«

Sie erhob sich und warf einen Blick in den Wassernapf. Er war leer. Natürlich. Bertrand gab mit dem Köter zwar immer an wie nichts, aber wenn es darum ging, sich um seine Bedürfnisse zu kümmern, war es ihr Hund. Arschloch!

Wütend griff sie sich die orangefarbene Plastikschüssel. Dann ließ sie Serge von der Kette und stapfte zur Pumpe. Der Hund trottete neben ihr her.

Als der kalte Strahl aus dem Rohr schoß, sprang der Mastino gierig an ihr hoch, schmiß sie beinahe um. Irina spritze ihn naß, bis er sich aus der Reichweite des Wassers zurückzog.

Als sie dabei war, die Schüssel zu füllen, öffnete sich das Küchenfenster. Im rissigen Rahmen erschien Bertrands rotgeädertes Gesicht.

»Na, Schwesterchen, kommst du auch mal nach Hause?!«

Das hatte ihr gerade noch gefehlt. Erst die scheiß Rückfahrt und jetzt das Gequatsche von diesem Oberarsch. Kurz hinter Üsküdar hatten sie festgestellt, daß der Sprit zur Neige ging, und als sie neuen besorgen wollten, hatte Alarm plötzlich Para geschoben. Bei jedem Auto, das sie anzuzapfen versuchten, hatte er die Bullen um die Ecke kommen sehen. Es war der totale Nerv gewesen, und jetzt wollte sie nur noch ein oder zwei Valium und dann ins Bett. Verbissen konzentrierte sie sich aufs Pumpen. Bertrand hatte unterdessen Serge entdeckt.

»Hey, wieso issen der Köter von der Kette? Hast du ’ne Vollklatsche?!«

»Mann, das Vieh braucht Wasser.«

»Ach! Und deshalb mußt du ihn gleich losmachen, oder was ...?! Hey, das issen Wachhund und kein Punzenlecker. Du machst ihn wieder fest, und dann schwingst du deinen Arsch ins Haus. Der Alte braucht seinen Brei, und ich könnte auch mal was Warmes vertragen.«

Der Kühlschrank verströmte Trostlosigkeit. Seine einzige Funktion schien darin zu bestehen, Bierflaschen zu lagern. Immerhin war noch eine Scheibe Bauchfleisch da. Irina gab Öl in eine der verdreckten Pfannen und entzündete die Gasflamme.

Während sie nebenher die Pampe für den Alten zusammenrührte, trat Bertrand an sie heran. Er roch nach kaputtem Magen und Alkohol.

»Na, aufregende Nacht gehabt, Schwesterchen?« Er legte ihr eine seine schwieligen Pranken auf die Brust.

»Nimm deine Finger weg!«

»Hey, hey, wer wird denn gleich so empfindlich sein. Bist wohl schlecht gefickt worden?!« Für einen Moment verstärkte er den Druck. Dann ließ er von ihr ab.

Er holte sich ein Bier und setzte sich zurück an den Tisch. Eine Sekunde länger, und sie hätte ihm das heiße Öl in die Fresse gekippt. Die Zeiten, in denen Bertrand sie ungestraft befingern konnte, waren vorbei, waren schon *lange* vorbei.

Sie schmiß das Fleisch in die Pfanne und nahm den Topf mit dem Brei vom Herd.

Ohne sich darum zu kümmern, daß das Zeug noch heiß war, griff der Alte mit seinen krummen Fingern hinein. In seinen Augen lag hündische Dankbarkeit. Irina wandte sich ab, stach eine verrostete Gabel in den Fleischlappen.

»Wo issen die Schlampe?«

»Pennt noch. War wieder bis heute morgen auf Tour.« Bertrands Kehle entwich ein brodelndes Geräusch. »Wie die Tochter, so die Mutter.«

Irina ließ ein Ei ins Öl flutschen.

»Ich muß gleich los. Was in der Stadt erledigen«, grunzte Bertrand, nachdem sie ihm das Essen auf den Tisch gestellt hatte. »Sieh zu, daß du bis heute abend den Abwasch fertig hast.«

Irina vermied es, diese Anordnung zu kommentieren. Sie machte, daß sie wegkam, stieg ins obere Stockwerk und schlich sich zum Zimmer ihrer Mutter. Dort drückte sie vorsichtig die Klinke herunter. Eine Mühe, die, wie sich sofort herausstellte, vollkommen unnötig war. Das laute Schnarchen machte jede Vorsicht überflüssig.

Der Raum lag im Halbdunkel und verströmte ein unangenehmes Geruchsgemisch aus ungewaschenen Klamotten, abgestandenem Rauch und den Ausdünstungen ranziger Körperöffnungen. Irina bahnte sich den Weg durch herumliegende Wäschestücke und leere Schnapsflaschen und zog die Nachttischschublade auf. Sie mußte eine Zeitlang suchen, bis sie in dem Gewirr aus Schachteln, Röhrchen und Beipackzetteln die Packung mit dem Valium gefunden hatte. Sie war leer. Auch das noch.

Zum Glück gab es noch Diazepam. Sie nahm sich zwei Kapseln und warf einen Blick auf das Gesicht unter ihr. Der fleischige, geöffnete Mund, aus dem ein Speichelfaden zum Kinn hinabrann, die sich rhythmisch bewegenden Nasenflügel, die aufgedunsenen, aber schlaffen Wangen – das alles ließ die Alte irgendwie hilflos erscheinen. Dennoch war ihre Bösartigkeit nicht zu übersehen.

Nachdem Irina die Schublade behutsam geschlossen hatte, überlegte sie kurz, ob sie ein Fenster öffnen sollte. Sie ließ es sein.

10

»Komm, gib mir mal das Bolzenschußgerät«, sagte Mario mit einem vollkommen entmenschlichten Grinsen.

Burkhard gab es ihm, nur um zwei Sekunden später mitansehen zu müssen, wie sein Freund der eigenen Mutter in kurzer Folge zwei Geschosse mitten in das mild lächelnde Gesicht jagte ...

Und dann war er plötzlich wach; höllische Kopfschmerzen und einen abgestandenen Geschmack auf dem aufgequollenen Pelz, der sich normalerweise Zunge nannte.

Der erste Gedanke glich dem zweiten. Zuviel gesoffen, viel zu viel gesoffen gestern abend. Und dann tauchten die üblichen Fragen auf: Wo war er gewesen? Wie war er nach Hause gekommen? Was hatte er angestellt? Und mit den Fragen kam die Angst. Eine dumpfe Furcht, die sich von der Bauchgegend ausgehend langsam in seine Hoden vortastete. Stöhnend richtete er sich auf.

Immerhin hatte er es bis ins Bett geschafft. Das war in gewisser Weise beruhigend. Weniger beruhigend war die Tatsache, daß sein linker Fuß noch in einem zugeschnürten Springerstiefel steckte. Demgemäß hatte er auch die Hose noch an. Sie schlingerte schlaff und verknittert um seine Knöchel.

Burkhard versuchte, den Senkel aufzuknoten. Aber was er scheinbar schon vor dem Einschlafen nicht geschafft hatte, gelang ihm jetzt nicht besser. Nachdem er eine halbe Minute vergeblich an dem Problem herumgemacht hatte, stand er auf und schlurfte fluchend in die Küche. Scheiß was auf den Knoten. Er holte eine Schere aus der Schublade und erledigte die Angelegenheit mit einem Schnitt. Dann kickte er den Schuh in die Ecke und stieg aus der Hose.

Auf dem Rückweg zum Bett griff er sich eine halbvolle Flasche Mineralwasser und seine Lederjacke, die ganz ordentlich an einem Haken im Flur hing. Nervös kontrollierte er die Taschen.

Sein Portemonnaie war schon mal da – das war das Wichtigste. Kohle besaß er natürlich keine mehr, aber das hatte er vorher gewußt. Alles andere wäre eine Überraschung gewesen. Dafür befanden sich seine Papiere an ihrem Platz, und auch die Bankkarte war noch vorhanden. Das war besonders wohltuend. Immerhin hatte er das gute Stück in den letzten zwölf Monaten schon zweimal verloren.

Ansonsten entdeckte er noch eine Schachtel Celtic mit drei zerknautschten Kippen, ein Feuerzeug, das ihm unbekannt vorkam und einen abgerissenen Zettel mit einer Telefonnummer.

Hatte er gestern etwa noch ein Mädchen kennengelernt? Er steckte sich eine Zigarette an, ließ sich auf die Matratze fallen und studierte die Zahlen. Die Schrift wirkte männlich. Aber warum hätte ihm irgendein Typ seine Nummer geben sollen?! Verdammt, er konnte sich noch nicht mal daran erinnern, wann und wo das hätte passiert sein können. Dafür traten ihm andere Bilder ins Bewußtsein.

Eine Braut tauchte auf, in irgendeiner Disco, auf der Tanzfläche. Genau. Mit der hatte es aus einem unerfindlichen Grund Streß gegeben. Jesus, wenn er nicht vollkommen daneben lag, hatte ihm das Miststück in die Eier gegriffen. Komisch, daß er keinen Schmerz verspürte. Er zog sich die Shorts herunter und riskierte einen Blick. Viel war nicht zu sehen, vielleicht eine leichte Rötung. Da hatte er scheinbar Glück gehabt. Aber wie war das Ganze passiert? Was hatte er getan, das eine derart brutale Tat zu rechtfertigen vermochte? Er wußte es nicht, konnte sich gerade noch daran erinnern, wie er in den Laden geraten war.

Zuerst hatte ihn diese unselige Bedienung im *Komat* auflaufen lassen. Dann war er, schon ziemlich breit, in einen Imbiß marschiert, hatte sich Falafel und ein Bier gegönnt und für den Heimweg noch zwei Halbe mitgenommen.

Aber mit dem Nachhausegehen hatte es nicht geklappt. Kurz hinter dem Platz des Volkes war der erste Halbe Geschichte gewesen, und dann hatte ihn der schwachmatische, alkoholgeschwängerte Gedanke befallen, daß er noch was erleben, noch irgendwo 'ne Puppe auftun mußte. Na, das hatte er dann ja auch. Wenn auch anders als erhofft. Wenn er nur ergründen könnte, wie es zu diesem peinlichen Vorfall gekommen war. Er sah sich noch, wie er an einer Theke Tequila bestellte. Dann kam ein Riß und dann die Action auf der Tanzfläche. Danach kam nichts mehr.

Eins stand fest, diesen Laden würde er so schnell nicht wieder betreten. Zum Glück kannte ihn da keiner. Das war der Vorteil, neu in einer Stadt zu sein; noch dazu in einem Moloch wie diesem: Es gab keinen Ruf zu verlieren.

Burkhard drückte die Celtic aus. Dann studierte er noch einmal den Zettel. Seltsam. Irgendwie unheimlich. Er schmiß das Papier neben die Matratze. Vielleicht würde er da irgendwann mal anrufen. Aus reiner Neugier. Vielleicht gehörte die Nummer ja doch zu einem Mädchen. Bei Zahlen war es immer schwer zu sagen, ob sie von Frauen- oder Männerhand geschrieben waren.

Ohne darüber nachzudenken, ließ er seine Rechte Richtung Unterleib wandern. Eine leichte Berührung reichte aus, um seinen Schwanz anschwellen zu lassen. Automatisch begann er die Vorhaut in rhythmischen Bewegungen über die Eichel zu schieben, während er mit der anderen Hand den Bereich zwischen Hoden und Arschloch stimulierte. Kurz dachte er daran, eins seiner Pornohefte aus ihrem Versteck zu holen. Aber er ließ es sein. Er fühlte sich zu schlapp, um noch mal aufzustehen. Außerdem war er scharf genug. Das war das einzig Gute an einem Kater wie diesem: Wichsen machte höllischen Spaß. So konnte er auch gleich mal überprüfen, ob seine Spermienproduktion die gestrige Attacke unbeschadet überstanden hatte.

Er schloß die Augen und dachte an Jess, versuchte sich vorzustellen, wie sie ausgesehen hatte, als sie das letzte Mal miteinander im Bett gewesen waren. Aber er erwischte das Bild nicht richtig, und noch bevor er es scharfstellen konnte, klatschte sein Samen schon auf das Laken, das ihm seine Mutter vor der Abreise noch schnell gebügelt hatte.

Er schämte sich ein bißchen, weil er kein Taschentuch benutzt hatte. Aber dann fiel ihm ein, daß dies hier seine *eigene* Wohnung war, daß er hier tun und lassen konnte, was er wollte. Und weil dem so war, beschloß er, noch ein paar Stunden zu schlafen.

Er war gerade dabei, sich aus der Wirklichkeit zu verabschieden, hatte bereits erste Traumfetzen im Hirn, als sich der schrille Klang des Telefons in seine Ohren schraubte.

Shit, das konnte nur seine Mutter sein. Wer sonst sollte ihn um diese Uhrzeit belästigen? Er hielt den Atem an und überließ es dem Anrufbeantworter, das herauszufinden. Zuerst vernahm er sich selbst: »Ahoi, ihr Bagaluten. Ich bin in Klondike, Gold schürfen, und kann euren Anruf leider nicht persönlich entgegennehmen.«

Und dann tatsächlich: die zögerliche Stimme seiner Mutter: »Ja, hallo ... hallo Burkhard, mein Junge ... Goldschürfen! Also was du dir immer einfallen läßt.« Sie ließ ein kurzes Kichern erklingen, das eher ihrer Abneigung gegenüber Anrufbeantwortern als seiner Ansage geschuldet war. »Ja also, es ist Sonntag, vierzehn Uhr, und ich wollte nur mal horchen, ob du dich schon eingelebt hast. Dein Vater und ich fahren gleich zu Bloomfelds. Aber zum Abendessen sind wir wieder da. Vielleicht meldest du dich ja noch mal?! Das wäre schön. Dein Vater läßt dich grüßen. Also dann ... bis später. Mach's gut, Junge.«

Es klickte, dann ließ der AB das Band zurücklaufen.

Burkhard griff sich eine Zigarette. Er verspürte ein dringendes Verlangen nach Nikotin.

Während er den Rauch einsog, beschloß er, die Aufnahmezeit der Maschine zu verringern. Neunzig Sekunden waren einfach zu lang.

11

Es war bereits nach neunzehn Uhr, aber die Sonne knallte noch immer vom Himmel als ob sie Aufputschmittel genommen hätte. Der Asphalt hatte Mühe, sich nicht aufzulösen.

Burkhard war auf dem Weg zum Kiosk. Er mußte Zigaretten besorgen. Der zusätzliche Schlaf hatte ihn nur mäßig erfrischt. Er fühlte sich nach wie vor mitgenommen – einen Betäubungspfeil im Gehirn und Gelee in den Beinen –, und die Hitze trug nicht dazu bei, diesen Zustand zu lindern.

Er mochte dieses Viertel nicht. Häßliche, mit roten Klinkern versehene Neubauten, allesamt vierstöckig und durch nichts anderes zu unterscheiden als durch die blassen Graffiti, die ihre Mauern schmückten. Vor jedem Block ein grauer Abfallcontainer; meist überfüllt, da die Mülltrennung, auf die die Planer scheinbar spekuliert hatten, hier niemanden interessierte. Zwischen den Häusern: spärlich bewachsene Rasenflächen, zurückgelassener Bauschutt und verbeulte Verbotsschilder, die das Anleinen von Hunden und das Nichtbetreten des Rasens zum Inhalt hatten. Die Kolonnen tierischer Ausscheidungen, die zwischen den ramponierten Halmen in der Sonne schmorten, bewiesen, daß sich auch dafür niemand interessierte.

Burkhard spuckte aus. Er hätte hier gar nicht erst herziehen dürfen. Es gab in dieser Stadt weitaus schönere Gegenden. Aber sein Vater hatte die Wohnung über irgendeinen Geschäftsfreund besorgt und war von seiner Connection derart begeistert gewesen, daß Burkhard es nicht gewagt hatte, auf das deprimierende Umfeld hinzuweisen. Er sah die Szene noch vor sich: In der Küche wischte seine Mutter den Kühlschrank aus, während sein Alter mit feuchten Augen zwischen den Umzugskartons herumwanderte.

»Deine erste eigene Bude, Junge«, hatte er gesagt, und mit Sicherheit waren ihm dabei verklärte Erinnerungen an die eigene Studentenzeit durchs Gehirn galoppiert.

Burkhard hatte unterdessen versucht, gegen ein unklares Gemisch aus Trauer, Verzweiflung und Angst anzukämpfen.

Sicher, die Wohnung selbst war nicht schlecht, verfügte über Balkon und Kabelanschluß. Trotzdem mußte er sich so schnell wie möglich etwas anderes suchen.

Am Spielplatz hing die übliche Mischpoke ab. Sieben oder acht Gestalten in lässiger Streetwear; einer hatte einen Köter mit Maulkorb dabei. Eine Gang, ganz klar, hauptsächlich Ausländer. Marokkaner wahrscheinlich, mit Sicherheit auf den Raub von Turnschuhen und Markenklamotten spezialisiert. Burkhard hatte genug darüber in den einschlägigen Gazetten gelesen.

Er drückte das Kreuz durch und bemühte sich, nicht hinzusehen. Zu blöd, daß er seine letzte Zigarette zu Hause geraucht hatte. Eine Kippe wäre jetzt gut gekommen. Bei solchen Typen war es immer wichtig, möglichst cool zu wirken. Sie waren garantiert vier, fünf Jahre jünger als er. Aber sie waren *furchteinflössend.*

Überraschenderweise ließen sie ihn unbeachtet passieren. Trotzdem nahm Burkhard sich vor, auf dem Rückweg eine andere Strecke einzuschlagen.

Endlich am Kiosk, war er zum Glück der einzige Kunde. Die Säufer, die hier sonst herumlungerten, schienen sich ausnahmsweise in ihren Wohnzellen aufzuhalten.

Hinter dem Tresen eine Braut, die er noch nie gesehen hatte. Leckeres Mädchen, blond mit großen Brüsten. Ihr Akzent ließ ihn auf Osteuropa tippen. Knechtete sich wahrscheinlich für sechs oder sieben Schleifen die Stunde den Arsch wund.

»Zwei Schachteln Celtic, bitte.« Seine Stimme kam ihm seltsam fremd vor.

Während das Mädchen die Zigaretten aus dem Regal angelte, entschied er sich, noch ein paar Dosen Bier mitzunehmen. Er mußte gegen diesen Kater vorgehen.

»Ich nehm noch sechs halbe Liter Beck's.«

Zurück in der Wohnung, quälte er sich zwei Scheiben Weißbrot mit Käse in den Verdauungstrakt. Dann knackte er die erste Dose und ließ die Glotze anlaufen. Auf MTV brachten sie den üblichen Chartmüll, im Sportkanal lief ein Billardspiel. Er klinkte sich schließlich bei einer Talkshow ein. Thema: ›Meine Tochter ist eine Schlampe‹. Das war genau das, was er brauchte. Mitbürger ohne Schamgefühl, die sich mit Begeisterung zum Narren machten. Irgendwie tröstlich.

Gerade erklärte eine Mutter dem dankbaren Publikum, warum gerade ihre Tochter den Titel mehr als alle anderen verdiente: »Sie ist einfach ein Flittchen. Schon seit sie zwölf ist, treibt sie sich mit Männern rum. Dreimal war sie schon schwanger, jedesmal hat sie abgetrieben. Ich weiß einfach nicht mehr, was ich noch machen soll.«

Kurz fing die Kamera das Gesicht des Mädchens ein. Es fühlte sich sichtlich unwohl. Kein Wunder, wenn man mit circa fünfzehn Jahren von der eigenen Mutter vor Millionen Zuschauern zur Sau gemacht wird. Dann war der Ex-Freund an der Reihe. Ein etwa achtzehnjähriges Jüngelchen, das seine Lebensangst hinter einem spärlichen, blonden Schnurrbart zu verbergen suchte.

»Also, das war so mit die Lydia: Ich hab da extra zwei Wochen gewartet, also bis wir's das erste Mal gemacht haben, weil diesmal war es Liebe, also echte Liebe, von beiden Seiten und so. Aber dann hat mir der Julio erzählt, also das is' mein bester Kumpel und so, daß die Lydia schon 'ne Woche vorher mit ihm ins Bett gegangen is' ... Und deshalb find ich, daß die Lydia 'ne echte Schlampe is', 'ne echte ...« An dieser Stelle wurde das engagierte Plädoyer durch einen Pfeifton überdeckt.

Das Geräusch war aussagekräftiger als jede Beleidigung. Trotzdem ließ es sich die Moderatorin, eine seltsam geformte Blondine mit Schlag-mich-tot-Gesicht, nicht nehmen, das Gesagte zusammenzufassen: »Kevin, du meinst also, daß die Lydia, noch bevor ihr richtig zusammengekommen seid, schon mit deinem besten Freund ge... also zusammengekommen ist.«

Herrlich, am Stück die Menschenwürde verletzen und dabei noch auf verklemmt machen.

»Nee, wir waren schon vorher zusammen«, lautete Kevins verwirrende Antwort.

Die Feuermelderfresse überhörte das einfach. Sie wandte sich der Abgesandten des Bösen zu: »Lydia, was sagst du denn zu dem Vorwurf?«

»Ja, ich weiß nich' ...«, stammelte das vollkommen aufgelöste Mädchen. »Ich hab den Julio halt auch geliebt.«

Die Kamera schwenkte ins Publikum. Die angespannten, empörten Gesichter ließen eine Tendenz zur Lynchjustiz erkennen.

Verdammt, das war die echte Horrorshow! Burkhard riß sich noch eine Büchse auf, mußte seine hohen Erwartungen aber sogleich wieder beerdigen. Die Sendung ging abrupt zu Ende. Das Schlußwort erhielt ein Zuschauer: »Also, ich finde, daß unsere Kinder mit dem Sex, also mit dem Geschlechtlichen, sowieso nicht so früh anfangen sollten.«

»Dem kann ich mich nur anschließen«, kreischte der blonde TV-Zombie. »Machen Sie es gut. Und schalten Sie auch beim nächsten Mal wieder ein, wenn es heißt: Ich brauch es einfach öfter. Warum Hausfrauen auf den Strich gehen.«

Danach kam Werbung, dann Nachrichten. Es sah ganz so aus, als ob sich in Südostasien ein Krieg zusammenbraute. Der Sprecher erwähnte zahlreiche Zusammenstöße zwischen bewaffneten Freischärlern und der regulären Armee. Die NATO hatte bereits ihr Eingreifen signalisiert.

Na, warum nicht, dachte Burkhard. Wenn es nach ihm ginge, konnte sich der Konflikt gleich bis in die Heimat ausbreiten. Da brauchte er sich wenigstens nicht länger die grundlos glücklichen Gesichter seiner Mitmenschen zuzumuten. Er schaltete um.

Kriege hatten ihn schon seit frühester Kindheit fasziniert. Aber heute abend brauchte er etwas anderes. Das Gelaber der interviewten Politiker war einfach zu anstrengend. Er erwischte einen alten Thriller mit James Stewart. Das war okay. Einem Verlierer zuzusehen war immer erhebend. Er angelte sich eine Zigarette, wollte gerade vollkommen in den Film eintauchen, als sich erneut das Telefon meldete. Wieder wartete er den Anrufbeantworter ab.

»Ey Alter, was geht?! Rutschst du gerade auf 'ner Mutti rum oder bist du unterwegs?« Das war Mario.

Burkhard sprang aus dem Bett und riß den Hörer von der Gabel.

»Mario.«

»Burkhard! Ich dachte schon, du wärst nicht da.«

»Nee, ich zieh mir 'nen Film rein.«

»Du klingst abgespannt, Mann.«

»Ich war feiern.«

»Natürlich ... Und wie isses?«

»Wie ist *was?*«

»Na, die Großstadt, der Schmelztiegel, die alles verschlingende babylonische Hure.«

»Groß halt.«

»Und die Puppen? Schon was klargemacht?«

»Ja, gestern abend.«

»Is' nich' wahr!«

»Doch. Lange schwarze Haare, super Figur, ein echter Zuckerwürfel.«

»Alter, ich fass es nich'. Komm erzähl.«

Burkhard wollte nicht. Er begann sich unwohl zu fühlen.

»Was soll ich denn erzähl'n?«

»Na, was wohl. Hast du sie gefickt?«

»Was denkst du denn?!«

»Und wie war's? Komm Mann, spuck's aus!

»Na ja ... sie ist mir schon im Fahrstuhl an den Schwanz gegangen.«

»Is' nich' wahr, is' nich' wahr«, murmelte Mario. Dann ging er dankbarerweise dazu über, ihm Belanglosigkeiten von zu Hause zu berichten.

Burkhard versuchte, das Gehörte so gut es ging zu kommentieren. In Gedanken war er woanders. Die Geschichte von der Schwarzhaarigen hatte die Erinnerung an den vergangenen Abend zurückgebracht. Und eins stand fest: Der gestrige Abend war ein scheiß Abend gewesen.

Er beschloß, das Gespräch zu beenden. Das Lügen hatte ihn erschöpft.

»Hey, Mario.«

»Ja?«

»Ich hab morgen das erste Mal Uni. Ich will mich noch 'n bißchen locker machen.«

»Kein Problem, Alter. Ich wollte dich sowieso besuchen kommen. Was hältst du von Mittwoch? Ich hab zwei Tage frei.«

Mittwoch schon ...

»Klar, Mann.«

»Okay, dann bis Mittwoch.«

»Hey, Mario.« Burkhard war noch etwas in den Sinn gekommen. »Wie geht's eigentlich deiner Mutter?«

»Gut. Wieso?«

»Ach, nur so.«

Als Burkhard zum Bett zurückschlurfte, fiel ihm ein, daß er seine Eltern nicht angerufen hatte. Er machte sich noch ein Bier auf.

Der Film hatte unterdessen einen ersten Höhepunkt erreicht. Stewart wurde fälschlicherweise des Mordes an einer Kinderkrankenschwester bezichtigt. Aber Burkhard gelang es nicht mehr, sich auf die Handlung einzulassen. Die Uni hatte sich in sein Gehirn gebohrt. Was ihn da wohl erwartete? Auf jeden Fall nichts Gutes. Er sah die Spinner bereits vor sich – eiskalte, höhere Töchter, die auf einen schnellen Abschluß aus waren, eingerahmt von sentimentalen Hippies, deren angestaubte Ideale für ständigen Sauerstoffmangel sorgten.

Eins stand fest: Er würde sich auf dieses Pack gar nicht erst einlassen, mußte von vornherein zeigen, wie wenig er mit ihm gemein hatte. Freunde konnte er sich auch woanders suchen. Er trank einen ausgiebigen Schluck und betätigte die Fernbedienung. Auf diesen Stewart war geschissen. Er brauchte einen Tittensender.

12

Burkhard holte das Letzte aus sich heraus und erwischte den Bus gerade noch so eben. Keuchend schob er sich ins Gedränge, bis er einen Haltegriff zu fassen bekam. Die Sitzplätze waren natürlich alle vergeben. Dabei hätte er die zitternden Beine zu gern einen Moment lang ausgestreckt.

Er fühlte sich mies. Nicht ganz so beschissen wie gestern, aber die sechs halben Liter und das frühe Aufstehen hatten durchaus ihren Tribut gefordert. Der kurze Sprint tat sein Übriges.

Er war einfach zu untrainiert. Sport spielte in seinem Leben schon lange keine Rolle mehr. Spät dran war er auch. Heute stand zwar nur eine Einführungsveranstaltung auf dem Programm, trotzdem wollte er nicht gerade als Letzter erscheinen. Die Vorstellung, daß sich Hunderte von Gesichtern nach ihm umwandten, nur weil er zu spät durch eine Tür gestolpert kam, verstärkte das flaue Gefühl in seinem Magen noch. Er hätte jetzt gern geraucht. Stattdessen besah er sich die Umstehenden. Größtenteils Studenten, das war unschwer zu erkennen. Die meisten machten einen entspannten Eindruck.

Kurz mußte er daran denken, was er sich gestern abend vorgenommen hatte. Er durfte sich von diesen Spacken auf keinen Fall aus der Ruhe bringen lassen.

Er suchte die elektronische Anzeige und konzentrierte sich so gut es ging auf die aktuellen Haltestellen. Wenn er jetzt noch den falschen Ausstieg erwischte, konnte er sich diese Einführungskiste abschminken.

Er hätte sich die Mühe sparen können. Als der Fahrer am Platz des Blutopfers die Bremse bediente, hätte die Anzahl der Aussteigenden selbst einen Alzheimerpatienten an den momentanen Standort erinnert.

Burkhard hatte die Uni schon gesehen, als er sich eingeschrieben hatte. Trotzdem traf ihn der Anblick des grauen Beton- und Glasriesen wie der harte Griff eines Türstehers aus dem *Paloma-Club*.

Er verlangsamte seinen Schritt und kramte die Schachtel Celtic aus seiner Jacke. Ob er zu spät kam oder nicht, war plötzlich nebensächlich. Bevor er da reinging, mußte er seine Lunge füttern.

Während er den Rauch einsog, wurde ihm mit einem Mal bewußt, daß er keinen Plan davon hatte, wo die Veranstaltung eigentlich stattfand. Also war es doch nichts mit der Nikotinzufuhr.

Er schnippte die Kippe weg und stiefelte durch die monströse Glastür. Gleich dahinter ein Wegweiser: ›Einführung Erstsemester – Audimax‹. Na, das war doch mal was. Dankbar lief er in die angegebene Richtung. Dankbar registrierte er die Tatsache, daß die Türen des Audimax – was auch immer das heißen sollte – offen standen.

Der halbkreisförmige, zu seinem Scheitelpunkt hin abfallende Saal war mit aneinandergereihten Pulten bestückt und schon ziemlich gefüllt; in seiner kalten Erhabenheit erinnerte das Ganze an ein Amphitheater. Einige der Anwesenden schienen sich bereits zu kennen und unterhielten sich angeregt. Ich hätte ein bißchen altes Obst mitnehmen sollen, dachte Burkhard, während er sich einen Platz in der vorletzten Reihe suchte.

Kaum, daß sein Hintern zu dem durchgesessenen Holz Kontakt aufgenommen hatte, betrat ein ältlicher Typ mit Halbglatze, kariertem Hemd und Jeans die Bildfläche; in seinem Schlepptau zwei deutlich jüngere Mitbürger. Ein Typ und eine Puppe, denen die Lust am Weltverbessern förmlich ins Gesicht gemeißelt war. Sie stellten sich als Mitglieder der Studentenvertretung vor, begrüßten die Anwesenden und fabulierten über die Notwendigkeit, sich an der studentischen Selbstverwaltung zu beteiligen. Sofort trat Ruhe ein. Dann kam irgendwas über die Fachschaften und das Mensaessen.

Burkhard stellte sein Gehör auf Stand-by und gönnte sich einen Rundblick. Seine zukünftigen Leidensgefährten sahen genauso aus, wie er sie sich vorgestellt hatte. Keine Spur von Lebensfreude in den biederen Gesichtern, wohnten wahrscheinlich alle noch wohlbehütet bei Muttern oder im Studentenwohnheim. Burkhard war mal in so einem Sarg gewesen. Trübselig. Acht-qm-Zimmer, möbliert natürlich. In der Gemeinschaftsküche riesige Kühlschränke mit abschließbaren Fächern, damit einem keiner den teuren vegetarischen Brotaufstrich stehlen konnte.

Natürlich schrieben die Guffen alle mit. Warum eigentlich? Burkhard wandte seine Aufmerksamkeit wieder der fünf Meter tiefer gelegenen Bühne zu. Mittlerweile war der Glatzkopf an der Reihe. War wahrscheinlich der Großmufti des Unternehmens.

Was hatte der Typ gerade gesagt? Wer seinen Abschluß in Geschichte machen wollte, brauchte Latein?! Scheiße, davon wußte er gar nichts. Galt das auch für Neuere Geschichte? Hektisch kramte Burkhard Block und Stift aus seiner Plastiktüte, wollte das Entscheidende zu Papier bringen. Aber das Einzige, was er noch aufschnappte, war das Wort Pflichtfach.

Die Halbglatze wechselte zu einem anderen Thema. Burkhard blieb nichts anderes übrig, als seinen Nebenmann zu interviewen. Ein Schwachmat mit Brille und trockener Haut, der trotz seiner zwanzig bis zweiundzwanzig Jahre so aussah, als hätte er bereits ein Jahrzehnt lang bei einer Versicherung gearbeitet.

»Entschuldige, hast du mitgeschnitten, was der Typ gerade über die Lateinkurse gesagt hat?«

»Ich kann jetzt nicht.« Der Versicherungsknecht wedelte abwehrend mit der linken Hand, während seine rechte wie im Rausch über eine Seite seiner schweinsledernen Kladde flog.

Der Glatzkopf sprach gerade davon, wie wichtig die Studierenden ihre Eigenverantwortung zu nehmen hätten.

Burkhard drehte sich zur Linken. Eine Schnitte. Ebenfalls bebrillt und überaus unansehnlich; dafür zugänglicher.

»Ja, ich glaube, wenn du deinen Abschluß in Geschichte machen willst, brauchst du das große Latinum«, beantwortete sie die nochmals gestellte Frage.

»Ficken, gilt das auch für Neuere Geschichte?«

»Keine Ahnung«, sagte die Aussätzige, deren Entjungferung in diesem Jahrhundert wahrscheinlich nur noch unter großen Anstrengungen stattfinden würde.

Burkhard mußte seine Ungeduld bezwingen, bis die unsägliche Veranstaltung zu Ende ging.

Nach einer guten Stunde kam die Fleischmütze endlich zum Schluß: »Und so wünsche ich euch allen einen erfolgreichen Studienbeginn.«

Na, was sonst?! Burkhard hatte sich unter all den Strebern unterdessen ein Exemplar herausgesucht, das ihm halbwegs vernünftig erschien. So konnte er gleich einen ersten Kontakt knüpfen. Denn eins stand jetzt schon fest: Er mußte seinen hehren Vorsatz über Bord schmeißen. Ohne Begleitschutz würde er diesen Zirkus niemals durchstehen.

Als sich die Menge endlich auflöste, nahm er sein Zielobjekt ins Visier. Der Typ besaß ein halbwegs akkurates N.W.A.-Shirt, sah ansonsten aber wie ein Landei aus.

»Ey, Alter!«

»Ja?« Der N.W.A.-Jünger blieb stehen.

»Kannst du mir was über diese Lateinkurse erzähl'n?«

»Tja, ich glaube du brauchst das kleine Latinum, wenn du irgendwas mit Geschichte durchzieh'n willst.«

»Scheiße Mann, meinst du das gilt auch für *Neuere* Geschichte?«

»Keine Ahnung.«

Unerfreulich, höchst unerfreulich diese Information. Aber das konnte er auch später noch klären. Jetzt galt es erstmal, diesen Bauern zu beeindrucken. Er wechselte das Thema: »Weißt du, wo ich hier gutes Dope kaufen kann?«

Das Landei sah ihn erschrocken an.

»Nee, keine Ahnung, ich kiff eigentlich gar nich'«, stammelte er.

»Tja, Alter, grüß mir das Gesundheitsministerium.«

Soviel zur Hackordnung. Aufmunternd klopfte Burkhard dem Spacken auf die Schulter. Dann beschleunigte er seine Schritte. Er hatte in der Masse der aus dem Saal Strömenden eine rote Lockenmähne entdeckt, die von hinten ausnehmend gefällig aussah. Es dauerte eine Weile, bis er sie eingeholt hatte – das Geschiebe war einfach zu groß. Und so hatte er genügend Zeit, Nervosität aufzubauen, nur um schließlich festzustellen, daß es dafür überhaupt keinen Grund gab. Vorder- und Hinteransicht unterschieden sich grob. Das teigige, poröse Gesicht des Mädchens glich einem Eierkuchen. Zusätzliches Manko: Die rote Lockenpracht war über der Stirn gestutzt worden.

Egal. Verbündete sammeln hieß die neue Devise. Burkhard brachte die Lateinnummer.

»Oh, keine Ahnung«, lautete ihre Antwort.

Immerhin. Nicht besonders hübsch, aber sympathisch.

Die Drogenmasche sparte er sich diesmal. Die Braut sah einfach nicht so aus. Stattdessen fragte er sie nach ihrem Studiengang.

»Ich studier Anglistik und Chemie.«

»Und sonst? Was machst du sonst so? Also, ich mein *privat* ...«

»Ich spiel Eishockey. Das heißt, ich *hab* Eishockey gespielt. Zur Zeit such ich 'nen neuen Verein. Ich bin gerade erst hergezogen, weißt du.«

»Hey, cool. Eishockey hab ich auch mal gespielt.«

»Ehrlich?«

»Ja, is' aber schon länger her.«

»Ist doch egal. Vielleicht können wir ja trotzdem mal zusammen Schlittschuhlaufen. Ich mein, wenn das Eisstadion wieder geöffnet hat.«

»Ja, klar.«

Jesus, was sollte das?! Er hatte in seinem Leben erst zweimal auf Schlittschuhen gestanden. Und das war mindestens zehn Jahre her. Na, soweit er informiert war, hatten die meisten Eishallen im Sommer geschlossen. Da sollte ausreichend Zeit bleiben, sich aus diesem idiotischen Versprechen herauszuwinden.

Die Rothaarige unterbrach seine Gedanken.

»Oder hast du vielleicht Inliner?«

»Was?«

»*Inline-Skates.*«

»Nee, leider nich'.«

»Schade.«

»Ja, ärgerlich. Ich hab's einfach noch nicht geschafft, mir welche zu besorgen.«

»Na, egal. Wir seh'n uns, okay?« Sie schloß ein Mountainbike auf und fuhr gemächlich davon, nicht ohne ihm noch einmal zuzuwinken.

Burkhard überkam das unbändige Verlangen, sich ein paar CDs zu kaufen.

13

Ich sitze im *Café Tscheljabinsk* in einem speziellen Sessel, den Bulgarov, der Besitzer, ausschließlich für mich bereithält, und trinke starken ägyptischen Kaffee. Mein rechter Unterarm steckt bis zu den Fingerkuppen in Gips.

Mengele, der eigentlich Landowski heißt, sich den Spitznamen aber gefallen lassen muß, weil er seine Approbation nicht zuletzt wegen einiger waghalsiger Experimente am lebenden Objekt verloren hat, hatte sich recht zuversichtlich gezeigt. Sechs Wochen, so seine Einschätzung, dann sei die Hand wieder vollkommen einsatzfähig. Ich bin nur allzu bereit, ihm Glauben zu schenken. Auf jeden Fall kann ich mein unverzichtbares ›Gehwerkzeug‹, über das mir Landowski noch eine unansehnliche Schutzhülle aus Hartplastik gezogen hat, wieder zum Paddeln benutzen.

Es ist immer noch viel zu heiß für diese Jahreszeit. In den umliegenden Büros herrscht Mittagspause, und nicht wenige der vorbeiflanierenden Sekretärinnen zeigen Beinfleisch. Das hellt meine Laune zusätzlich auf. Ich warte auf Watzlaff.

Pünktlich um zwölf Uhr dreißig steigt er aus einer unscheinbaren Mittelklasse-Limousine, die – darauf könnte ich wetten – gepanzert ist. Er trägt einen sündhaft teuren Anzug und millimeterkurz geschorenes Haar. Sein ursprünglich angenehm geschnittenes Gesicht wird von einem Hitlerbärtchen verunstaltet. Das ist neu.

»Tolle Barttracht, mein Führer!« begrüße ich ihn.

Er ringt sich ein Lächeln ab und sagt mit dem unverkennbaren Akzent des Masuren: »Is' besser für die Arbeit.«

Was auch immer das heißen soll, ich lasse es unkommentiert.

Geschmeidig gleitet Watzlaff auf einen Stuhl mir gegenüber, greift in seine Innentasche und reicht mir die Filmdose. Sie ist erwartungsgemäß leer. Der kostbare Inhalt ist unwiederbringlich in den verdreckten Riechkanälen der beiden Einfaltspinsel verschwunden. Während ich dem guten Stoff innerlich hinterherweine, legt mir Watzlaff den Siegelring und achthundert Lappen auf den Tisch.

»Mehr hatten sie nicht bei sich.«

Ich lasse den Ring in meinem Jackett verschwinden und nehme die Scheine in die Hand. Wenigstens haben die Arschlöcher meine Barschaft vermehrt.

»Was bin ich dir schuldig, Watzlaff?«

»Nichts. Aber du könntest mir einen Gefallen tun.« Kurz glimmt in seinen Augen etwas auf, das mich an eine Beobachtung erinnert, die ich vor Jahren im Zoo gemacht habe. Ein Löwe hatte sich träge erhoben und besprang eins seiner Weibchen, wobei er nicht weniger träge vorging. Der Ausdruck, der dabei in seinen Augen lag, glich dem, den ich eben bei Watzlaff wahrgenommen habe. Eine Mischung aus halbherziger Gier und unbedingtem Machtanspruch. Ich muß mich in acht nehmen.

»Worum geht's?«

»Ich erwarte in den nächsten Wochen eine kleine, aber wichtige Sendung. Ich brauche jemanden, der die Ware ein paar Tage für mich aufbewahrt.« Er gönnt mir ein väterliches Lächeln. Ein Lächeln, das er auf der Schauspielschule gelernt haben wird.

Eigentlich zahle ich meine Schulden lieber gleich und am besten in bar. Aber was soll ich tun?! Watzlaff hat mir geholfen, also komme ich nicht umhin, ihm ebenfalls eine Gefälligkeit zu erweisen. Ich fühle mich unwohl bei der Sache. Aber ich halte das Protokoll ein und lächle nicht weniger jovial, bevor ich auf sein Ansinnen abnicke.

Dann wechsle ich das Thema.

»Und die beiden?« frage ich, während ich die Kohle in meiner Börse verstaue.

»Sind angemessen versorgt worden.«

Das kann alles heißen. Aber ich stelle mir einfach vor, daß Hoppe und der Kambodschaner eine ordentliche Tracht Prügel bezogen haben. Verbunden mit einer deutlichen Ermahnung natürlich.

Nun, zwei Kunden weniger. Dafür ist mein Ruf wieder hergestellt. Und der Ruf ist das Wichtigste. Alles andere darf als zweitrangig betrachtet werden.

»Willst du 'nen Kaffee, Watzlaff?«

»Nein danke. Ich muß weiter; die Arbeit. Du mußt mich entschuldigen.«

»Bist entschuldigt.«

»Bis dann, Krupp. Du hörst von mir.«

Er erhebt sich. Der bullige Typ, der ihm die Wagentür aufhält, sieht aus, als könne er die Hirnschale eines Ochsen mit einer Hand zerquetschen.

Ich sehe dem Wagen nach, der gemächlich im Stop-and-Go-Verkehr verschwindet und trinke meinen Kaffee aus. Dann lasse ich mich von Liman, dem algerischen Kellner, auf mein Brett heben. Auch ich habe noch zu arbeiten.

14

Alexxis Machine, Roots, Minor Threat – er hatte amtlich zugeschlagen; insgesamt waren über hundert Steine draufgegangen.

Das war mehr als die Hälfte von dem, was ihm für eine Woche zur Verfügung stand. Egal. Musik war das Wichtigste. Er mußte die Unkosten eben an anderer Stelle wieder reinholen. Außerdem gab es ja noch den Überziehungskredit. Der war zwar kümmerlich, weil er das neue Konto erst vor ein paar Tagen eröffnet hatte. Aber ausgereizt werden mußte er, und zwar so schnell wie möglich. Ein Bürger, der nicht bereit war, Schulden zu machen, hatte im Kapitalismus nichts verloren. Diesem Gedanken folgend, beschloß Burkhard der Verschwendung noch eins draufzusetzen. Er steuerte eine der zahllosen thailändischen Garküchen an und bestellte Bratreis mit Huhn; als Vorspeise frittierten Rettich, dazu ein chinesisches Bier.

Die Pinte war nur schwach besucht – eine Handvoll Geschäftsleute, ein ungepflegter Rentner und ein Pärchen, das sich hauptsächlich miteinander, weniger mit dem Essen, beschäftigte. Dennoch war Burkhard froh, sich den neuerworbenen Tonträgern widmen zu können. Allein in einem öffentlichen Raum wie diesem, begann er sich schnell unwohl zu fühlen. Er brauchte etwas, dem er seine Aufmerksamkeit schenken konnte. Und so studierte er gewissenhaft die Rückseiten der CD-Hüllen.

Seine Nervosität nahm erst ab, nachdem das Essen serviert worden war. Um echten Genuß zu empfinden, hätte es allerdings größerer Muße bedurft. Und so waren Reis, Huhn und Rettich schnell heruntergeschlungen. Am Ende schmiß er ein großzügiges Trinkgeld auf den Tisch. Der wortkarge Kellner war mehr als unfreundlich gewesen. Da war ein opulentes Bakschisch pädagogisch vertretbar.

Wieder auf der Straße, trieb es ihn zurück zur Universität. Er mußte die Angelegenheit mit diesen Lateinkursen klären. Latein hatte er an der Schule gerade mal ein halbes Jahr gehabt. Wenn die hier nun nähere Kenntnisse verlangten, hatte er ein Problem. Aber ruhig Blut, noch war nichts entschieden.

Keine zwei Minuten später hatte sich das Thema ohnehin erledigt. Beim Durchqueren einer Parkanlage machte er eine Entdeckung, die das Studium augenblicklich zur Nebensache verkommen ließ.

Rechts von ihm, am Rand eines kläglichen Springbrunnens, hatten sich etwa zwanzig Gestalten breitgemacht, die sich unschwer als Punkrocker identifizieren ließen. Die Zusammensetzung der Gruppe entsprach dem üblichen Durchschnitt; auf drei männliche Vertreter kam ein Weib. Die Anzahl der Frauen mit zwei multipliziert ergab die Menge der anwesenden Hunde.

Na, hier waren sie doch, die Menschen nach seinem Geschmack. Keine weltfremden Kleingeister, sondern Mitbürger mit Sinn fürs echte Leben. Burkhard entschloß sich zur Kontaktaufnahme.

Kurz sondierte er die Szenerie, dann gab er sich einen Ruck und steuerte einen leicht weggetretenen Hünen an, der etwas abseits von den anderen saß. Der Typ trug eine mit unzähligen Nieten gepanzerte Lederjacke, darunter lugte ein verschlissenes Shirt hervor, das den verknitterten Schriftzug ›Born To Lose‹ preisgab; den kantigen Schädel zierte ein zusammengefallener, blaugefärbter Irokesenschnitt.

Burkhard ließ sich etwa einen halben Meter neben dem Gepanzerten auf der Steinkante nieder und kramte umständlich eine Celtic aus seiner Jacke. Währenddessen versuchte er sich an einer Gesprächseröffnung: »Hey, ich bin neu in der Stadt. Und ich dachte, ich frag mal, also mich interessiert einfach, wo hier was abgeht.«

»Wa?« Der Hüne hob träge den Kopf und stierte mit glasigen Augen an Burkhard vorbei.

»Na, Konzerte und so ...«

»Wa?«

»Also wo man hier hingehen kann, korrekte Läden und so weiter.«

Diesmal blieb die Antwort gänzlich aus. Stattdessen griff der Gepanzerte zwischen seine Füße und brachte eine Plastiktüte zum Vorschein, die er sich mit einer überraschend fließenden Bewegung auf Mund und Nase preßte. In dieser Position verharrte er mehrere Sekunden, dann riß er mit einem lauten Stöhnen den Kopf zurück, der ihm gleich darauf, wie in Zeitlupe, auf die Brust sackte.

Burkhard sah sich zur Aufgabe genötigt. Weiterer Smalltalk schien sinnlos.

Gerade als er sich erheben wollte, löste sich ein Mädchen aus der Gruppe und schlenderte zu ihm herüber. Sie war jung, beinahe kindlich, mit einem knabenhaften Körper und verfilzten, blonden Dreadlocks. Ihr schmales Gesicht wurde von zahllosen Piercings beherrscht, von denen sich einige böse entzündet hatten.

»Das is' Terpentin, den kannste vergessen. Der schnüffelt zuviel.« Sie wies auf den Hünen, dessen Gesicht erneut in der Tüte verschwunden war.

Burkhard nickte wissend. Dann bot er dem Mädchen eine Kippe an.

»Wie heißt'n?« wollte sie wissen, während sie nach seinem Feuerzeug griff.

Dankbar für den Umstand, endlich in ein *fruchtbares* Gespräch verwickelt zu werden, war Burkhard nur allzu bereit, das geringe Alter der Fragestellerin zu übersehen. Er wollte schon seinen Namen nennen, als ihm einfiel, daß ihn hier niemand kannte, er sich also mühelos eine neue Identität zulegen konnte.

»Torpedo«, sagte er nach kurzem Überlegen.

Die Blonde schien das anstandslos zu schlucken.

»Ich bin Marika«, sagte sie nur. Dann fragte sie ihn, ob er ein Bier wolle.

»Ja, klar.« Burkhard nickte.

»Okay, dann komm mit rüber zu den andern.«

Der Gerstensaft, Billigware aus dem Angebot einer großen Supermarktkette, lagerte im brackigen Wasser des Brunnens. Das Mädchen fischte zwei Dosen heraus und drückte Burkhard eine in die Hand. Niemand schien sich an dieser Geste zu stören. Das war das Angenehme an einer Subkultur wie dieser. Du brauchtest nichts weiter als die richtigen Klamotten, die richtige Frisur oder die richtigen Tätowierungen, und schon wurde deine Existenz als selbstverständlich betrachtet.

Burkhard trank das Bier und unterhielt sich mit seiner neuen Bekanntschaft. Dann trank er noch eins und schließlich ein drittes. Und so vergaß er die Lateinkurse, vergaß das Vorhaben, sich nach diesem wichtigen Detail seines Studiums zu erkundigen. Stattdessen begann er, seine CDs herumzuzeigen, wobei er jeden, der sich in seiner Nähe aufhielt, wissen ließ, daß er arbeitslos sei, mehrere Ausbildungen abgebrochen habe und seit Jahren in verschiedenen Bands gespielt hätte.

Verdammt, das war die wirkliche Welt. Was hatte dagegen die Uni zu bieten?! Burkhard fühlte nichts als Zuversicht und Lebensfreude.

Als das Bier irgendwann zur Neige ging, und ein Typ mit schwer geschädigter Zahnsubstanz, der auf den bezeichnenden Namen Fäule hörte, eine Kollekte vorschlug, schmiß Burkhard einen Zwanziger in die Runde. Irgendwer holte Nachschub, brachte sogar zwei Flaschen Godfather mit, und dann soffen sie weiter, und Burkhard hatte irgendwann Marika auf dem Schoß und begann den Schnaps wie Limonade zu trinken.

Als er am späten Abend erwachte, war er allein. Die Tüte aus dem Plattenladen trieb ein paar Meter entfernt auf der Wasseroberfläche. Sie war so leer wie sein Gehirn.

15

Die Leute stellen sich den Ankauf von Drogen immer besonders aufregend vor. Sie denken dabei an schmierige Figuren in Maßanzügen, die, automatische Waffen im Anschlag, in billigen Hotelzimmern silberne Aktenkoffer austauschen; das typische Bild aus dem Kino eben. In Wahrheit verlaufen auch diese Geschäfte meist in vollkommen entspannter Atmosphäre.

Ich zum Beispiel beziehe meinen Stoff von Harun El Safi, einem ehrbaren Teppichhändler, der versucht, durch diesen kleinen Nebenerwerb die horrende Miete für seinen Laden zusammenzubringen. Hey, wer kauft heute noch persische Teppiche?!

Wir haben schon seit Jahren miteinander zu tun, pflegen ein freundschaftliches Verhältnis und vertrauen uns blind. Der Handel vollzieht sich dabei immer nach dem gleichen Ritual. Harun schenkt mir Tee ein. Dann reden wir, meist über seine vielköpfige Familie, bis er mir zu guter Letzt eine Prise zum Probieren anbietet.

Heute plagen ihn Sorgen. Ali, sein Jüngster, trägt sich mit dem Gedanken, eine Christin zu ehelichen.

»Er ist wie vernarrt, Krupp. Er hört nicht mehr auf mich. Er respektiert seinen Vater nicht mehr. Es würde mich nicht stören, wenn er die Ungläubige nur bespringen würde. Bei Allah, auch ich habe in meiner Jugend von den Töchtern der Giauren gekostet. Aber er hat ihr die Ehe versprochen. Was soll ich tun?«

»Verpaß ihm eine ordentliche Tracht Prügel, Harun.«

Mein Gastgeber schenkt mir ein mildes Lächeln.

»Dafür bin ich zu alt, mein Freund.«

»Dann besorg dir jemanden, der das für dich erledigt. Ohne Not wird der Bengel kaum Vernunft annehmen.«

»Vielleicht sollte ich ihm das Erbe nehmen ...«

Während vor meinem inneren Auge Watzlaffs Bild erscheint, überlege ich mir, daß das für Ali unter Umständen die angenehmere Alternative darstellen könnte.

Harun reißt mich aus meinen Betrachtungen.

»Reden wir nicht länger von diesem Tölpel Ali. Widmen wir uns dem Geschäft.« Er erhebt sich und verschwindet hinter einem Vorhang, der den rückwärtigen Teil seines Büros begrenzt.

Welches Geheimnis der mit Motiven aus der Sesamstraße bedruckte Stoff verbirgt, kann ich nur vermuten. Ich bin noch nie bis dorthin vorgedrungen. Ich stelle mir einen wuchtigen Safe vor, der, neben den üblichen Papieren, nicht nur Geldbündel und eine gewisse Menge Drogen enthält, sondern auch das ein oder andere geheimnisvolle Artefakt aus der Heimat von Haruns Vorfahren. Kostbare, magiebeladene Gegenstände aus alter Zeit, die vom Großvater auf den Vater und vom Vater auf den Sohn vererbt worden sind. Dieses Bild mag meinen ureigenen Vorurteilen geschuldet sein, gewiß. Aber was wäre das Leben ohne Vorurteile?! Gerade heute, wo immer mehr Mysterien einer Flut sachlicher Informationen zum Opfer fallen, bedarf der denkende Mensch dringend einiger unverrückbarer Überzeugungen, die sich auf nichts anderes gründen, als auf dumpfe Vorstellungskraft.

Während Harun vor meinem inneren Auge den Tresor mit einer ausgeklügelten Zahlenkombination füttert, schenke ich mir Tee nach. Dankbarerweise reicht der Tisch, an dem ich mein Brett geparkt habe, einem aufrecht stehenden Menschen gerade mal bis zum Knie.

Als Harun zurückkehrt, gebe ich gerade zwei Eiswürfel in mein Glas. Denn entgegen den guten Sitten und jeglicher Annahme (vielleicht auch nur, um eins meiner Vorurteile außer Kraft zu setzen) trinkt Harun ausschließlich Instanttee der Geschmacksrichtung Zitrone, und der ist bei der derzeitigen Wetterlage dringend auf ein wenig Kühlung angewiesen. Nachdem mein Gastgeber Platz genommen hat, öffnet er eine mit Schnitzereien verzierte Kiste, der er nacheinander einige Plastikbeutel entnimmt. Dann reicht er mir einen kleinen silbernen Löffel.

»Laß dir Zeit, Freund.«

Das tue ich. Ich unterziehe das Angebot einem ausgiebigen Test, betrachte die Färbung sowie die Größe der jeweiligen Kristalle, bevor ich schließlich eine winzige Menge auf meinem Zahnfleisch verreibe.

Am Ende kaufe ich zehn Gramm relativ unverschnittener Ware, die einer Handvoll Stammkunden und meiner eigenen Nase vorbehalten bleiben sollen. Den weitaus größeren Betrag aber investiere ich in minderwertigen Stoff unbekannter Herkunft – immer noch gut genug, um in meiner hauseigenen Backstube mit ein wenig Waschpulver veredelt zu werden. Und genau dahin begebe ich mich dann, in meine bescheidene Herberge, mein kleines, aber behagliches Heim, das mich in den letzten Tagen viel zu selten gesehen hat; natürlich nicht, ohne Harun noch einmal meine Anteilnahme zu versichern.

»Wollen wir hoffen, daß der Junge sich wieder fängt.«

»Inschallah, Krupp. Inschallah.«

Sicherlich wäre es bei dem, was sich in meinen Taschen befindet, nicht unklug, ein Taxi zu chartern. Aber ich halte mich gern an der frischen Luft auf. Außerdem will ich der bei Menschen, die mit Kokain zu tun haben, so beliebten Paranoia erst gar keinen Vorschub leisten. Ich bin nichts weiter als ein gesetzestreuer Krüppel, der gerade von seiner täglichen Betteltour zurückkehrt. Was soll's schon?! Und so rolle ich langsam und gutgelaunt den Bürgersteig entlang, bis mir plötzlich, nicht weit von meinem Block entfernt, eine Gestalt entgegenkommt, die meinen Seelenfrieden abrupt zunichte macht.

Die Rothaarige mit dem schnittigen Hosenanzug und der dynamischen Frisur, die mir da fröhlich zuwinkt, hat mir schon allzu oft den Nerv gezogen. Es ist Agnetha Peruzzi, meine mir von der Stadt zugeteilte, ganz persönliche Fürsorgerin.

16

Auf alles habe ich plötzlich Lust, nur nicht auf ein Gespräch mit der Fürsorge. Schon gar nicht mit dem ganzen Stoff in der Tasche, der schlagartig an Gewicht gewonnen hat. Aber ein Entkommen ist unmöglich, denn Agnetha Peruzzi hat mich bereits entdeckt. Sie winkt aufgeregt.

»Ah, hallo. Hallo, Señor Krupp. Schön, daß ich Sie noch sehe. Ich war gerade bei Ihnen oben.«

»Guten Tag, Fräulein Peruzzi.« Ich quäle mir ein Lächeln ins Gesicht. »Was steht an?«

»Sie haben mal wieder Ihr Geld nicht abgeholt. Und ich dachte, es würde Sie freuen, wenn ich es Ihnen vorbeibringe.« Sie reicht mir einen blauen Umschlag, wobei sie leicht in die Knie geht, was aussieht, als würde sie einen Knicks versuchen, mich im Moment aber nicht zu erheitern vermag.

Verdammt, ich muß besser aufpassen. Offiziell laufe ich bei der Stadt als erwerbsunfähig, weshalb mir monatlich eine gewisse, wenn auch klägliche Summe zusteht. Dieses Geld muß ich persönlich abholen – ein lästiges Manöver, das ich in letzter Zeit immer häufiger vergesse. Ich brauche die paar Kröten einfach nicht; sie machen noch nicht mal ein Zwanzigstel meiner Einnahmen aus. Erschwerend kommt hinzu, daß ich für dieses Almosen jedesmal einen geschlagenen Vormittag opfern muß. Und das in der Gesellschaft von aggressiven Säufern, aufgedunsenen Hausfrauen und Rentnern, deren abgetragene Kleidung nach Urin stinkt. Klar, daß ich diese Pflicht nur zu gern verdränge. Zumal ich in dieser Zeit weitaus mehr Geld *verdienen* kann.

Aber, wie schon erwähnt: Ich muß aufpassen. Irgend jemand könnte mißtrauisch werden, und das hätte dann sicherlich lästige Fragen zur Folge. Bei Agnetha Peruzzi mache ich mir in dieser Hinsicht weniger Sorgen. Sie ist neu in dem Job, trägt noch schwer an den Idealen, die sie ihr an der Universität eingeflößt haben. Sie glaubt bedingungslos an das Gute im Menschen und lebt unerschütterlich in dem verzeihlichen Wahn, daß die Welt zu verbessern sei, wenn alle nur genügend Einsatz an den Tag legen würden. Mich hält sie für einen zu Unrecht Ausgestoßenen, dem für die Wunden, die ihm die Gesellschaft zugefügt hat, uneingeschränkte Wiedergutmachung zusteht. Aber selbst in ihrem Kopf sind erste Zweifel aufgetaucht.

»Wie schaffen Sie das bloß? Wie kommen Sie ohne das Geld nur zurecht?«

»Nun, ich lebe sehr bescheiden. Was brauche ich schon in meinem Alter?! Ein bißchen Brot, ein bißchen Brühe. Zwischendurch vielleicht die ein oder andere Zigarette. Und ich gehe nicht gern zur Fürsorge, wissen Sie. Es ist mir unangenehm, dem Staat auf der Tasche zu liegen. Manchmal sind die Schmerzen in den Stümpfen auch einfach zu groß ...«

Agnetha Peruzzis Augen beginnen mitfühlend zu schimmern.

»Aber das Geld steht Ihnen doch zu. Sie müssen sich nicht schämen. Und was die Schmerzen betrifft, wird sich eine Lösung finden. Ich werde anfragen, ob sich in ihrem Fall nicht eine Ausnahme machen läßt. Vielleicht kann Ihnen mit der Post ein Scheck zugestellt werden.«

»Das wäre in der Tat ein echter Segen«, werfe ich ein, wobei ich mich bemühe, einen entsprechend dankbaren Blick aufzusetzen.

Meine Hoffnung, das Gespräch damit zu einem guten Ende gebracht zu haben, ist allerdings verfrüht. Agnetha Peruzzi hat noch etwas in der Hinterhand.

»Eventuell können wir Ihnen in Zukunft die Abhängigkeit vom staatlichen Wohlfahrtssystem sogar vollständig ersparen. Ich wollte Ihnen eigentlich einen Vorschlag machen. Vielleicht können wir in Ihrer Wohnung darüber reden.«

Ich bin einen Moment lang konsterniert. Jesus, noch nie war jemand von der Fürsorge in meiner Wohnung. Auch sonst hat da keiner was zu suchen. Und auf gar keinen Fall werde ich Agnetha Peruzzi mit nach oben nehmen. Im Flur steht immer noch der neue Fernseher mit Breitwandbildschirm, den ich mir letzte Woche habe kommen lassen. Dessen Existenz würde selbst das gutgläubige Gemüt meiner Sachbearbeiterin überfordern.

Ich setze zu einem Konter an: »Lassen Sie uns in das Café an der Ecke gehen. Ich hatte ohnehin vor, eine Kleinigkeit zu mir zu nehmen. Und in meiner Wohnung sieht es nicht besonders ordentlich aus. Das Aufräumen fällt mir nicht leicht, verstehen Sie. Es wäre mir peinlich, dieses Chaos einer Frau zuzumuten.«

»Wie wäre es mit einer Putzhilfe?«

Das fehlte mir noch.

»Äh, das ist nett von Ihnen, wirklich gut gemeint. Aber ich denke, noch komme ich allein zurecht. Mir selbst macht ein bißchen Unordnung nichts aus.«

Im *Bistro Tirana* kommt es noch dicker. Während ich meine Geschmacksnerven mit einem Blaubeer-Bagel kitzle (Agnetha Peruzzi hat sich für eine Diät-Cola entschieden), unterbreitet sie mir ein Angebot, das an Heimtücke nicht zu überbieten ist.

»Wir haben da ein neues Programm; es nennt sich Freiheit durch Arbeit. Hauptsächlich geht es dabei um Menschen, die, nun, äh, aufgrund körperlicher Beeinträchtigungen nicht für den ersten Arbeitsmarkt in Frage kommen. Wir kooperieren da mit einem namhaften Elektronikkonzern. Natürlich geht es im Großen und Ganzen um leichtere Tätigkeiten. Kabel sortieren und so weiter.«

Weil ich nicht weiß, wie ich aus dieser Geschichte auf die Schnelle herauskommen soll, entscheide ich mich, das Gesagte mit einem unklaren Grunzen zu kommentieren.

Agnetha Peruzzi scheint das als Kritik aufzufassen.

»Sicher, das entspricht in keiner Weise Ihren intellektuellen Fähigkeiten. Aber sie würden Siebzehn Fünfzig die Stunde verdienen, und Sie hätten eine Aufgabe. Sie könnten sich endlich wieder wie ein vollwertiges Mitglied dieser Gesellschaft fühlen.«

»Ja, sicher, natürlich ...«, murmele ich, immer noch unschlüssig, welche Ausrede jetzt angebracht wäre.

Dankbarerweise hilft mir meine Fürsorgerin gleich selbst aus der Klemme.

»Sie können sich die Sache ja noch mal in Ruhe durch den Kopf gehen lassen. Wenn Sie sich entschieden haben, rufen Sie mich an.«

»Ja, das wird wohl das Beste sein«, entgegne ich, schwer darum bemüht, mir meine Erleichterung nicht anmerken zu lassen. Und dann weiß ich plötzlich, was ich sagen muß.

»Wissen Sie, ich habe es noch niemandem erzählt, aber ich trage mich schon seit längerem mit dem Gedanken, hier wegzuziehen. Ich habe Verwandte im Norden, die sich um mich kümmern würden. Da wäre es doch ärgerlich, so ein wundervolles Projekt überhaupt zu beginnen, einem aufrechten Mitmenschen vielleicht den Platz wegzunehmen.«

Agnetha Peruzzi nickt verständnisvoll. Bevor sie geht, übernimmt sie für uns beide die Rechnung.

Während ich ihr hinterherschaue, überlege ich mir, was sie sagen würde, wenn sie wüßte, was ich in Wahrheit für ein Leben führe. Dabei drängt sich mir das Gefühl auf, daß ich sie ungern enttäuschen möchte; auch wenn das früher oder später sowieso irgendwer tun wird.

Aber genug der moralischen Betrachtungen, ich muß mich eilen. Die Kundschaft hat lange genug auf meine sachkundige Beratung verzichten müssen. Es wird Zeit, die Ware zu präparieren.

Kaum, daß ich die Haustür aufgeschlossen habe, erwartet mich allerdings die nächste Hürde. Ein Schild der Verwaltung signalisiert es klar und deutlich: Der Fahrstuhl ist mal wieder kaputt.

17

Die Schlampe saß in der Küche und hielt ihre frisch lackierten Fingernägel in die Luft.

»Wir sollten ihn erschießen«, sagte sie und wies mit dem Kopf kurz auf den Alten, der zu schlafen schien. »Was nützt er uns noch?! Wenn er uns überhaupt je genützt hat. Er kostet nur Geld, und er stinkt wie ein Misthaufen.«

Du riechst auch nicht viel besser, dachte Irina.

»Bertrand sollte ihn mit der Schrotflinte erledigen und irgendwo hinterm Haus verbuddeln.«

Wäre nicht das erste Grab. Irina schauderte. Laut sagte sie: »Bertrand sollte ihn vielleicht erstmal baden.«

Die Alte stieß ein schrilles Lachen aus.

»Der hat doch selbst schon über ein halbes Jahr nicht mehr gebadet.« Unvermittelt richtete sie ihren Blick auf Irinas Gesicht. »Warst du heute morgen an meinen Tabletten, Schätzchen?« Ihre Augen hatten sich zu bösartigen, gelben Schlitzen verengt.

Irina wollte sich an ihr vorbeischieben, wollte der Frage einfach davonlaufen, aber in Sekundenschnelle hatte die Alte ihr Handgelenk gepackt.

»Natürlich hast du dir was genommen. Ich seh's dir doch an.« Der Druck ihrer vergilbten Finger verstärkte sich.

»Na, und wenn schon. Was willst du jetzt machen? Die Bullen rufen?« Irina riß sich los.

»Warte. Gib mir erst 'n bißchen Geld, Herzchen. Ich muß was einkaufen.«

Ja, Schnaps wahrscheinlich. Irina kramte einen Schein aus ihrer

Jacke. Wenn sie keinen Sprit bekam, war die Vettel durchaus in der Lage, das Haus anzuzünden.

»Was denn?! Nur einen Zehner? Der eigenen Mutter die Medikamente stehlen, aber nichts in die Haushaltskasse zahlen. Ein schönes Früchtchen hab ich mir da großgezogen.«

»Ach, verreck doch!« Irina stiefelte aus der Küche.

»Miststück!« brüllte ihr die Alte hinterher.

Während sie die verschwommene Dunkelheit der Metro-Schächte an sich vorbeiziehen ließ, malte sich Irina einmal mehr aus, wie es wäre, den Saustall endlich zu verlassen. Eine Wohnung für sich allein, vielleicht mit Raoul und Alarm zusammen. Sie brauchte bloß einen ordentlichen Job, eine Zeitlang richtig rabotten und danach Stütze abgreifen. Die Idioten zu Hause vollständig aus ihrem Leben entfernen. Sie sah es vor sich: Bertrand und der Alten würden die Kinnläden auf die Füße fallen. Aber erstmal benötigte sie Kohle.

Die Arbeit bei *Wompy's* brachte es nicht. Mal abgesehen von der Tatsache, daß die Arschlöcher einen Scheiß bezahlten, bekam sie da einfach nicht genug Stunden zusammen. Zur Zeit riß sie gerade mal drei Schichten die Woche ab. Sie brauchte was anderes, mußte mal wieder die Zeitungen durchblättern.

Ein Plan, der sich keine dreißig Minuten später verfestigt hatte. Denn heute herrschte Hochbetrieb. Anscheinend hatte es überall Taschengeld gegeben. Hunderte von Kids verlangten ihre *Whopper* und *Doppel-Whopper*, und alle bestellten sie natürlich Cola und Pommes dazu; wobei gerade die Fritten am meisten aufhielten und die größte Arbeit verursachten.

»Ey, ich wollt' Mayo, kein Ketchup!« Ein pubertierender Schlacks mit Nike-T-Shirt, Akneproblemen und Goldkette (die auch noch *echt* aussah) hielt ihr empört sein Schälchen unter die Nase.

»Kein Problem.« Irina griff sich das Teil und ließ einen Schwall Mayonnaise über die rotgetränkten Dickmacher laufen.

»Ey, bist du blöd, oder was?! Ich wollte *nur* Mayo. Ich hasse Ketchup!« ereiferte sich das Gör; war es wahrscheinlich gewohnt, immer alles schön nach Wunsch zu bekommen.

Irina fixierte ihn.

»Wenn du die Scheiße nicht essen willst, schmeißt du sie halt in den Müll; is' eh gesünder.«

Der Rotzlöffel fing an zu kreischen: »Ich will den Geschäftsführer sprechen. Sofort!«

»Der Geschäftsführer sitzt im Knast.«

Dem Kid kamen vor Wut und Erregung die Tränen, aber es mußte zurückweichen. Die Schlange hinter ihm besaß kein Verständnis für Verzögerungen. Ein fetter Biker mit einer Schweinchen-Dick-Tätowierung schob den greinenden Ketchupverächter kurzerhand beiseite.

Während der gekränkt davonstolzierte und Irina sich daran machte, die verlorene Zeit aufzuholen, fiel ihr Blick auf die messinggerahmte Tafel, die den aktuellen Mitarbeiter des Monats präsentierte. Ihr Bild hatte noch nie da gehangen. Und das war bei diesem ganzen Schwachsinn, dieser unerträglichen Hitze und den peinlichen Kostümen, die sie hier tragen mußten, dann doch ein Trost.

Um halb elf stand plötzlich Sabs vor ihr.

»Na Fräulein, heute schon was beim großen Burger-Roulette gewonnen?«

»Mach bloß keine Witze, okay?! Ich bin am Ende.«

»Hey, entspann dich, Süße.« Sabs begann an Irinas Namensschild herumzufummeln.

Irina schlug ihr zärtlich auf die Finger.

»Willst'n Milchshake?«

»Klar ...Wie lange wird diese erlesene Fettschmelze Eurer Dienste denn noch bedürfen, Hoheit?«

Irina sah auf die Uhr.

»Noch zwanzig Minuten. Wartest du so lange?«

»Klar, meinst du, ich bin zum Spaß hier?! Ich will mit dir noch 'n paar Männerherzen abfackeln.«

»Nur die Herzen?«

»Mal seh'n ...« Sabs lachte, verdrehte vielsagend die Augen und verzog sich mit ihrem Becher an einen der Tische.

Wie immer zog ihre Aufmachung die Blicke der anwesenden Schwanzträger auf sich – enges, tiefausgeschnittenes Oberteil; enge, silberne Shorts; grüne Lackstiefel bis knapp unter die Knie. Den Typen rann der Sabber gleich literweise aus den Mundwinkeln. Die Bräute hingegen verfolgten den Auftritt mit durchgehend verächtlichen Mienen.

Noch sieben Minuten. Der Kundenstrom war fast verebbt. Gerade steuerte allerdings ein Pärchen auf den Tresen zu. Scheiße, das war das Kind mit der Goldkette. Und die Tante mit dem strengen Kostüm und den riesigen Ohrringen konnte nur die dazugehörige Mutter sein. Das roch nach Ärger. Und genau darauf hatte Irina im Moment überhaupt keinen Bock.

Sie verdrückte sich in den Personalraum, riß ihren Spind auf und raffte ihre Klamotten zusammen. Das Bündel unterm Arm, rannte sie an den riesigen Grillmaschinen vorbei zurück in den Verkaufsbereich.

»Hey, wohin? Is' noch nich' Feierabend«, rief Saunders, der Manager, der gerade eine der arabischen Reinigungskräfte zur Sau machte.

Irina ignorierte ihn und sprintete weiter zu Sabs, die an ihrem Getränk nuckelte.

»Hey, was'n los?« Die kirschroten Schlauchbootlippen gaben den Strohhalm frei.

»Wir hau'n ab!« befahl Irina.

Sabs regte sich nicht, war offensichtlich verwirrt.

Unterdessen hatte das Gör sie entdeckt.

»Da ist sie, Mama! Da is' die Fotze, die mir den Ketchup gegeben hat.«

Seine Mutter hatte Irina ohnehin schon erspäht. Der Instinkt der Wölfin. Energisch steuerte sie in ihre Richtung.

»Hey Sie, warten Sie mal. Ich habe ein Wörtchen mit Ihnen zu reden.«

»Na, los.« Irina zog Sabs vom Stuhl und zerrte sie Richtung Ausgang.

»Warte«, jammerte die. »Meine Schuhe ...!«

»So einfach kommen Sie mir nicht davon. Diese Geschichte wird ein Nachspiel haben. Mein Sohn ist Allergiker!«

»Mann, was war das denn für eine?« keuchte Sabs, nachdem sie ungefähr zweihundert Meter bis zum Ponte Maldini gelaufen waren.

Sie ließen sich auf eine der Betonbänke fallen.

»'ne Irre mit Ketchup-Neurose.« Irina steckte sich eine Zigarette an. »Willst du auch eine?«

»Nee, danke.« Sabs hustete. »Meinst du nich', daß das 'nen riesen Ärger gibt?«

»Ach scheiß drauf, der Job steht mir eh schon bis hier.«

Sie schwiegen eine Weile, sahen einem Obdachlosen zu, der brabbelnd seinen überladenen Einkaufswagen vorbeischob.

»Wie geht's eigentlich Plagge?« fragte Sabs plötzlich.

Seltsam, das hatte Alarm auch schon wissen wollen. Was hatten die denn mit einem Mal alle mit diesem Typen? Machte sie etwa den Eindruck, als ob sie ohne Macker nicht zurechtkäme?

Bei Sabs kam sie allerdings nicht an einer Antwort vorbei. Sie zog die zerknitterte Postkarte aus ihrem Rucksack. Den Text kannte sie auswendig. Waren ja auch nur zwei Sätze: ›Cookie, Ende Junie kome ich raus. Ich vermise dich, Plagge.‹

»Na, 'n großer Poet isser ja noch nie gewesen. Freuste dich denn, ich mein, daß er bald wieder da ist?«

»Keine Ahnung.« Irina ließ die Glut auflodern.

»Is' ja auch egal. Los, bevor der Typ wieder das große Kommando führt, geh'n wir uns noch 'n bißchen amüsieren. Erstmal brauchen wir allerdings 'nen Platz, an dem du dich umziehen kannst. *So* kommen wir nirgendwo rein.«

18

»Nee, nich' in *den* Schuppen. Auf so 'ne Greisenparty hab ich überhaupt keinen Bock. Is' sowieso viel zu teuer ...«

»Ach was, komm schon. Wir finden schon jemand, der uns einen ausgibt.« Sabs fingerte ungeduldig an ihrem Ausschnitt herum.

Sie standen vor dem *Alcasar*, einem Club für Menschen, die es gewohnt waren, ihre Rechnung mit Platinkarte zu bezahlen.

»Wenn's dich glücklich macht.«

Irina wäre lieber irgendwo hingegangen, wo sie etwas *Tanzbares* spielten. Aber Sabs stand auf diesen ganzen Kohle-Scheiß, und Irina fehlte heute einfach die Kraft, ernsthaft dagegenzuhalten.

Sie kamen ohne Schwierigkeiten an den Türstehern vorbei (junge, gutaussehende Frauen hatten hier nie Probleme), luden ihren Kram an der Garderobe ab und setzten sich an eine gläserne, mit Wasser gefüllte Theke, die einen altersschwachen Zitteraal beherbergte.

Der Laden war nur dürftig besucht; der große Ansturm würde erst einsetzen, wenn die Stammkundschaft ihre Sightseeingtour durch die Szenebars und Edelrestaurants beendet hatte. Die Tanzfläche war *komplett* verwaist. Kein Wunder, wenn eine Amöbe wie Whitney Houston aus den Boxen dröhnte. Trotzdem dauerte es nicht lange, bis sie Gesellschaft bekamen. Sabs sah einfach zu verschärft aus, um die anwesenden Aasgeier nicht in sofortigen Aufruhr zu versetzen. Die ersten, die ihr Glück versuchten, waren zwei Typen in den Dreißigern. Sie machten auf sportlich, trugen Polohemden, Baumwollshorts und Mokassins – Klamotten, die sicher viel gekostet hatten, die beiden aber aussehen ließen wie Pfadfinder. Da halfen auch die fünf Kilo Gel nichts, die sie sich ins Haar geschmiert hatten.

»Na, was treibt euch hierher?« fragte der, dessen Uhr einen Hauch protziger wirkte als die seines Begleiters.

Irina überließ es Sabs, zu antworten.

»Wir hatten heute einen verdammt harten Tag im Studio. Und jetzt versuchen wir, ein bißchen zu entspannen.«

»Hey, ihr seid Models, was?«

»Nein, wir spielen in einer Band. Wir machen Musik, verstehst du?!«

»Oh. Laß mich raten. Ihr seid eine reine Mädchenband, und du bist die Sängerin?«

»Wir sind eine reine Lesbenband, und ich singe nicht, ich schreie. Manchmal kotze ich auch.«

Pfadfinder Eins mußte lachen.

»Okay Was trinkt ihr?«

»Normalerweise Champagner mit Eis.«

Pfadfinder Zwei ließ die Barfrau antanzen. Sie trug ein kurzes, olivgrünes Top, das knapp über dem Nabel ein frisches Branding präsentierte. Die Narben versuchten, eine aufgehende Sonne darzustellen, kamen über ein Wollknäuel aber nicht hinaus. Irinas Laune besserte sich erheblich. Wenn das hier zur Arbeitskleidung gehörte, war sie mit der Kluft bei *Wompy's* gar nicht *so* schlecht bedient.

Nachdem die Getränke vor ihnen standen, gab es die übliche Vorstellungsrunde.

»Also«, sagte Pfadfinder Eins. »Ich bin Erik, und das ist mein Partner Marc Frederic. Wir sind im Devisengeschäft.«

»Ich bin Sheila, und das ist Carla, meine Cousine.«

»Hey, welche Funktion hast du in der Band?« Marc Frederic wandte sich Irina zu. Wahrscheinlich hatte er in Begleitung seines wortführenden Freundes nur allzu oft den Kürzeren gezogen, weshalb er sich von vornherein den vermeintlichen Trostpreis sichern wollte.

»Ich scratche.«

»Was machst du?«

»Ich scratche. Ich erzeuge Töne, indem ich Schallplatten vor- und zurückschnellen lasse.«

»Ah, ich verstehe«, sagte Marc Frederic, der rein gar nichts verstand.

Und plötzlich bekam Irina Lust auf das Spiel. Sie nahm einen Schluck Schampus und sah zu Sabs hinüber. Die zwinkerte ihr lächelnd zu.

Sie tranken einiges und redeten – hauptsächlich über Musik, wobei sich herausstellte, daß Marc Frederic gar keinen so verkorksten Geschmack besaß, wie Irina vermutet hatte. Sie hätte auf Tom Jones oder Ricky Martin getippt, stattdessen hörte er Neil Young und Jimmy Hendrix. Immerhin.

Marc Frederic orderte die Drinks, Erik belagerte Sabs, und Irina wurde von der Vorstellung überwältigt, wirklich in einer Band zu spielen. Hardcore natürlich, und natürlich als Gitarristin. Sie hatten eine Platte draußen, und die nächste war in Arbeit, und hier standen sie mit zwei wichtigen Arschlöchern von irgendeiner scheiß Plattenfirma und bequatschten den nächsten Deal. Und dann griff Erik Sabs an den Oberschenkel und flüsterte ihr was ins Ohr, und Sabs beugte sich zu Irina und sagte: »Hey, laß uns mal aufs Klo verschwinden, Süße.«

»Was meinst du, schleppen wir sie ab?« wollte sie wissen, während sie bei offener Kabinentür ihre Blase entleerte.

»Spinnst du?! Du willst dich von diesen Armleuchtern doch nicht etwa ficken lassen?« Irina lehnte Sabs gegenüber an einer gekachelten Wand und rauchte.

»Quatsch. Ich will einfach noch was erleben. Die Jungs haben zwei Zimmer im Ambassador. Und sie sind scharf auf uns. Also laß uns mitgehen und gucken, ob wir sie nicht 'n bißchen verarschen können.«

»Wie denn?«

»Das laß mal meine Sorge sein.«

Sie nahmen alle ein Taxi und ließen sich vor dem Hotel absetzen.

Während der Fahrt hatte sie Erik, der es scheinbar kaum noch abwarten konnte, mit einem ausgiebigen Bericht über seine außerordentliche Fitness genervt. In seiner Freizeit spielte er Football oder so was.

Jetzt kam er nicht daran vorbei, mit einem fetten Trinkgeld anzugeben. Dankbarerweise ließ sich der Fahrer, ein stämmiger Mittvierziger, den ein Aufkleber am Armaturenbrett als Ku-Klux-Klan-Anhänger auswies, dadurch in keiner Weise beeindrucken. Er fuhr grußlos davon.

Das *Ambassador* war genau die protzige Absteige, die Irina erwartet hatte. Dicke Teppiche, teure Leuchter, Marmor und Spiegel in jeder nur erdenklichen Ecke, Personal in Uniform, und Gäste, denen deutlich anzusehen war, daß sie das Wort Verschwendung nur noch buchstabieren, aber nicht mehr empfinden konnten.

Natürlich war das Zimmer riesig, so wie Erik sich benahm, mußte es wohl seins sein, und natürlich stand überall Schnickschnack herum, der nichts anderes zu tun hatte, als nach Geld auszusehen. Sie ließen sich in eine Sitzgruppe fallen, während Erik beim Zimmerservice weiteren Schampus und eine Flasche Whisky bestellte. Marc Frederic schmiß derweil den Fernseher an und schaltete auf MTV.

Irina ließ den Film aus dem Club einfach weiterlaufen. Es war ganz natürlich, hier zu sein, ganz natürlich, halbbetrunken in all diesem Luxus rumzuhängen. Das war das ganz normale Rockstarleben.

Für einen Moment überkam sie der Wunsch, den Fernseher einzutreten. Eriks Stimme brachte sie in die Wirklichkeit zurück.

»Okay. Was wollen wir machen? Strippoker?«

Sabs lachte.

»Auf so was steht ihr also. Zwei arme, züchtige Mädchen mit ein paar Taschenspielertricks dazu zu bringen, sich vor euch auszuziehen. Okay, nichts dagegen. Aber wir spielen selten Karten, und wir sind eine junge Band, die 'ne Menge Unkosten zu decken hat. Also ändern wir die Regeln ein bißchen. Für jedes Kleidungsstück, das *ihr* verliert, legt ihr zwanzig Steine dazu.« Sabs befand sich also ebenfalls noch in dieser Rock-'n'-Roll-Phantasie.

Jetzt war es an Erik, zu lachen. »Ganz schön geschäftstüchtig, die Dame. Aber gut, wir sind dabei, oder?!«

Marc Frederic nickte nur. Er sah bei dem Gedanken an die kommenden Ereignisse ein wenig unentspannt aus. Irina machte sich keine Sorgen. Wenn Sabs sich etwas ausgedacht hatte, und das hatte sie zweifellos, gab es keinen Grund, sich Sorgen zu machen.

Erik rief noch einmal beim Zimmerservice an und verlangte ein Kartenspiel. Der Page, der es ihnen brachte, konnte sich ein anzügliches Grinsen nicht verkneifen.

Die Pfadfinder gossen sich Whisky in die Gläser. Sabs und Irina blieben bei Champagner. Und dann spielten sie ein paar Runden, und irgendwann wurde es eng: Irina trug nur noch Slip und T-Shirt, Sabs war gerade dabei, ihr Oberteil auszuziehen.

Immerhin lagen auf ihrer Seite der Glasplatte bereits sechs Scheine.

»Wir wissen ja alle, worauf das hinauslaufen wird, oder?!« Sabs schmiß ihr Top auf den Haufen zu ihren Füßen.

»Worauf könnte ein harmloses Spielchen wie dieses hinauslaufen?« Erik starrte hypnotisiert auf die entblößten Titten.

Marc Frederic stürzte derweil seinen Drink hinunter. Sein Gesicht war bereits stark gerötet.

»Habt ihr von diesem neuen Zeug gehört?« fuhr Sabs unbeeindruckt fort. »Ihr wißt schon, diese Pillen, die ihn dir länger stehen lassen?«

»Ja, klar.« Erik stieß leise auf. »Wieso?«

»Ich hab welche dabei?«

»Was?«

»Ich hab 'n paar dabei.« Sabs begann in ihrer Tasche zu kramen.

»Ey, und was soll das? Was soll das jetzt? Ich mein, so was *brauchen* wir nich'.«

»Brauchen wir nich'«, wiederholte Marc Frederic. Er sah ziemlich weggetreten aus.

»Aber wir. Wir sind einiges gewöhnt, und wenn wir gefickt werden wollen, wollen wir gut gefickt werden.« Sabs streckte ihren Arm aus. Auf ihrer Handfläche lagen zwei bläuliche Tabletten.

»Ich fass es nich'«, stöhnte Erik. »Nee, so was nehm ich auf gar keinen Fall. Niemals. Wer weiß, was da drin is'.«

»Na gut. Wir können's auch sein lassen.« Mit der freien Hand griff Sabs nach ihren Klamotten.

»Hey. Hey, warte. Was meinst du, Marc?«

»Ich meine, Augen zu und durch, Partner.« Marc Frederic nahm sich eine der Pillen, stopfte sie sich mit einer schnellen Handbewegung in den Mund und spülte nach.

Erik sah ihn überrascht an. Dann ließ er seinen Blick unentschlossen von Sabs' Hand zu ihren Brüsten wandern. Am Ende siegte die Gier.

»Ach, scheiß drauf. Wir wollen ja schließlich Spaß haben, oder?!« Zögernd ließ er die verbliebene Pille zwischen seinen Lippen verschwinden.

»Es dauert 'ne halbe Stunde, bis es wirkt. Wir können also ruhig noch ein oder zwei Partien einschieben.« Sabs nahm sich die Karten.

Marc und Erik verloren zwei Spiele in Folge und mußten vier weitere Scheine abdrücken. Sie waren nun ebenfalls so gut wie nackt, wobei es besonders Erik, der seine Angst vor den Tabletten offenbar vergessen hatte, Spaß zu machen schien, seinen muskulösen Körper zur Schau zu stellen.

Er wollte gerade ein neues Blatt austeilen, als Sabs ihn unterbrach: »Hey, wär doch schade, wenn es überhaupt nichts mehr zum Auspacken gäbe, oder?! Laßt uns um was anderes spielen.«

»Jau, gute Idee«, pflichtete Marc ihr bei. »Laßt uns ...« Und dann griff er sich plötzlich an die Kehle, während seine Gesichtsampel von rot auf grün umsprang. Mit Panik im Blick stemmte er sich aus dem Sessel, stand einen unwirklichen Moment lang vor ihnen – ein Untoter, der seinen Sarg nicht mehr findet –, bis er schließlich auf weichen Beinen Richtung Badezimmer taumelte.

Kaum, daß er aus ihrem Sichtfeld entschwunden war, drang lautes Würgen an ihre Ohren.

Erik sah seinem Freund mit offenem Mund hinterher, griff sich verwirrt an die Stirn, und dann schnallte er es.

»Ihr verdammten Schlampen. Ihr kleinen, miesen Flittchen. Was habt ihr uns da gegeben?« Er sprang ebenfalls auf. Das Gesicht wutverzerrt, nichts weiter als ein von Satansjüngern bearbeiteter Klumpen Knetmasse. Für einen Augenblick sah es so aus, als ob er über den Tisch hechten würde. Aber dann packte das Übel auch ihn. Und er wandte sich ab und erbrach sich unter Krämpfen über den Fernseher.

Er sah nicht schlecht aus, wie er da stand, nur in Boxershorts, den Waschbrettbauch aufs Äußerste angespannt. Aber Irina mußte sich losreißen.

»Los, Abflug!« brüllte Sabs, die schon halb in ihrer Jacke steckte.

So schnell sie konnte, zog Irina sich an. Dann griff sie sich die halbleere Whiskyflasche. Die Kohle hatte Sabs bereits gesichert.

Gerade als sie aus der Tür wollten, torkelte Marc Frederic aus dem Badezimmer. Am Kinn klebte ihm ein Faden Erbrochenes. Er wollte irgend etwas sagen, und Irina hatte schon die Flasche im Anschlag. Aber ihr Widersacher war zu geschwächt. Mit einer beinahe hilflosen Geste ließ er sie passieren.

»Hey, was hast du denen gegeben?« keuchte Irina, nachdem sie am Portier vorbeigestürmt waren.

Sabs verlangsamte das Tempo auf Schrittgeschwindigkeit.

»Spasmobuterol. 'n Mittel aus der Schweinemast. Ich hab's von Moses.«

»Wußtest du, wie's wirkt?«

»Nich' wirklich.«

»Mann.«

»Jetzt wissen wir's. Und?« Sabs wedelte mit den Scheinen. »Taxi?«

»Taxi«, sagte Irina.

19

Natürlich kannst du deine Ware ganz gemütlich von zu Hause aus verkaufen. Paschamäßig im Sessel thronen, lässig mit der Elektrowaage hantieren und dabei die Scheine einstreichen.

Der Spaß geht allerdings nicht lange gut. Innerhalb kürzester Zeit gleicht deine Bude einem Sammellager übelster Schmarotzer. Verwahrloste Nichtsnutze, die plötzlich ein schauspielerisches Talent entwickeln, als ob es für eine Hauptrolle im nächsten Tarantino vorzusprechen gälte, brechen abrupt in Tränen aus, winden sich zu deinen Füßen wie Maden im Körper eines verendeten Straßenköters und versprechen dir für ›nur ein einziges weiteres Gramm‹ Dinge, die selbst ein Staatsoberhaupt nicht halten könnte.

Die wenigen, die in der Lage sind, Bares beizubringen, erweisen sich als nicht minder problematisch. Naturgemäß fordern sie das Recht ein, sich ihren Kick sofort zu verschaffen. Danach hängen sie in deinen Sitzmöbeln, lassen Speichel über die Polster fließen oder kacken gleich vollständig ab, und du bist dann derjenige, der die Ambulanz rufen darf.

Zu allem Überfluß klingelt Tag und Nacht das Telefon; ständig tauchen Leute auf, die du noch nie gesehen hast, und irgendwann gibt schließlich ein armes Schwein, das sie mit einem halben Gramm Schore erwischt haben, deine Adresse an die Bullen weiter, und das war es dann mit den geleasten Möbeln, der teuren Stereoanlage und den modischen Seidenhemden.

Nein, auch wenn man sich dabei die Beine in den Bauch steht – ein Übel, das in meinem Fall ohnehin nicht auftritt –, das weitaus *ungefährlichere* Geschäft findet auf der Straße statt. Hier kannst du soweit als möglich anonym bleiben und Fremde vor einem Verkaufsabschluß einer soliden Prüfung unterziehen.

Ich persönlich bevorzuge den westlichen Pontomac Park, um genau zu sein: die Gegend um die Basketballanlage; oder die Peshawar Street/Ecke Nordsundsgatan, direkt vor dem Sony-Gebäude. Im ersten Fall schützen mich die schlecht einsehbaren, weil dicht bepflanzten Flaniermöglichkeiten, im zweiten das Gewimmel der

Arbeitsdrohnen. Klar, daß ich mich in der Peshawar hauptsächlich mittags und am späten Nachmittag aufhalte.

Heute bin ich etwas zu früh dran. Die Uhr an der Bushaltestelle zeigt gerade mal viertel nach elf. Aber was soll's?! Mein kleiner Arzneimittelhandel war lange genug geschlossen. Da darf eine gewisse Unruhe entschuldigt werden.

Erwartungsgemäß ist Catull noch nicht eingetroffen, und ich kann nur hoffen, daß mein getreuer, unverzichtbarer Handlanger mein Fernbleiben nicht mißgedeutet und seinen Dienst bei mir quittiert hat.

Er ist ungefähr zwölf oder dreizehn – genau weiß ich das nicht –, mit Sicherheit obdachlos und arbeitet für mich seit gut einem Jahr als eine Art lebender Bunker, wobei mich die Gewissenhaftigkeit, mit der er diese Aufgabe versieht, selbst überrascht. Er redet kaum, raucht dafür Filterlose am Stück, und in dieser Währung wird er auch von mir bezahlt. Wer das verwerflich findet, wer der Meinung ist, ich sollte dem Bengel besser Obst oder Gemüse kaufen, kann ihn ja gern mal für ein paar Tage in Pflege nehmen.

Während ich auf ihn warte, richte ich meinen Arbeitsplatz ein, das heißt, ich stelle ein verdrecktes Pappschild vor mein Brett und klemme mir einen speckigen Hut zwischen die Stümpfe. Die Aufschrift des Schildes lautet ›Unverschuldet in Not gerahten. Bitte helfen sie mir.‹, wobei der Rechtschreibfehler durchaus beabsichtigt ist.

Nachdem ich soweit klar bin, muß ich keine fünf Minuten warten, bis mein Kompagnon zu meiner großen Erleichterung um die Ecke schiebt. Obwohl sein ungewaschenes Gesicht keine Regung zeigt, meine ich, in seinen tiefbraunen Augen ebenfalls so etwas wie Freude zu erkennen. Dieser Eindruck währt allerdings nur kurz. Während er betont gelangweilt zu mir herüberschlendert, tragen seine Züge bereits wieder die übliche Maske aus Ablehnung und Feindseligkeit.

»Warst'n?«

»Ich mußte 'ne kurze Auszeit nehmen.« Ich gönne ihm einen Blick auf mein Gesicht. Es trägt nach wie vor Spuren der zurückliegenden Auseinandersetzung.

Catull verzieht keine Miene.

»Schon Sorgen gemacht, Mann.«

»Unnötig. Komm, laß uns arbeiten.«

»Kippe?«

Ich gebe ihm ein angebrochenes Päckchen Razors. Dann drücke ich ihm zehn sorgfältig gefaltete Briefchen in die Hand. In dieser Gegend erwartet man eine gepflegte Verpackung.

Catull entfernt sich und positioniert seine Lumpen in Sichtweite, direkt neben dem Zeitungsstand. Auch er macht auf Bettler, zieht es allerdings vor, dabei zu stehen. Während wir warten, würdigen wir uns keines Blickes. Langsam kleckern die ersten Eßwilligen aus den umliegenden Büroknästen, und der speckige Kopfbesatz zwischen meinen halbierten Oberschenkeln beginnt sich mit Münzen zu füllen. Viel kommt dabei nicht zusammen; die Leute überlassen mir hauptsächlich Kupferstücke, und einmal mehr gruselt es mich bei der Vorstellung, ich wäre auf diese Form des Broterwerbs tatsächlich *angewiesen*.

Dann endlich naht der erste Kunde, ein junger Typ im klassischen Brokergewand. Er kauft täglich zwei Päckchen, so auch heute. Ohne mich anzusehen, wirft er mir im Vorbeieilen einen Hunderter in den Hut. Während ich das Geld in meiner Jacke verschwinden lasse, gebe ich Catull ein unauffälliges Zeichen, und als ihn der Börsianer erreicht, hält mein Mitarbeiter schon zwei Briefchen in seiner bittenden Hand. Der Broker greift hinein, tut so, als ob er eine Münze ablegen würde und nimmt die Ware an sich. Das war auch schon alles. Einfach und nahezu perfekt.

In den nächsten Stunden wiederholt sich diese Prozedur noch einige Male, wobei sich die weiteren Kunden nur durch ihr Alter vom ersten unterscheiden. Allesamt Geschäftsmänner, von denen die meisten allerdings nur hin und wieder etwas kaufen – gerade genug für ein, zwei schnelle Nasen zwischendurch, um die nächste Konferenz zu überstehen. Leute, von denen ich noch nicht einmal die Namen kenne. Leute, mit denen ich in meinem ganzen Leben kein einziges Wort gewechselt habe. Die Mädchen haben diese Verbindungen für mich hergestellt. Die Mädchen sind es auch, die der Kundschaft das Verkaufsverfahren erläutern.

Catull hat sich unterdessen Nachschub geholt, und als das Geschäft langsam abebbt, sprich, die Straße wieder leerer wird, sind insgesamt sechzehn Briefchen unters willige Karrierevolk gebracht. Ich entschließe mich, nun selbst einen Imbiß zu nehmen und drücke Catull zwei weitere Päckchen Kippen und etwas Kleingeld in die Hand. Im Pontomac hat er keinen Nutzen für mich, dort vollzieht sich der Handel auf andere Weise.

»Morgen wieder?« fragt er, bevor er zurück ins Nirgendwo verschwindet.

»Klar«, sage ich.

20

Scheiße, was war das nur für eine Stadt?! Burkhard schmiß ein Tape von Agnostic Disaster in die Anlage. Eine Uralt-Aufnahme, die schon vor Jahren den Geruch des Faschistoiden verbreitet hatte. Genau das, was er jetzt brauchte.

»We take the soviet embassy by storm«, dröhnte es aus den Boxen – nahrhaftes Futter für seinen aktuellen Menschenhaß.

Er hatte nicht wenig Lust, zum Skinhead zu mutieren, zum Nazi-Skinhead natürlich. Wie kam das Pack dazu, ihm seine CDs zu stehlen?! War er ein Arschloch, ein Spießer, dem man ungestraft ans Bein pissen durfte?! Na gut, er war nicht gerade obdachlos; er besaß den nichtswürdigen Status eines Studenten, und seine Eltern verdienten mehr als der Durchschnitt. Aber das konnten diese Maden ja nicht wissen. Schließlich hatte er audrücklich erwähnt, daß er arbeitslos sei. Außerdem verachtete er seine Erzeuger mit der Intensität eines mißhandelten Pitbulls. Mehr konnte niemand verlangen.

Gut möglich, daß diese Marika was mit dem Diebstahl zu tun hatte. Immerhin war sie es gewesen, die ihn zum Bier eingeladen hatte, mußte wahrscheinlich ihr Taschengeld aufbessern, um ihre Piercing-Manie bezahlen zu können, die Schnalle. Wie auch immer: Er würde es herausfinden. Diese Geschichte würde nicht ohne Folgen bleiben.

Er sah sich selbst in grüner Bomberjacke und Doc Martens (sechzehn Loch, mit weißen Schnürsenkeln natürlich), wie er der ganzen Bande kräftig in den Arsch trat. Und er fühlte sich gut dabei. Ein paar

Minuten lang jedenfalls. Dann schämte er sich dieser Phantasie, drehte den Lautstärkeregler nach links und köpfte ein neues Bier. Dies war der vierte Abend in Folge, den er alkoholisiert verbrachte; kein gutes Zeichen, klar. Aber anders war das Leben im Moment nicht auszuhalten. Die Uni, die Fremde, die ungewohnte Einsamkeit, die Lage der Wohnung – das alles wäre zu ertragen gewesen; daß sich aber vermeintliche Freunde als asoziale Arschlöcher erwiesen, das war eine Nummer zu hart.

Keine zwanzig Stunden waren seit dem unerfreulichen Ereignis vergangen. Tote Zeit, in der er nichts anderes getan hatte, als seine Wunden zu lecken und in Selbstmitleid zu baden – die paar Stunden Schlaf mal ausgenommen. Die Lateinkiste hatte er auch nicht geklärt. Daran waren diese Wichser ebenfalls Schuld. Neuer, unbändiger Zorn wallte in Burkhard auf. Er mußte etwas unternehmen, er mußte handeln. Am besten machte er sich gleich auf den Weg, um diese Marika und den Rest der Brut zur Rede zu stellen. Vielleicht noch zwei oder drei Bier, dann würde er seinem Recht unbarmherzig Geltung verschaffen.

Entschlossen wechselte er das Tape. Schluß mit diesem Fascho-Schrott. Er brauchte etwas Härteres – Traktor Solotschew, Speedmetal aus der Ukraine. Das war genau das Richtige.

Gerade als er erneut für mehr Lautstärke sorgen wollte, schlug das Telefon an.

»Ja?« Seine Stimme klang kampfeslustig.

»Burkhard, ich störe doch hoffentlich nicht?« Verdammt, seine Mutter. Die konnte er jetzt am wenigsten gebrauchen.

»Nein, nein. Du störst nich'.« Es machte ihm wenig Mühe, seinen Elan zu drosseln.

»Du klingst so komisch. Hast du etwa getrunken, Junge?«

»Nee, ich komm gerade vom Einkaufen, bin die Treppe hochgelaufen.«

»Ach so.« Ein ausdrücklicher Moment des Schweigens. »Du hast uns am Wochenende gar nicht zurückgerufen. Dein Vater und ich haben uns Sorgen gemacht.«

»Tut mir leid. Aber ich hab unglaublich viel zu tun. Is' ziemlich kompliziert, dieses Uni-Leben.«

»Ißt du denn wenigstens ordentlich?«

»Ja, sicher.«

»Und sonst, Junge? Kommst du zurecht? Hast du schon Freunde gefunden?«

»Ja, die Leute hier sind wirklich nett.«

»Na, das ist doch das Wichtigste. Hauptsache, du ernährst dich gesund. Kommst du am Wochenende nach Hause? Ich könnte deine Wäsche waschen ...«

»Ich weiß nich'. Ich hab ziemlich viel um die Ohren.«

»Na, dann werden Vater und ich eben mal bei dir vorbeischauen. Ein bißchen Unterstützung kann mein angehender Akademiker doch sicher gebrauchen, was?«

»Ja ..., na klar.« Burkhard angelte sich die Bierflasche.

»Und sei vorsichtig mit dem Alkohol.«

»Ja.«

»Und laß dich auf gar keinen Fall auf Drogengeschichten ein.«

»Ja, Mama.«

»Der Neffe von Kuschinskis hat erst letzte Woche einen Lärmschaden davongetragen.«

»Einen was?«

»Na, eine Hörschädigung.«

»Keine Sorge, kann mir nicht passieren.«

»Na, gut.«

»Hör mal, Mama. Ich muß noch 'n bißchen was vorbereiten.«

»Ja, natürlich, mein Junge.«

Als es Burkhard endlich gelungen war, die Frau, deren Existenz für die seine verantwortlich war, aus der Leitung zu kicken, trank er zwei Bier in Folge. Dann ging er ins Bett.

Die Scheiße mit den CDs konnte er auch morgen noch klären. Das lief nicht weg. Auch wenn sonst nichts klar war – die Scheiben würde er zurückbekommen. Das war so sicher wie der nächste Sonnenaufgang.

21

Schon während er auf mich zusteuert, weiß ich, daß der Typ zu Watzlaff gehört. Er besitzt die für diese Spezies Mensch unverzichtbare Schlägervisage, deren scheinbare Tumbheit von zwei hellwachen Augen der Lüge überführt wird. Der teure, gutsitzende Anzug ist nur ein zusätzliches Indiz. Irritierend ist die Plastiktüte, die er in der Hand hält. Sie gehört zu einer Supermarktkette, in der Menschen mit derart edlen Klamotten für gewöhnlich nicht einkaufen. Ich bin gespannt, was sie enthält. Soweit ich mich erinnere, hat Watzlaff davon gesprochen, daß ich etwas für ihn aufbewahren soll.

»Bist du Krupp?« fragt mich der Typ – als ob es in diesem Park von Beinamputierten nur so wimmeln würde.

Ich nicke kurz.

»Dann kannst du dir sicher denken, wer mich geschickt hat?«

»Watzlaff«, sage ich.

Diesmal ist es an ihm, zu nicken.

»Gut. Sehr gut«, murmelt er, ganz so, als ob ich beim Prominenten-Bingo eine Runde weitergekommen wäre. Dann läßt er die Katze aus der Mikrowelle: »Hör zu, in dieser Tüte ist etwas sehr Wertvolles. Unser gemeinsamer Freund möchte, daß du es für ein paar Tage in deine Obhut nimmst. Wie und wo du es aufbewahrst, ist deine Sache. Wie und wann du es zurückgibst, erfährst du in Kürze.«

»Okay«, sage ich. »Aber wartet nicht zu lange. Ich trage mich mit dem Gedanken, beizeiten meinen Wohnort zu wechseln.«

Er sieht mich skeptisch an – scheint so, als wären ihm plötzlich Zweifel gekommen, ob ich für den Job der Richtige bin. Das ist das Problem mit diesen Aushilfsmafiosi. Sie besitzen ausreichend kriminelle Energie und mit Sicherheit auch ein Mindestmaß an Hirnmasse. Humor besitzen sie nicht.

Ich grinse dämlich, um ihm zu zeigen, daß ich bloß einen Witz gemacht habe. Überzeugen kann ich ihn damit nicht. Dennoch überläßt er mir schließlich – wenn auch widerwillig – den Beutel. Dann macht er sich grußlos davon.

Während ich seinen Abgang verfolge, drängt sich die Frage auf, woher Watzlaffs Scherge eigentlich wußte, daß er mich hier finden würde. Der Park ist schließlich kein Kleingarten. Sein Arbeitgeber scheint überraschend gut informiert zu sein.

Ein Grund mehr, Vorsicht walten zu lassen. Denn daß mit dieser Geschichte etwas nicht stimmt, liegt auf der Hand. Wenn Watzlaff nur etwas aufbewahren wollte, stünden ihm dafür andere Möglichkeiten zur Verfügung. Ich kann nicht erkennen, warum er damit ausgerechnet einen Außenstehenden wie mich beauftragen sollte. Nein, irgend etwas ist hier nicht koscher, ist hier *absolut* nicht koscher, und es wird an mir sein, das schnellstmöglich herauszufinden.

Zuallererst riskiere ich einen Blick in die Tüte. Sie enthält einen Metallbehälter - eine Art Geldbombe, wie sie der Einzelhandel verwendet -, natürlich verschlossen und mit mehreren Siegeln versehen. Das muß ich mir zu Hause genauer anschauen.

Es ist sowieso besser, von hier zu verschwinden. Die Übergabe ist nicht unbeobachtet geblieben. Von einer Bank aus beäugen mich zwei Halbwüchsige mit Kopftüchern und Tarnklamotten. Daß deren Gehirne jede humanistische Wertvorstellung längst über Bord geschmissen haben, ist auch ohne pädagogische Ausbildung ersichtlich. Ich sehe zu, daß ich mein Brett in Schwung bringe.

Daß diese Entscheidung richtig war, zeigt sich, kurz bevor ich den Park verlasse. Das Schicksal belohnt mich mit einer amüsanten Begegnung. Freund Hoppe kreuzt meinen Weg.

Für einen Augenblick bin ich zugegebenermaßen enttäuscht, daß er noch laufen kann. Aber ich werde umgehend entschädigt. Kaum, daß er mich wahrgenommen hat, nimmt er seine krummen Bauernbeine in die Hand und schlägt sich mit einer Hast in die Büsche, die ich ihm gar nicht zugetraut hätte.

»Hey, warte Bruder!« kann ich ihm gerade noch hinterherrufen. »Ich hab heute super Kolumbianer im Angebot.«

22

»Das muß alles hier weg! Hier muß endlich mal Ordnung gemacht werden!« Die Schlampe hatte schwer einen im Tee, tobte durch die Zimmer, riß Gegenstände um und verteilte Geschirr und Müll auf dem Boden.

Irina hatte es längst aufgegeben, sie davon abzuhalten.

Nicht mehr lange, und sie würde zusammenbrechen, ihrer vergangenen Schönheit und den verpassten Gelegenheiten nachweinen.

Was Männer betraf, hatte sie wirklich nicht viel Glück gehabt. Der Alte stellte sicherlich den absoluten Tiefpunkt dar. Aber die, die nach ihm gekommen waren, hatten auch nichts gerissen. Irgendwo besaßen sie alle einen Schatten, und zwei oder drei hatte Bertrand sogar aus dem Haus prügeln müssen.

Seitdem der Alte an der Kette hing, hatte die Schlampe überhaupt keinen Macker mehr da gehabt. Hin und wieder ließ sie sich wohl noch von einem ihrer Säuferfreunde durchbumsen. Aber zum Glück tat sie das auswärts.

Irina betrachtete das angekettete Stück Fleisch am Ende des Raums, den Mann, der ihr mal vor einer Ewigkeit gezeigt hatte, wie man einen LKW-Motor ausbaut. Seltsamerweise starrte er zurück. Der hündische Blick war verschwunden. Stattdessen war so etwas wie Feindseligkeit zu erkennen.

Was ging da ab? War der Zombie etwa zum Leben erwacht? Fasziniert ging sie einen Schritt auf ihn zu. Und siehe da, das Schauspiel war noch nicht zu Ende. Seine ausgetrockneten Lippen begannen tonlos, ein Wort zu bilden. Nachdem er es ein paarmal wiederholt hatte, war Irina sich sicher, die Botschaft verstanden zu haben. ›Verbrecher‹ hatte er sagen wollen. Sie konnte nicht anders, sie fing lauthals zu lachen an. Da hatte der Penner drei Jahre lang kein Wort mehr von sich gegeben, und nun so was. Der Vollhammer.

Als sie halbwegs zu Atem gekommen war, trat sie an den Kühlschrank und nahm ein Bier heraus. So viel Einsatz mußte belohnt werden.

Gerade als sie die Dose geöffnet hatte, begann das Telefon zu klingeln. Sie ging in den Flur. Das Bier nahm sie mit.

Es war Plagge. Seine Stimme klang überschwenglich.

»Hey, es geht los. In einer Woche bin ich draußen, Cookie. Holst du mich ab?«

Im Hintergrund zerschmetterte die Schlampe gerade einen Spiegel.

»Ja.« Irina überlegte, ob sie ihre Zimmertür abgeschlossen hatte.

»Was issen los? Freut sich meine Lieblingsmöse gar nich', daß sie bald wieder 'nen Steifen spüren wird?«

»Doch, sicher. Die Alte tickt nur gerade ab.«

»Scheiß drauf. In einer Woche müssen sie mir hier die Pforten aufschließen.«

»Okay. Ich werde da sein.«

»Ich hab Sehnsucht nach deinem Arsch, Baby. Bis dann.«

Eine Woche nur noch. Na super!

23

Es ist nicht so, daß mir Watzlaffs ›Liebesgabe‹ den Angstschweiß aus den Poren treibt. Aber ein gewisses Unwohlsein läßt sich nicht leugnen. Und je länger sich der brisante Behälter in meinem Besitz befindet, desto unumgänglicher erscheint es mir, seinen Inhalt in Erfahrung zu bringen. Auch, wenn gerade dieses Wissen *echte* Sorgen mit sich bringen kann. Unvorstellbar, daß mir Watzlaff seine Briefmarkensammlung oder den benutzten Slip einer Geliebten zur Aufbewahrung gegeben hat. Soweit ich weiß, ist sein Sinn für Sentimentalitäten schon im Laufstall verdorrt. Dennoch, oder gerade deshalb, muß ich das Geheimnis der verplombten Geldbombe so schnell als möglich ermitteln. Wer nicht weiß, welche Bedrohungen er mit sich herumschleppt, findet sich nur allzu rasch in einer bedenklichen Lage wieder. Aber es sind natürlich genau die Plomben, die meinem Ansinnen entgegenstehen. Ich besitze weder das Geschick noch die Geduld, mich an dieser Sache zu versuchen. Dafür besitze ich ein paar unbezahlbare Kontakte zu Mitbürgern, die über eine ausgezeichnete Fingerfertigkeit verfügen.

Nachdem mir der Behälter zwei Nächte lang unruhige Träume beschert hat, beschließe ich, einen dieser Kontakte zu nutzen. Ich hole die Bombe samt Tüte aus ihrem Versteck und mache mich auf den Weg zur Metro. Die Kundschaft und mein getreuer Handlanger werden einmal mehr auf mich warten müssen. Stattdessen ist es an der Zeit, meinen alten Freund Vandersaar aufzusuchen. Er versteht sich auf filigrane Arbeiten wie kein zweiter. Lange Jahre hat er dem Staat gedient, hat Motive für Briefmarken und Banknoten entworfen. Bis er dann vor ein paar Jahren dabei erwischt worden ist, wie er auf dem betriebseigenen Kopierer seinen haarigen Arsch vervielfältigen wollte. Seitdem ist er arbeitslos; bastelt nach eigener Aussage an einer Erfindung, die es der Menschheit ermöglichen soll, ihre Verdauungsprodukte vollkommen geruchsfrei zu entsorgen.

Gesehen habe ich von diesem Projekt noch nichts. Jedesmal wenn ich ihn aufsuche, liegt er auf der Couch und verfolgt Dauerwerbesendungen. So auch heute. Immerhin ist er so höflich, den Ton zu drosseln.

»Krupp! Was führt dich her? Nichts Gutes wahrscheinlich. Aber warte eine Sekunde, ich will mir nur eben diese phantastische Knoblauchpresse bestellen.« Er zeigt auf den Bildschirm, wo eine Blondine, deren roboterhaftes Grinsen bis zum Haaransatz reicht, gerade dabei ist, die ›phantastische Knoblauchpresse‹ in Aktion zu präsentieren.

Ich lasse ihn sein Gespräch führen und sehe mich in der Wohnung um. Sie hat sich seit meinem letzten Besuch nicht verändert, wird sich wahrscheinlich nie verändern. Überall liegen Versandhauskataloge und Kreuzworträtselhefte herum, zum Teil mit einer zentimeterdicken Staubschicht überzogen. Dazwischen stapeln sich ranzige Bringdienst-Verpackungen und leere Cola-Flaschen. Wie die Werkstatt eines Erfinders sieht diese Wohnhöhle beileibe nicht aus. Mir soll das egal sein. Ich habe eigene Probleme.

»Wozu brauchst du eine Knoblauchpresse? Du kochst doch gar nicht«, frage ich Vandersaar, nachdem er seinen Deal perfekt gemacht hat.

»Für meine Arbeit. Ich experimentiere zur Zeit recht viel mit Knoblauch herum.«

Ich lasse diese Bemerkung von meiner Nase überprüfen, kann aber nichts Entsprechendes wahrnehmen, da der Geruch von fauligen Nudelgerichten und alter Pizza alles andere überdeckt.

»Na ja, Knoblauch soll ja sehr gesund sein«, sage ich mit Blick auf die herumliegenden Fastfood-Reste.

»Knoblauch ist nicht nur gesund. Knoblauch kann auch, wie du sicher weißt, einen bestialischen Gestank entwickeln, gerade wenn man ihn mit Magensekret behandelt. Aber du bist sicher nicht gekommen, um über Olfaktorisches zu sprechen. Was führt dich her, Krupp?«

Ich öffne die Tüte und reiche Vandersaar den Metallbehälter.

»Kannst du den unbemerkt öffnen, also ohne die Siegel oder irgendwas anderes zu beschädigen?«

Vandersaar läßt die Geldbombe eine Weile durch seine Hände wandern, unterzieht sie von allen Seiten einer genauen Betrachtung.

»Möglich ist es, Krupp. Aber es wird mit Sicherheit länger dauern. Ruf mich heute abend an.«

»Okay.«

Als ich mich wieder an der frischen Luft befinde, beschließe ich, die Arbeit heute komplett ausfallen zu lassen. Irgendwie fehlt mir die nötige Konzentration. Stattdessen werde ich den Mädchen meine Aufwartung machen.

24

»Ey Alter, die neue Lootpack! Urst geil! Die haben ja echt alles hier.« Mario hielt ihm die CD entgegen, als ob es sich dabei um einen Jahrtausendfund handeln würde. Sein schwammiges Gesicht verstrahlte Begeisterung.

Burkhard rang sich ein zustimmendes Grunzen ab. Er war genervt. Gleich nachdem Mario gestern abend angekommen war, hatten sie sich mit Sambucca vollaufen lassen, und dann waren sie bis in den frühen Morgen durch Dutzende von Kneipen gezogen. Er war bis in die Haarspitzen verkatert und hätte den Tag am liebsten vor der Glotze verbracht. Stattdessen hing er jetzt in diesem Plattenladen ab.

Mario hatte ihn hierher geschleppt. Klar, der Provinzler in der Großstadt – da mußte natürlich alles abgecheckt werden. Zuerst waren sie in einem Tattoo-Studio gewesen, wo Mario dem Besitzer ein ebenso endloses wie langweiliges Gespräch über Keltenrunen aufgezwungen hatte.

Und jetzt diese Plastikmüllhalde. Die größte CD-Auswahl der Welt – was für eine Scheiße! Ihm war nach ausgiebigem Kotzen zumute. Mario dagegen strotzte vor Energie. Kein Wunder, wenn man sich gleich nach dem Aufwachen schon wieder das erste Bier reinzog. Vielleicht hätte er auch eins trinken sollen. Für einen Moment rief er sich den Geschmack ins Gedächtnis. Aber diese Vorstellung war nicht dazu angetan, seinen Brechreiz zu mindern. Um sich abzulenken, ließ er seine Finger uninteressiert durch eine Kiste mit Sonderangeboten fliegen. Es half nichts. Er mußte raus hier, raus aus dieser Signalflut. Vor allen Dingen mußte er sich setzen. Er tippte Mario auf die Schulter.

»Woll'n wir mal 'ne Pause einlegen? Zu Wompy's, 'n Burger einfahren, oder so?«

»Ja klar. Auf jeden ... Laß mich nur schnell die Platten bezahl'n.«

»Okay, ich geh schon mal vor. Ich warte draußen.«

Burkhard stolperte durch die Gänge, kämpfte sich verbissen an den Leibern und den Einkaufstüten vorbei, bis er die Ziellinie erreicht hatte, die von grimmig dreinblickenden Sicherheitsleuten markiert wurde. Schwarze Bomberjacken, schwarze Hosen, schwarze Schuhe, weiße Hemden, rasierte Schädel – Nazis, was sonst.

Dann endlich: frische Luft. Dazu echtes Licht und ein Blumenkübel aus Beton; die Kante breit genug, um weichen Beinen eine Auszeit zu gönnen. Erstmal eine Kippe. Auch wenn es weh tat, die Lunge die Annahme verweigern wollte: Nikotin war jetzt wichtiger als Sauerstoff.

Bis Mario auftauchte, hatte die Celtic zwei Drittel ihrer Länge verloren. Die Pause war vorbei. Aber sie hatte genug Kraft gespendet, um weiteren Begeisterungsstürmen die Stirn bieten zu können.

»Fetter Laden, Mann. Ich hab hundertfünfzig Steine dagelassen.« Mario schwenkte seinen Plastebeutel wie den abgeschlagenen Schädel eines Feindes.

»Laß uns 'nen Burger essen.«

Schon wieder eine Schlange. Schon wieder Menschen, und Blicke, die direkt auf die wunden Nervenstränge trafen. Erträglicher wurde das Warten einzig durch den Anblick der Braut, die sie gleich bedienen würde. Eine echte Schönheit, deren leicht herbe Gesichtszüge von langen, schwarzen Haaren umrahmt wurden. Selbst die Uniform tat ihrer Erscheinung keinen Abbruch.

Merkwürdig nur, daß sie ihn so verächtlich anstarrte. Oder bildete er sich das bloß ein? War das Teil seiner posttraumatischen Paranoia? Er sah sich außerstande, das herauszufinden. Verlegen studierte er ein Plakat, das ein neues Produkt der Fastfood-Kette anpries: *Greenpeace-Nuggets* – sechs panierte Häppchen mit Grünkern- und Selleriefüllung.

Als sie endlich an der Reihe waren, überließ er es Mario, die Bestellung aufzugeben. Der übernahm den Job nur allzu bereitwillig.

»Zwei Cheeseburger, einen Whopper und einmal Pommes mit Ketchup, edle Fremde«, tönte er in einer Lautstärke, die Burkhard zusammenzucken ließ.

Die Schwarzhaarige quittierte diesen Beweis pubertärer Lebensfreude mit Schweigen. Aus den Augenwinkeln beobachte Burkhard, wie sie den georderten Lebensmittelersatz zusammenkramte.

Als sie zur Kasse zurückkehrte, beeilte er sich, woanders hinzusehen. Dennoch konnte er spüren, wie sie ihn erneut einer eindringlichen Musterung unterzog. Zum Glück sorgte Mario für Ablenkung.

»Was sind wir Euch schuldig, schönes Kind?«

»Zwölf Achtzig.« Die Stimme der Schwarzhaarigen klang gereizt.

Noch so ein Spruch, und Mario fing sich ein Gegentor. Leider schien sein (aus Gründen, die Burkhard im Moment entfallen waren) bester Freund das nicht zu bemerken.

»Hey, wir sind neu in der Stadt. Wie sieht's aus? Lust, uns nach Feierabend noch ein paar Sehenswürdigkeiten zu zeigen?«

»Du darfst dir gern meine Möse anseh'n.«

»Was?«

»Ja, während ich dir ins Gesicht pisse, du Schwanzlutscher.«

Tja, so schnell konnte das gehen. Burkhard mußte an den Abend im *Komat* zurückdenken, als ihn das Mädchen mit dem chinesischen Schriftzeichen abgefertigt hatte.

Mario stand scheinbar auf solche Nummern.

»Mann, tolle Frau. Sind die hier alle so tough?« schwärmte er, nachdem sie sich einen Tisch erobert hatten.

»Mmh.«

»Mit so einer würd ich gern mal ein paar ausgefallene Stellungen antesten?«

»Klar ...« Abwesend pellte Burkhard seinen Burger aus dem Papier.

Mario begann derweil erneut, über seine seit Jahren geplante Tätowierung zu sprechen. Die lange Zeit favorisierte Rune sollte nun scheinbar etwas Gegenständlichem weichen. Burkhard hörte nur halbherzig zu.

Der Platz, an dem er saß, gab ihm die Möglichkeit, die Schwarzhaarige gefahrlos zu betrachten. Und je länger er das tat, desto mehr kam er zu der Überzeugung, sie von irgendwoher zu kennen.

25

Aus Saunders mitesserübersäter Nase sproß ein fettes, borstiges Haar, an dessen Ende eingetrockneter Schleim klebte. Jedesmal wenn er die Augenbrauen zusammenkniff – und das tat er eigentlich unentwegt –, fing dieses Haar zu vibrieren an.

Irina konnte nicht anders, sie mußte da einfach hinstarren. Beinahe erwartete sie, daß die Borste an Umfang und Länge zunahm, aus dem riesigen Nasenloch herausschoß und sich wie der Greifarm eines Kraken durch den Raum schlängelte.

Diese Vorstellung erheiterte sie, und es kostete sie einige Mühe, ihre Mundwinkel im Zaum zu halten. Ein ernster, möglichst zerknirschter Gesichtsausdruck war aber gerade jetzt höchst angebracht. Denn Saunders hatte sie nicht in sein Büro bestellt, um ihr eine Gehaltserhöhung anzubieten. Vielmehr erging sich der Geschäftsführer in einem Vortrag, der ihr verdeutlichen sollte, daß es geradezu eine Gnade war, sich stundenlang in einem peinlichen Schulmädchenkostüm die Füße wundzustehen und dabei kalte, versalzene Pommes in Pappschälchen zu füllen; anders gesagt: sich für *Wompy's* zum Affen zu machen.

Gerade war er dabei, ihr zum wer weiß wievielten Mal die Firmenphilosophie zu erläutern: »Wir sind ein Unternehmen, das dem kleinen Wörtchen Service große Bedeutung beimißt. Wenn ein Kunde Artischocken auf seinen Burger wünscht, erhält er Artischocken. Wenn eine Kundin hier eine Fehlgeburt bekommt, nimmst du dir einen Lappen und wischst den Dreck lächelnd auf. Wenn sich irgendein Rotzlöffel über dich beschwert, entschuldigst du dich, egal, ob er Recht hat oder nicht. Und du entschuldigst dich ganz besonders herzlich, wenn dieser Rotzlöffel eine reiche Mutter besitzt, die hinterher hier aufläuft, um mir die Hölle heiß zu machen. Die einzigen, die du in diesem Laden, und zwar ausdrücklich, in den Arsch treten darfst, sind diese verdammten Junkies, die herkommen, um sich auf unseren gut gewarteten und überaus sauberen Toiletten eine Überdosis zu spritzen.«

»Und wenn die vorher noch 'ne Artischocke wollen?«

»Was?« Saunders zuckte zusammen. Sein gerötetes Gesicht verfärbte sich ins Violette. »Treib es nicht auf die Spitze, Mädchen. Du weißt genau, daß ich dich gut und gerne hätte feuern können. Immerhin hast du deinen Arbeitsplatz ohne Angabe von Gründen verlassen. Wenn ich nicht so ein verdammt weichherziger und sentimentaler Mensch wäre, hätte ich längst deine Papiere fertiggemacht.«

Ja, eine sentimentale Mutation mit Schamhaar in der Nase, dachte Irina, wobei sich ein Grinsen nicht länger unterdrücken ließ. Saunders schien das zum Glück nicht zu bemerken. Er fuhr unbeeindruckt fort.

»In Zukunft verlange ich absolute Zuverlässigkeit. Ich erwarte von dir, daß du dich richtig reinhängst, und vor allem erwarte ich ein vorbildliches Benehmen gegenüber der Kundschaft. Die fehlende Arbeitszeit wird dir natürlich vom Lohn abgezogen. Haben wir uns verstanden?«

»Ja«, murmelte Irina.

»Wie bitte?«

»*Ja.*«

»Na, also. Dann mal los. Zurück an die Arbeit, Mädchen.«

Natürlich konnte er es sich auch heute nicht verkneifen, ihr zum Abschied einen verschwitzten Klaps auf den Hintern zu verpassen.

»Pisser«, zischte Irina, nachdem sich die Tür hinter ihr geschlossen hatte. Sein Gelaber konnte er sich sonstwo reinschieben. Daß er sie nicht rausgeschmissen hatte, hatte sie einzig und allein seinen verkorksten Phantasien zu verdanken.

Während sie sich erneut daran machte, ihren Mitbürgern aufgepumptes Nichts zu verkaufen, gab sie sich Mühe, besonders unfreundlich zu sein. So oft es ging, vergaß sie die für jedes Tablett vorgeschriebenen Servietten, brachte absichtlich Bestellungen durcheinander und ließ sich Zeit mit dem Wechselgeld. Das half, und ihre Laune besserte sich zusehends, bis dann am Nachmittag dieser Idiot aus dem Palais auftauchte. Nüchtern war er scheinbar ganz harmlos. Das war ja oft so bei Typen, die besoffen den Macker raushängen ließen. Ohne Sprit blieb nicht viel übrig von der harten Fassade. Der hier jedenfalls konnte ihrem Blick keine zwei Sekunden standhalten.

Dafür hatte er einen Freund dabei, der sich auch ohne Doping für den Größten hielt. Ein Schwachkopf, der sie mit altklugen Sprüchen zu beeindrucken versuchte und dabei so peinlich war, daß er ihr fast hätte leid tun können.

Angenehmerweise war er so mit sich selbst beschäftigt, daß er überhaupt nicht bemerkte, wie sie ihm eine ihrer Billighaarklammern in den Whopper schmuggelte.

26

»Ey, was'n das für 'ne Scheiße!« Mario machte ein Gesicht, als ob ihm ein fettes Insekt in den Anus gekrochen wäre. Dann zog er sich wie in Zeitlupe eine Haarklammer aus der Freßluke.

Burkhard nahm das zwar zur Kenntnis, sah sich aber außerstande, dem Geschädigten die nötige Anteilnahme entgegenzubringen. Erstens kam so etwas doch alle Tage vor, zweitens tat Mario ein kleiner Dämpfer ganz gut und drittens – und das war das Wichtigste – interessierte sich Burkhard nur noch für das Mädchen hinter dem Tresen. Er war sich mittlerweile absolut sicher, daß er sie kannte, und so galt es nur noch, die Frage nach dem woher zu klären. Dies um so dringender, als die Braut absolut sein Fall war. Je länger er sie beobachtete, desto besser gefiel sie ihm. Ihre Art sich zu bewegen hatte etwas Raubtierhaftes. Sie sah aus, als ob sie beim geringsten Anlaß zum Angriff übergehen würde. Daß sie mit der Zunge flink war, hatte sie ja bereits bewiesen.

Mario hatte sich unterdessen das Blut von der Lippe gewischt.

»Unglaublich, so was!« fluchte er. »Ich möchte mal wissen, welcher Kastrat für diesen schlechten Scherz verantwortlich ist!«

Kastrat – das war das Stichwort! Auf einen Schlag gewann Burkhard Klarheit. Der Bewegung, die die Schwarzhaarige gerade ausführte, dieser Geste, mit der sie sich eine Strähne aus der Stirn strich, hätte es gar nicht mehr bedurft. Er wußte, mit wem er es zu tun hatte. Er wußte es mit vollkommener Sicherheit. Die Frau, die dort stand, die Frau, die ihn noch vor wenigen Minuten mit finsteren Blicken bedacht hatte, war dieselbe, die ihm vor ein paar Tagen in dieser Popper-Disco in die Eier gegriffen hatte.

Die Wucht dieser Erkenntnis traf Burkhard wie der Faustschlag eines Stahlarbeiters. Zeitgleich trieb ihm die damit einhergehende Erinnerung die Schamesröte ins Gesicht. Er wollte aufspringen, wollte weglaufen, aber seine Füße klebten am Boden, als ob man ihm Zimmermannsnägel durch die Zehen getrieben hätte. Aber irgendwo mußte sie hin, die Erregung, die aufkommende Panik ...

Sie entlud sich schließlich in einer wilden Hustenattacke.

»Ey Alter, war bei dir etwa auch so'n Teil drin?!« erkundigte sich Mario besorgt.

Burkhard schüttelte, immer noch hustend, den Kopf.

»Schade Mann, dann hätten sie doppelt löhnen müssen. Aber egal, das gibt auch so 'n fettes Schmerzensgeld. Zum Glück warst du dabei. Du kannst die Scheiße bezeugen.«

»Was?« Burkhard war halbwegs zu Atem gekommen.

»Na, wir geh'n jetzt erstmal zur Geschäftsleitung. Woll'n doch mal seh'n, was die sich so 'ne Geschichte kosten lassen.«

»Auf gar keinen Fall. Wir hau'n hier sofort ab!«

»Wie bitte?! Bist du irre?! Weißt du, was da für uns rausspringen kann?! Hey, ich hätte bei der Sache draufgehen können! Was meinst du, was das für einen Aufriß gibt, wenn ich denen mit der Presse komme ...«

»Nein, wir gehen. Und zwar gleich.« Burkhard sprang auf. Schlagartig hatte sich der Beton in seinen Beinen in Blut zurückverwandelt.

Mario wollte protestieren. Aber es war wohl der ungewohnten Entschiedenheit von Burkhards Ausbruch zu verdanken, daß er nichts weiter als ein hilfloses Stammeln herausbrachte. Burkhard kümmerte sich ohnehin nicht um eventuelle Einwürfe. Er lief, ja rannte bereits durch den Laden und bemerkte erst vor der Tür, daß sich Mario beeilte, mit ihm Schritt zu halten.

Draußen stapften sie eine Weile schweigend nebeneinander her. Dann konnte sich Mario, Burkhard hatte es geahnt, einen beleidigten Kommentar nicht länger verkneifen.

»Mann, was issen in dich gefahren? Da lag bares Geld in der Luft.«

»Bares Geld – am Arsch! Mit 'ner Beschwerde hättest du dich höchstens lächerlich gemacht. Du glaubst doch nich', daß ein Multi wie Wompy's freiwillig Kohle ausspuckt?! Die kommen dir mit ihren Anwälten, und das war's dann.«

»Aber wir hätten's doch wenigstens versuchen können.«

»Na, nun haben wir's *nicht* versucht. Komm, vergiß die Scheiße. Ich geb 'n Bier aus.«

Diese Aussage war durchaus geeignet, Mario fürs erste ruhigzustellen, auch wenn sie es nicht verhindern konnte, daß sich Burkhard auf dem Weg zur nächsten Schenke mehrmals seinem skeptischen Blick ausgesetzt sah. Nicht, daß ihn das groß geschert hätte. Besser, Mario hielt ihn für einen neurotischen Spinner, als so ein peinlicher Beschwerdeversuch, der garantiert die Aufmerksamkeit der Schwarzhaarigen erregt hätte.

Nur unter der Androhung von Folter würde er diesen Laden noch einmal betreten. Er konnte diesem Mädchen nie wieder unter die Augen kommen. Wer wußte schon, was er da auf der Tanzfläche alles veranstaltet hatte. Seiner Selbstachtung zuliebe gab es nur eins: Er mußte die Puppe ganz schnell und für immer aus seinen Gedanken verbannen.

Nach dem zweiten Bier war er in dieser Hinsicht bereits auf einem guten Weg. Und auch Mario hatte sich wieder entspannt. Der Vorfall mit der Haarnadel war vergessen.

Gerade hatte Burkhard einen kurzen Überblick über das trostlose Treiben an der Uni gegeben, als Mario plötzlich eine Frage über den Tisch schob, die der geplanten Verdrängung schwere Hindernisse in den Weg warf.

»Was macht eigentlich die Schwarzhaarige? Du weißt schon, die Braut, von der du mir am Telefon erzählt hast.«

Burkhard, der eben noch entspannt an seiner Zigarette gezogen hatte, geriet so heftig aus der Spur, daß er sein Glas umschmiß.

Während er die entstandene Pfütze notdürftig mit seinem Ärmel trockenlegte, versuchte er seine Verlegenheit zu überspielen.

»Nichts mehr. Die Alte hab ich auf Eis gelegt. Die hat zwei Tage später schon genervt.«

Mario musterte ihn eindringlich.

»Irgendwie gefällst du mir heute nicht, Mann.«

27

Die Mädchen kenne ich schon seit Ewigkeiten. Am Anfang meiner hoffnungsvollen Laufbahn habe ich meinen Bauchladen eine Zeitlang durch das Quartier Taouratine gewuchtet, und dabei sind wir uns nähergekommen. Die drei engelsgleichen Geschöpfe haben ebenfalls den Asphalt zermürbt. Es wäre nicht falsch, ihren damaligen Berufstand mit Hure anzugeben. Ich selbst bevorzuge den Ausdruck Bordsteinschwalbe. Er klingt einfach romantischer, auch wenn dieses Geschäft mit Romantik natürlich rein gar nichts zu tun hat. Heute arbeitet nur noch Ingrid mit lebendem Fleisch. Unter dem Namen Madame Juliette (Eingeweihte nennen sie auch die Gräfin) betreibt sie ein gut besuchtes Domina-Studio in der Chaussee der Ikonoklasten. Ganz nebenbei wickelt sie für mich ein paar kleinere Geschäfte ab. Auch die Schmerzfreaks brauchen hin und wieder ihre Auszeit.

Svetlana und Flora haben sich eine weitaus weniger aufreibende Tätigkeit zugelegt. Sie verdienen ihren Lebensunterhalt mit gutem altem Telefonsex.

Seitdem ich die drei kenne, wohnen sie zusammen. Und obwohl es genug Anwärter gegeben hat, die eine von ihnen auf ihr Schloß entführen wollten, ist es noch keinem gelungen, das Trio auseinanderzureißen. Die Männerbekanntschaften der drei währen meist nicht lange – vielleicht ein Tribut an ihre Berufserfahrung.

Natürlich sind sie längst keine Mädchen mehr (auch wenn ich nie aufhören werde, sie so zu nennen). Sie sind alle um die dreißig, und Svetlana hat bereits ein Kind; einen aufgeweckten Fünfjährigen namens Brutus, für den ich beinahe väterliche Gefühle hege.

Ich besuche ihr Sechs-Zimmer-Appartement so oft ich kann, und es wäre keine Lüge zu behaupten, daß ich hier meine Ersatzfamilie gefunden habe. Wenn du dich in einer Gegend wie dem Quartier Taouratine täglich der Angriffe übergeschnappter Kunden und skrupelloser Zuhälter erwehren mußt, entwickelst du irgendwann ein Zusammengehörigkeitsgefühl, das durch nichts mehr zu erschüttern ist. Egal was ansteht, die Mädchen können jederzeit mit mir rechnen. Und umgekehrt ist es nicht anders. Als Marthas Performancegruppe damals endgültig an ihren Schulden erstickt war, hat Ingrid keinen Moment gezögert, sie in ihrem Studio zu beschäftigen. Zum Glück wohnen die drei und ihr gemeinsames Erziehungsobjekt nicht weit von Vandersaars Müllhalde entfernt. Ich kann mir die Metro diesmal sparen.

Als ich in den Fahrstuhl rolle, wird mir wie immer warm ums Herz. Jedesmal wenn die Mädchen umziehen (was oft vorkommt), wird ein Fahrstuhl zur Grundvoraussetzung gemacht. Dieser ist sogar verspiegelt, was mir die Gelegenheit gibt, eine Kontrolle meines Äußeren vorzunehmen. Ich habe nach wie vor eine paar hübsche Schrammen im Gesicht und dringend einen Haarschnitt nötig.

Dankbarerweise interessiert sich Brutus für solche Details nur bedingt. Nachdem er mich mit dem üblichen Freudengeschrei empfangen hat, mustert er mich kurz, zieht eine Grimasse und sagt: »Aua!« Dann zerrt er mich übers Parkett, um mir vor dem Fernseher einen hochbrisanten Zeichentrickfilm zu erläutern. Flora hat gerade einen Kunden an der Strippe und winkt mir kurz zu. Ingrid ist arbeiten, Svetlana ebenfalls außer Haus.

Ein Grund dafür, daß mich Brutus so ins Herz geschlossen hat, ist – das vermute ich jedenfalls – meine Größe. Kinder reagieren ganz allgemein recht unbefangen auf meine Erscheinung – was sicher damit zusammenhängt, daß sie mir direkt in die Augen sehen können.

Brutus ist da keine Ausnahme. Während sich auf dem Bildschirm ein paar Kobolde gegenseitig schwerste körperliche Schäden zufügen, die seltsamerweise keine Schwächung ihrer Kampfkraft zur Folge haben, klettert er ohne Umschweife auf meine Stümpfe und schmiegt sich an meine Schulter.

»Wer ist denn der Grüne da?«

»Der, dem das ganze Gedärm aus dem Bauch hängt?«

»Nein, der mit der klaffenden Kopfwunde und dieser riesigen Keule.«

»Das ist Jarama, der Anführer.«

»Und warum fällt der nicht um, obwohl ihm schon zwanzig Pfeile im Körper stecken?«

»Weil das ein Zeichentrickfilm ist, schätz ich. Außerdem ist das eine Fortsetzungsserie.«

Wie schon gesagt, ein aufgewecktes Kind.

Irgendwann hat Flora ihr Gespräch beendet und kommt zu uns herüber.

»Schön, dich zu sehen, Krupp.« Sie beugt sich zu mir herab und gibt mir einen Kuß.

»Wie läuft das Geschäft, Señorita?« frage ich.

Noch bevor Flora etwas sagen kann, meldet sich erneut das Telefon, womit sich die Antwort erübrig hat.

Flora lächelt.

»Warte. Ich hol den Apparat her. Dann können wir unsere Partie zu Ende spielen.« Sie verschwindet, gewährt mir einen Blick auf ihre endlosen, wohlgeformten Beine und kehrt mit dem Schachbrett zurück.

So sehr ich dieses Spiel auch schätze, gegen Flora habe ich regelmäßig das Nachsehen. Und auch dieses Match verspricht nichts Gutes. Meine Dame hatte ich schon beim letzten Besuch opfern müssen. Diesmal ist der König gefordert. Schon nach wenigen Zügen ähnelt sein Schicksal dem eines entflohenen Sträflings. Nur noch eine Zeitfrage, bis ihm einer der Bluthunde an die Kehle geht. Dennoch versuche ich alles, die Sache wenigstens in die Länge zu ziehen. Kein ganz leichtes Unterfangen, wenn dein Gegenüber ständig vor sich hinstöhnt und laute Anfeuerungsrufe ausstößt. Der tapfere Herrscher stirbt schließlich im Verlauf einer besonders wilden Arie.

»Ja, gib's mir! Gib's mir, du Monster!« brüllt Flora, während sich Brutus seelenruhig durchs Programm zappt. Er ist das Geschrei gewohnt.

Flora lächelt mir zu. Und mir bleibt nichts anderes, als die Figuren neu zu ordnen.

Ich verliere fünf Partien in Folge, und so vergeht der Nachmittag.

Wenn Flora keinen Kunden bedienen muß, unterhalten wir uns. Keine Frage, daß ich ihr von Watzlaff erzähle.

»Ich kenne ihn nicht persönlich, Krupp«, sagt sie. »Aber nach allem, was ich gehört habe, solltest du sehr, sehr vorsichtig sein.«

»Ich werd's versuchen«, sage ich, während ich mit ansehen muß, wie mein linker Turm dem Angriff eines tollwütigen Springers zum Opfer fällt.

Gegen sechs kann ich meine Neugier nicht länger im Zaum halten und rufe Vandersaar an. Er ist schon nach dem ersten Klingeln am Apparat.

»Krupp! Du mußt sofort rüberkommen.« Er klingt seltsam gehetzt.

»Hey, was ist los? Gibt's irgendwelche Probleme?«

»Sieh's dir selber an! Und zwar *pronto*!«

28

Vandersaar wirkt regelrecht verstört.

Seine Wohnungstür (die er für gewöhnlich offen läßt – zumindest wenn er zu Hause ist, und das ist er meistens) hat er mehrmals verriegelt, und ich schlage mir fast den Schädel ein, als ich die Klinke mit dem gewohnten Schwung nach unten drücke.

Er öffnet mir erst, nachdem ich mich mehrmals durch lautes Rufen bemerkbar gemacht habe. Kaum, daß ich an ihm vorbeigerollt bin, schließt er wieder ab.

»Na, du scheinst ja einen wirklich brisanten Fund gemacht zu haben«, versuche ich zu scherzen.

Aber Vandersaar ist nicht nach Scherzen zumute. Er wirkt wie jemand, der eine gute Dosis Herzmittel nötig hätte. Seine Gesichtsfarbe schwankt zwischen Kalkwüste und Fußballplatz. Wortlos geht er zum Eßtisch und reicht mir ein schmales Marmeladenglas ohne Etikett. Die Marmelade hat bereits ihren Weg in den ewigen Kreislauf von Werden und Vergehen genommen. Dafür befindet sich eine trübe Flüssigkeit im Glas, und in dieser Flüssigkeit schwimmt ein Finger, ein Mittelfinger - soweit ich das erkennen kann -, mit einer seltsam verschwommenen Tätowierung auf der linken Seitenfläche.

Kein schöner Anblick - ohne Zweifel. Aber auch kein Grund, gleich in Hysterie zu verfallen. Diese Meinung lasse ich jedenfalls Vandersaar zukommen. Er bestraft mich mit einem düsteren Blick aus zwei flackernden Pupillen.

»Ich wette, du weißt nicht, was das ist, Krupp.«

»Nun, ein Finger, würde ich sagen«, antworte ich. Auch wenn ich weiß, daß genau diese Antwort nicht geeignet ist, die Laune meines Gegenübers zu verbessern.

»Das ist der Mittelfinger von Joey Cagliari.«

»Von wem?«

»Von Joey Cagliari, dem Sänger von Pimp 99, einer vollkommen idiotischen, zur Zeit aber ungeheuer populären Rockband, die erst vor kurzem ein halbes Dutzend Grammys eingesackt hat.« Er gibt mir eine Tageszeitung.

Ein schneller Blick verrät mir, daß sie keine zwei Wochen alt ist. Joey Cagliari hat es bis aufs Titelblatt geschafft. Irgendwer ist in seine Villa eingedrungen, hat ihn in ein kurzfristiges Koma versetzt und ihm dann den Mittelfinger der rechten Hand abgeschnitten. Dieses Körperglied ziert die eintätowierte Aufschrift ›Angel‹ (ein sentimentaler Tribut an seine geschiedene Frau). Und genau dieses Körperglied befindet sich nun, wenn ich Vandersaar Panik Glauben schenken möchte, in meinem Besitz. Ich nehme das Glas in die Hand und unterziehe seinen makaberen Inhalt erneut einer Musterung. In der Tat lassen sich aus dem grünblauen Wirrwarr die Buchstaben A, e und l herauslesen. Entweder hat der Bursche, der diese Inschrift gestochen hat, schwer geschlampt, oder Joeys Haut ist seitdem einigen unschönen Veränderungen ausgesetzt gewesen. Der Schnitt macht dagegen einen ordentlichen Eindruck. Hier war jemand am Werk, der sein Arbeitsgerät durchaus zu benutzen versteht.

Was aber um Himmels Willen macht ausgerechnet Watzlaff mit dem amputierten Finger eines Rockstars? Und wie ist das gute Stück in seinen Besitz geraten?

»Wieso stiehlt jemand den Mittelfinger eines Grammygewinners?«

»Ich weiß es nicht, Krupp. Und es ist mir, ehrlich gesagt, auch scheißegal.«

»Vielleicht ein enttäuschter Fan oder einer von diesen Satansfreaks.«

»Vielleicht auch nur jemand, der das Gitarrenspiel des Meisters unerträglich fand.«

»Joey Cagliari spielt auch Gitarre?«

»Zumindest *hat* er Gitarre gespielt.«

»Tja, reich und berühmt, aber beim Bowling in Zukunft ohne Chance. Es sei denn, er ist Linkshänder.«

»Hör zu, Krupp. Ob die Schwuchtel Bowling spielt oder lieber im Ballettröckchen herumturnt, interessiert mich nicht. Es interessiert mich auch nicht, wo du diesen Finger her hast. Und noch viel weniger interessiert mich, was du damit zu tun gedenkst. Ich pack dir das hübsche Geschenk jetzt wieder ein, und dann bringst du es ganz schnell woandershin. Du kannst dir die Zeit solange hiermit vertreiben.« Er wirft mir eins seiner Rätselhefte und einen angenagten Kugelschreiber in den Schoß. Dann verschwindet er mit dem Glas in der Küche.

Ich starre ihm hinterher, bis mir ein leises Zischen verrät, daß er mit seiner Arbeit begonnen hat. Wahllos schlage ich eine Seite auf und mache mich daran, das leere Gitter auszufüllen. ›Lateinisches Wort für Gefahr‹ ist der erste gesuchte Begriff.

29

Die Detektive im KWE waren von geradezu kosmischer Beschränktheit. Heute waren sie zu zweit. Ein kleiner Gedrungener mit einer Frisur, wie sie nur noch bei abgehalfterten Schlagersängern zu finden war, und ein langer Dürrer, der aussah, als ob er die letzten Jahre in Kriegsgefangenschaft verbracht hätte. Sie wähnten sich auf einer heißen Fährte und pirschten sich - so wie sie es wahrscheinlich in ihrem eintägigen Vorbereitungskurs gelernt hatten - von zwei Seiten an Alarm und Raoul heran. Die wiederum schlenderten aufreizend langsam an einem Regal mit elektronischem Kleinkram entlang, wobei sie es nicht versäumten, die Auslagen alle zwei Sekunden interessiert zu befingern. Alarms schwarzer Ledermantel tat das Übrige.

Irina, die die Szenerie aus sicherer Entfernung beobachtete, kam um ein Lächeln nicht herum. ›Luxus leicht gemacht‹ lautete der Slogan der Kaufhauskette. Da war etwas dran.

Als die Detektive ins Rampenlicht traten, um Alarm und Raoul mit siegesgewissen Gesichtern in ihr Büro zu bitten, begann sie, seelenruhig Parfumflakons in den Kinderwagen zu packen.

»War doch 'ne super Idee mit der Karre?« Alarms Fresse strahlte ein sattes Grinsen ab.

Irina hatte keine Viertelstunde warten müssen. Sie saß auf einer Bank, dem Eingang des KWE gegenüber, und schaukelte den Kinderwagen mit sanften Bewegungen - ganz die besorgte Mutter.

»Ja, war 'ne super Idee. Aber jetzt sollten wir das Teil verschwinden lassen. Wär doch irgendwie peinlich, wenn uns jemand begegnet, den wir kennen.«

»Wir bringen den Kram in meine Wohnung. Und dann versenken wir die Karre im Kanal«, kommandierte Raoul.

»Schade um das schöne Stück.« Alarm betrachtete den Wagen mit einem Blick aufrichtigen Bedauerns. Er hatte ihn vor einer Apotheke entdeckt und sofort den Vorschlag gemacht, damit auf Tour zu gehen. Das Kind, das seltsamerweise nicht geschrien hatte, hatten sie vor dem Eingang abgelegt.

Typisch schwul, dachte Irina, während sie Alarms Gesicht beobachtete. Immer die Sehnsucht nach der Kleinfamilie im Gepäck.

»Wie war's bei den beiden Hilfssheriffs?« fragte sie, während sie eine überfüllte Passage entlangliefen.

»Na ja, ein bißchen enttäuscht war'n sie schon. Der Zwerg wäre beinahe laut geworden. Ich kam nicht umhin, darauf hinzuweisen, daß ich mich in Begleitung des ältesten Sohns seiner Exzellenz des tunesischen Botschafters befinde.« Er lachte, und auch Irina mußte lachen. Raouls Vater besaß, soweit sie das wußte, einen LKW-Verleih draußen in Kau Sai.

Am Übergang zur Metro-Station mußten sie halten. Sofort beugte sich eine ältere Dame über den Wagen, begierig, den vermuteten Nachwuchs mit ihrem Speichel zu taufen.

»Na, aber ... Wo ist denn Ihr Kleines?« Sie sah Irina verwirrt ins Gesicht.

»Verkauft«, sagte Alarm.

»Wie bitte?«

»Vor fünf Minuten verkauft. Organtransplantation, Sie verstehen?!«

»Aber ...« Die Alte riß erschrocken die künstlichen Zähne auseinander.

»Keine Sorge. Wir haben noch mehr davon. Wenn Sie Interesse haben, kann ich Ihnen gern meine Karte geben.«

»Um Gottes Willen!«

Die Ampel sprang auf Grün.

»Wieviel hast du?« wollte Raoul wissen, nachdem sie in der Linie 27 Platz genommen hatten. Er spähte unter die Decke.

»Dreizehn oder vierzehn«, gab Irina zur Antwort.

»Nicht schlecht. Das sind zweihundert Schleifen. Minimum.«

Wahrscheinlich sprang sogar noch mehr heraus. Irina steckte sich zufrieden eine Zigarette an.

Das Parfum zu verkaufen würde kein großes Problem darstellen. Alarms und Raouls Freunde waren verrückt nach dem Zeug.

30

Wieder ein Fehltag im Geschäft. Wieder ein Tag, an dem ich nichts eingenommen habe. Hätte ich Watzlaffs Dienste in bar vergelten müssen, es wäre mich nicht teurer gekommen. Nur gut, daß ich keine Lagerkosten zu verschmerzen habe. Geradezu erquickend, daß ich über zuverlässige Mitarbeiter verfüge.

Auch wenn Catulls Blick heute noch ein wenig vorwurfsvoller ausfällt als am Dienstag, so ist er doch da, findet sich zur festgesetzten Zeit am Arbeitsplatz ein.

Aber heute ist es nicht nur Catull, der mein schlechtes Gewissen mit Nahrung versorgen möchte. Zum ersten Mal, seit ich in dieser erlesenen Gegend Stoff verkaufe, spricht mich ein Kunde an. Es ist der junge Bursche im Brokerkostüm, der kleine Stutzer, der mir täglich zwei Päckchen abnimmt. Anstatt mir wie gewohnt einen Schein in den Hut zu schmeißen, geht er vor mir in die Knie und fuchtelt mit perfekt manikürten Fingern vor meinem Gesicht herum.

»Wo warst du gestern, Alter?«

Daß er mich duzt, überrascht mich nur wenig. Für den Schnösel bin ich ein Domestik, ein lästiges Übel auf dem Weg zum verdienten Nasenbalsam, ein verabscheuungswürdiger Handlanger, nichts weiter. Aber daß er mich Alter nennt, geht dann doch nicht an. Ich bin noch nicht mal fünfzig. Hier ist eindeutig ein wenig Nachhilfe in Sachen Höflichkeit gefordert.

»Wie bitte?« frage ich also und setze eine verständnislose Miene auf.

»Laß das Theater! Du weißt genau, wovon ich spreche. Ich stehe hier gestern in der Mittagspause wie ein Idiot herum, und du bist nicht da. Und am Montag war's das gleiche.« Der Stutzer blickt sich nervös um, hat wahrscheinlich Angst, daß ihn einer seiner Kollegen mit mir sehen könnte.

»Tja Sir, dies ist ein freies Land, weshalb ich eigentlich keinen Grund erkennen kann, Euch über meinen gestrigen Tagesablauf zu informieren. Aber da Ihr offenkundig mit Neugier behaftet seid, möchte ich Euch wenigstens verraten, wie ich die Mittagszeit verbracht habe. Ich war Golfen, Euer Majestät.«

»Was?! Das darf doch nicht wahr sein.« Er wirft einen angewiderten Blick auf meine Stümpfe. Dann wird er hektisch. »Alles klar, Alter. Hast 'nen super Witz gemacht. Wirklich komisch. Aber jetzt erzähl *ich* dir mal was. Wenn du weiterhin so unzuverlässig bist, kauf ich in Zukunft woanders.«

»Wie schon gesagt, dies ist ein freies Land. Es steht Ihnen natürlich offen, einen Mitbewerber zu frequentieren.«

»Das werd ich, Mann, das werd ich. Aber heute gibst du mir nochmal was.« Er nestelt ein paar Lappen aus seiner Hosentasche.

»Tut mir leid, Sir. Wir sind komplett ausverkauft.«

»Wie?«

»Tja, ein kleiner Engpass unseres Lieferanten, Monsignore. Sehr bedauerlich, nachgerade unverzeihlich. Aber was soll man machen?!«

Der Stutzer bekommt große Augen, fängt wieder an herumzufuchteln. Wahrscheinlich hat er gestern bei seinen Meetings und Arbeitsessen mit den anderen Großkotzen nicht die gewohnt lässige Figur abgegeben. Hat ohne das tägliche Doping nicht die Zähne auseinanderbekommen. Jetzt steht ihm eine weitere Prüfung bevor. Ein Zweikampf zwischen Stolz und Gier. Ich favorisiere den letztgenannten Kandidaten.

»Für gute Kunden wie Euch halten wir selbstverständlich immer eine eiserne Reserve bereit. Leider, leider, hat sich der Preis für diesen letzten und daher kostbaren Posten vervierfacht.«

»Ich fass es nich'! Hör zu, Krüppel. Wenn du glaubst, daß du mich hier verarschen kannst ...« Die manikürten Tentakel kommen mir gefährlich nahe. Das Gesicht des Stutzers färbt sich rötlich, gewinnt an Volumen. Aber was soll er tun?! Er braucht das Gift, muß wahrscheinlich heute noch einen wichtigen Deal unter Dach und Fach bringen. Er bläst sich auf, versucht, wenigstens einen Rest seiner nie vorhandenen Würde zu bewahren. Aber es nutzt ihm nichts. Am Ende wirft er mir die fällige Summe in den Hut.

Ich gönne ihm ein päpstliches Lächeln und gebe Catull das Zeichen für zwei Päckchen. Mag sein, daß ich gerade einen zuverlässigen

Abnehmer verloren habe. Aber hey, wißt ihr was?! Das war mir der kleine Benimmkurs wert.

Am Nachmittag geht es erbaulicher zu. Im Pontomac Park erwartet man weder Pünktlichkeit noch Konstanz. Im Gegenteil, jeder Anbieter wird hier dankbar registriert. Die Kundschaft ist einiges, wenn nicht gar alles gewohnt; Ansprüche, die in Richtung Service oder gepflegten Umgang tendieren, gibt es nicht. Also nur keine falsche Scham.

Ich versorge das übliche Lumpenpack, die Halbverwesten und Verschorften, mache einen recht ordentlichen Schnitt, aber so richtig will sich keine Freude einstellen. Joeys Finger geht mir nicht aus dem Sinn. Joeys Finger und die nach wie vor ungelöste Frage, warum Watzlaff ausgerechnet mich zum Schließfach für diesen kuriosen Wertgegenstand auserkoren hat.

31

Lustlos stopfte Burkhard eine leere Bierdose in die Mülltüte. Mario war abgereist. Und das war gut so.

Zwei Nächte lang hatten sie herumgesumpft. Gestern war die Nervensäge dann endlich in den Zug gestiegen. Burkhard verspürte wenig Lust, ihn in Bälde wiederzusehen. Mario paßte in die Großstadt wie ein Mullah an den FKK-Strand. Es wurde Zeit, daß er sich neue Freunde suchte.

Heute morgen hatte er es zum ersten Mal seit dieser Einführungsveranstaltung in die Uni geschafft. Ein Seminar in Geschichte. Thema: ›Wie reagierte Albert von Riga auf die Beschlüsse des Laterankonzils von 1215?‹ Antwort: Er schob sich den Finger in den Arsch, was sonst?! Burkhard hatte nicht das Gefühl, daß ihn Stoff wie dieser groß voranbringen würde.

Nach dem Seminar hatte er versucht, ein für alle Mal herauszufinden, wie es nun um diesen Lateinkurs bestellt war. Die Ergebnisse seiner Nachforschungen konnten getrost als durchwachsen bezeichnet werden. Bei der Fachschaft hatten ein paar Langhaarige ausgesagt, daß das kleine Latinum ausreichend sei. Ein Dozent, den er später befragt hatte, hielt das große für zwingend. Bei der Studentenvertretung wußten sie von gar nichts. Er war also so ahnungslos wie zuvor, weshalb er sich leichten Herzens entschlossen hatte, die Angelegenheit auf ein späteres Semester zu verschieben.

Die Uni war, nicht zuletzt ob ihrer Größe, mehr als verwirrend, da genügte es, wenn er sich für den Anfang auf das Wesentliche beschränkte. Mit dem Seminarbesuch heute morgen hatte er endlich den Startblock verlassen. In dieser Richtung lief also alles nach Plan. Es hätte nichts dagegen gesprochen, den Tag gepflegt vor der Glotze ausklingen zu lassen.

Aber für morgen stand der Besuch seiner Eltern an, und da gab es noch einiges zu tun. Burkhard konnte seine Mutter bereits an irgendeinem Detail seiner Haushaltsführung herummäkeln hören. Diese Blöße wollte er sich nicht geben. Und so quälte er sich, nachdem er Dosen, Aschenbecherinhalt und anderen Müll vorschriftsmäßig entsorgt hatte, noch geschlagene vierzig Minuten mit Staubsauger und Wischmob herum. Als das erledigt war und er sich gerade die fällige Celtic angezündet hatte, fiel sein Blick auf zwei leere Umzugskartons. Die konnte er eigentlich auch noch wegräumen.

Er wuchtete die Kisten übereinandergestapelt die Treppen hinunter und stellte sie dann auf dem Steinboden ab, um die Tür seines Kellers aufzuschließen. Das allerdings erwies sich als vollkommen unnötig. Die Tür war schon offen; irgendein Arschloch hatte das Vorhängeschloß geknackt.

Im Keller selbst empfing ihn eine noch größere Überraschung. Der Einbrecher hatte ihm einen gepflegten Gruß aus dem Darmtrakt hinterlassen. Der Klumpen war pechschwarz und eingetrocknet, wies aber dennoch eine beachtliche Größe auf. Der Grund für diese unverschämte Attacke lag auf der Hand. Der Raum enthielt ausschließlich Plunder; Schund, der noch nicht mal auf dem Flohmarkt verkäuflich gewesen wäre. Vielleicht hatte den Verursacher dieser Widerwärtigkeit auch nur eine verständliche Nervosität überwältigt.

Papier hatte er merkwürdigerweise keins benutzt. Aber darüber wunderte sich Burkhard nur kurz. Er hatte genug damit zu tun, seinen Brechreiz im Zaum zu halten. Der Drang, sich zu übergeben, war groß, ganz besonders bei dem Gedanken an die unumgängliche Tatsache, daß er diese Schweinerei beseitigen mußte. Aber was half es schon; es gab kein Entkommen. Am besten, er erledigte den Job sofort.

Er riß zwei Stück Pappe von einem der Kartons, hielt so gut es ging die Luft an und kratze die zähe Masse vom Boden.

Die Pappen schmiß er danach mit spitzen Fingern in die ausnahmsweise leere Mülltonne.

Zurück in seiner Wohnung, verschwand der Ekel langsam, stattdessen stieg Furcht in ihm auf. Er mußte an die Gestalten vom Spielplatz denken. Solchen Typen war alles zuzutrauen. Was, wenn sie zurückkamen, wenn sie ihn, den Besitzer des Kellers, ausfindig machten?

Er entschied sich, die Polizei anzurufen. Natürlich waren die Bullen allesamt korrupte, gewaltgeile Nazis. Aber diese Situation ermöglichte eine Ausnahmegenehmigung.

Er griff zum Hörer, wählte den Notruf und nannte Namen und Adresse.

»Was gibt's?« Die männliche Stimme am anderen Ende klang gelangweilt.

»Bei mir ist eingebrochen worden.«

»In der Wohnung?«

»Nein, im Keller.«

»Aha. Was fehlt denn?«

»Eigentlich nichts. Aber der Einbrecher hat eine Darmentleerung vorgenommen.«

»Er hat *was* ...?«

»Er hat mir auf den Fußboden geschissen!«

»Ach so.« Der Bulle konnte ein Kichern nicht unterdrücken.

Burkhard versuchte, über diesen neuerlichen Beweis menschenverachtender Behördenwillkür hinwegzusehen. Die Sache war zu wichtig.

»Vielleicht können Sie den Täter ja anhand der Ausscheidung identifizieren. DNA-Analyse oder so was.«

Der Bulle kicherte immer noch.

»Natürlich. Ich werde unser Expertenteam gleich zusammenkommen lassen. Der Steuerzahler wird begeistert sein.« Plötzlich wurde er wieder ernst. »Wir schicken Ihnen beizeiten mal einen Streifenwagen vorbei.«

»Was heißt denn das: beizeiten?«

»Na, sobald die wirklich wichtigen Angelegenheiten erledigt sind.«

»Aber hören Sie mal, das ist doch keine Kleinigkeit, daß irgend jemand meinen Keller als Bedürfnisanstalt ...«

Aufgelegt. Verärgert steckte sich Burkhard eine Kippe an. Er hatte es ja gewußt: gewaltgeil und korrupt, und dazu noch faul und überheblich. Das Wohlergehen der kleinen Leute interessierte die staatliche Unterdrückungsmaschinerie noch nicht mal am Rande. Ihm blieb nichts anderes übrig, als sich selbst zu schützen. Bevor er ins Bett ging, verschloß er zweimal die Wohnungstür.

Einschlafen konnte er dennoch erst, als das beruhigende Licht der Morgendämmerung durch die Jalousien drang.

32

»Ich hab einen Mikro, zwei Clintons und drei Atomsprengköpfe.« Alarm ließ sich auf den Beifahrersitz fallen.

»Gib mir den Mikro.« Irina streckte die Hand aus.

Sie saßen in Raouls uraltem Toyota Celica. Das Parfum war verkauft. Der Besitzer einer Fahrschule, ein Freund von Alarm, hatte ihnen den gesamten Posten abgenommen. Das hatte zwar nicht ganz so viel Kohle gebracht wie erwartet, dafür hatten sie sich die Rennerei erspart. Raoul hatte den Vorschlag gemacht, einen Teil des Geldes in Trips anzulegen, und so waren sie zu einem Typen gefahren, der – so hatte es zumindest Alarm behauptet – relativ korrekte Ware verkaufte. Aber korrekt oder nicht: Sie hatten über eine dreiviertel Stunde warten müssen. Alarm hatte sich ganz schön Zeit gelassen.

Jetzt warf er sich zwei *Sprengköpfe* in den Rachen, spülte mit Bier nach und schickte das übliche Grinsen in die Runde.

»Hat ganz schön lange gedauert, Alter.«

»Hey, was sollte ich machen. Der Typ wollte unbedingt noch 'n Horn rauchen. Da konnte ich schlecht nein sagen.« Seine geröteten Augen deuteten in der Tat auf einen amtlichen Joint hin.

»Und was jetzt?« Raoul schob seine Sonnenbrille nach oben und musterte den Clinton, der in seiner Hand lag.

»Auf jeden Fall raus. Irgendwohin ins Grüne.« Für Irina gab es nur eine Umgebung, die zu LSD paßte. Alles andere war Bullshit, viel zu groß die Gefahr, daß irgendwer schlecht draufkam. Schlimm genug, daß sie sich alle verschiedene Pillen geklinkt hatten.

Alarm hatte andere Pläne: »Laß uns erstmal im Backyard vorbeischauen. Ich brauch dringend ein paar Drinks zur Einstimmung und ein paar Knackärsche, um meine entzündeten Augen zu kurieren.«

Raoul ließ den Wagen an.

Irina fand die Idee weniger prickelnd. Aber sie hatte keine Lust, die Spielverderberin zu geben. Sie mußte einfach zusehen, daß sie da rechtzeitig wieder verschwanden.

Das Backyard war eine Schwulendisco, in der aber auch jede Menge Heteros abhingen. Eigentlich ein angenehmer Laden. Auf Acid allerdings nur bedingt genießbar – wie beinahe jeder Club. Die Nacht versprach anstrengend zu werden. Und das wurde sie auch.

Der Mikro zündete kurz nachdem sie angekommen waren. Sie hatten sich einen Tisch im hinteren Bereich gesichert, und Alarm bestellte gerade Caipirinha für alle, als es Irina langsam die Kopfhaut wegzog.

Es ließ sich besser an als erwartet. Sie waren relativ abgeschirmt vom allgemeinen Trubel, und Irina genoß das gedämpfte, rote Licht, das samtweiche Plüsch der Sitze und die Gegenwart ihrer Freunde.

Sie tranken, redeten und rauchten. Und der Trip kam soft; keine wirklich dramatische Optik, keine Hallus oder so was.

Alarm riß ein paar Witze, kommentierte die Kulisse, kommentierte Leute, die sie kannten, und sie schmissen sich weg vor Lachen. Selbst Raoul ging aus sich heraus. Alles lief mellow, bis dieser Typ auftauchte. Kurze blondgefärbte Haare, tiefblaue Augen, ärmelloses

Shirt, perfekt trainierte Muskeln. Kam wohl gerade vom Pissen oder hatte sonstwas auf dem Klo getrieben. Er war schon an ihnen vorbeigegangen, als er plötzlich kehrtmachte, sich über den Tisch beugte und Raoul um Feuer bat.

Während die Flamme sich in seine Kippe fraß, flüsterte er Raoul etwas ins Ohr. Dann verschwand er im Gedränge.

Sofort kippte die Stimmung. Die Vibrationen wurden bösartig.

»Wenn er sich noch 'n Stück weiter über den Tisch gelehnt hätte, wär'n ihm glatt die Implantate rausgerutscht«, spottete Alarm. Seine Stimme hatte jede Fröhlichkeit verloren.

Irina bemerkte es zwar, fand diese Bemerkung aber ungeheuer witzig und prustete los. Raoul verzog keine Miene.

»Hey, was is' los, Raoul? Willst du die Pussy ficken? Das weiße Arschloch mal von innen befeuchten?« Alarm fuhrwerkte erregt mit seinem Glas herum.

Raoul grinste nur.

»Ich seh's dir an. Du bist geil auf den kleinen Nazi. Ich wette, du hast schon 'nen Steifen.« Mit einer schnellen Bewegung griff Alarm seinem Gegenüber in den Schritt.

Raoul zeigte keine Regung. Er grinste noch immer. Als Alarm die Hand zurückzog, stand er abrupt auf und verließ den Tisch in derselben Richtung, die der Blonde genommen hatte.

Alarm starrte ihm hinterher. Seine Augen hatten sich zu Schlitzen verengt. Die Pupillen waren dennoch zu erkennen – groß und dunkel wie zwei aufgespannte Regenschirme.

»Er ist krank. Er steht auf diese Herrenmenschen. Auch wenn er nicht darüber spricht, er träumt davon. Ich weiß es. Ich weiß, daß er selbst gern einer von diesen arischen Schwanzlutschern wäre. Und jetzt reden sie wahrscheinlich schon darüber, wo sie es gleich miteinander treiben werden. Ich kann die Scheiße, die sich in ihren Köpfen zusammenbraut, förmlich spüren. Aber weißt du was?« Alarm lächelte Irina an. Er sah ganz sanft aus. »Vorher zerschneid ich der Tucke noch schnell das Gesicht.« Abrupt sprang er auf und zerschlug sein Glas an der Tischkante.

Irina konnte nicht anders; sie brach erneut in Gelächter aus.

Sie wußte, daß das hier alles andere als komisch war. Aber der

Impuls war einfach stärker, stieg in unaufhaltsamen Wellen aus ihrem Bauch auf.

Alarm sah aus wie eine Comicfigur, und die Szene war einfach zu unwirklich. Langsam ging ihr allerdings die Luft aus. Das Zwerchfell schmerzte wie Sau. Sie versuchte, einen Schluck zu trinken, versuchte sich zu kontrollieren, aber es gelang ihr nicht. Alarm schob sich derweil durch die Menge, das abgebrochene Glas in der Hand wie eine Wunderkerze.

Irina saß noch eine Weile am Tisch und beruhigte sich endlich. Sofort gewann der Gedanke die Oberhand, daß sie etwas tun mußte. Sie sah das Glas bereits in einem blutenden Körper stecken. Das mußte sie verhindern. Oder nicht? War nicht irgend etwas anderes viel wichtiger? Aber was? Sie folgte Alarm, kämpfte sich ein paar Meter durchs Getümmel. Dann änderte sie die Richtung. Sie fühlte sich plötzlich unendlich allein. Unerklärliche Panik stieg in ihr auf. Das rote Licht erinnerte sie mit einem Mal an einen Scheiterhaufen. Sie mußte raus hier. Sie brauchte frische Luft. Sofort! Und vor allen Dingen mußte sie weg von diesem Schleim, weg von diesen Schakalgesichtern. Die Menge war ein einziger orangegefärbter Klumpen, eine riesige Qualle mit tausend Augen. Und der scheiß Ausgang schien irgendwie abhanden gekommen zu sein. Mühsam bahnte sie sich einen Weg durch die klebrige, glotzende Masse, schob sich einfach irgendwohin. Und dann - unfaßbare Erlösung - tauchte die Öffnung plötzlich vor ihr auf. So schnell sie konnte, taumelte sie die Stufen hinauf.

Draußen fühlte sie sich besser. Ihr Pulsschlag senkte sich langsam. Dennoch zog es sie weiter fort. Für keinen Preis der Welt würde sie noch einmal in diesen Hort des Grauens zurückkehren.

Sie lief über die Straße, an mehreren Lagerhallen vorbei, bis zum Hafenbecken. Der einzig logische Fluchtpunkt, um die aufgepeitschten Sinne wieder in die Spur zu kriegen.

Hier herrschte genau die Ruhe, die sie sich erhofft hatte. Nur ein paar Schatten huschten durch die Dunkelheit. Stricher vielleicht oder Dealer - oder beides. Irina war es egal. Alles war besser als dieses Zombieaquarium. Sie setzte sich ans Wasser, zog die Knie ans Kinn und starrte eine Ewigkeit auf die ölige, matt glänzende Oberfläche.

Häßliche Bilder bevölkerten ihre innere Leinwand. Plagge war dabei – abstoßend wie ein Triebtäter – und natürlich Alarm, mit diesem sanften Grinsen in der Fresse und dem gezackten Rest des Glases in der Hand. Sie hätte einiges dafür gegeben, die Wirkung des LSDs beenden zu können. Aber der Micro hielt ihr Gehirn eisern umklammert, erfüllte seine Aufgabe mit der Zuverlässigkeit eines Himmelskörpers.

Als er seinen Griff endlich lockerte, wurde es bereits hell. Sie stand auf und ging zum Club zurück. Der Horror hatte sich klammheimlich verabschiedet. Stattdessen fühlte sie sich seltsam entspannt. Langsam meldete sich so etwas wie Müdigkeit. Alles, was sie jetzt brauchte, war ein Taxi Richtung Heimat.

Zu ihrer großen Überraschung traf sie, kaum daß sie die Straße erreicht hatte, ihre Freunde wieder. Keine zehn Meter entfernt, ihr direkt gegenüber, taumelten die beiden zusammen mit einem ganzen Schwung weiterer Nachtschwärmer ins Freie.

Raoul entdeckte sie zuerst und kam über die Straße gelaufen. Alarm folgte ihm.

»Hey, unsere Prinzessin ist wieder da. Wo habt Ihr gesteckt, Tochter des Zaren?« Er strahlte sie an. Weder er selbst noch Raoul trugen Spuren einer körperlichen Auseinandersetzung. Verhaftet worden war augenscheinlich auch niemand.

»Ich war ficken«, sagte Irina, und plötzlich war alles wieder im Lot. Eigentlich hätte sie sauer sein müssen. Aber sie verspürte nichts als Erleichterung.

Alarm sah sie skeptisch an.

»So, so. Die Dame hatte also Geschlechtsverkehr. Und das in dieser turbulenten Julinacht. Mit wem denn, wenn ich fragen darf?«

»Mit Gott, du Arschloch.«

»Na, dann dürfte ja zumindest eine Ansteckung mit dem HIV-Erreger ausgeschlossen werden. Apropos Erregung. Ich hab immer noch einen Clinton und einen Sprengkopf. Nehmen wir die noch, oder wollen wir schon Schluß machen?«

33

»Wo ist denn dein Glasreiniger, Junge?«

»Glasreiniger? Ich glaub, so was hab ich gar nicht.«

»Aber natürlich. Ich hab dir doch beim Umzug extra eine Flasche in den Karton mit den Putzmitteln getan.«

»Ach so, ja.« Burkhard erinnerte sich wieder. Er hatte den ganzen Kram achtlos unter die Spüle gepfeffert.

Während er nun in dem Durcheinander aus Schwämmen, Wischtüchern und Plastikbehältern herumwühlte, formulierten seine Lippen eine naheliegende Frage: »Was willst du denn eigentlich mit dem Zeug? Is' doch alles sauber.«

»Aber Burkhard ...« Seine Mutter ließ dieses gekünstelte Lachen erklingen, das ihm schon den Nerv geraubt hatte, als er noch mit Spielzeugrevolvern herumgelaufen war. »Hast du dir mal deine Fenster angeschaut?«

»Nee, wieso?«

»Na, weil man da bald nicht mehr durchgucken kann. Alles ganz staubig, und das im Sommer. Die sind bestimmt zwei Jahre lang nicht geputzt worden.«

»Aber deshalb muß das doch nicht unbedingt heute gemacht werden. Das kann *ich* doch erledigen; morgen oder übermorgen, wenn ihr wieder weg seid.«

»Laß nur, Junge, ich mach das schon. Geh du lieber zu deinem Vater.«

In ungezählten verlorenen Schlachten hatte Burkhard gelernt, daß weitere Diskussionen zwecklos waren. Wenn seine Mutter putzen wollte, dann putzte sie. Zuhause bediente sie den Staubsauger dreimal täglich.

Als er den Raum betrat, der ihm als Wohn-, Schlaf- und Arbeitszimmer diente, warf er einen Blick auf die Fenster. Er konnte keinen Staub entdecken.

Sein Alter saß am Schreibtisch und studierte ein Poster der amerikanischen Hip Hop-Formation Boo-Yaa T.R.I.B.E. Die sechs schwergewichtigen Brüder aus Carson/L.A. starrten dem Betrachter grimmig entgegen. Sie posierten als hypergefährliche Ghetto-Gangster, die sie ja angeblich auch waren, und protzten mit Tätowierungen, Sonnenbrillen, unglaublichen Muskelpaketen und ellenlangen, geflochtenen Zöpfen, die sie zum Teil unter Haarnetzen verbargen. Über ihren Häuptern prangte der aussagekräftige Slogan ›Kill 'em all‹.

»Mein Gott, Junge, was sind das bloß für Typen? Moslemische Terroristen?«

»Das sind Musiker.«

»Zu meiner Zeit haben Musiker anders ausgesehen. Sie trugen Gitarren statt Maschinenpistolen, und auch wenn der ein oder andere hin und wieder, nun ich möchte sagen, etwas über die Stränge schlug, so haben sie sich doch wenigstens *bemüht*, nicht wie Tiere zu erscheinen.«

»Das sind Leute, die mit Waffen groß geworden sind. Du darfst nicht vergessen, daß in Amerika gerade in den Vierteln der Minderheiten Waffengeschäfte und Spirituosenläden das Straßenbild bestimmen. Und das durchaus mit Billigung der Herrschenden. Trotz allem gibt es auch dort Menschen, die versuchen, das tägliche Unrecht mit künstlerischen Mitteln zu bekämpfen. Daß sie dabei auf bestimmte Symbole zurückgreifen, darf nicht über ihre wahren Absichten hinwegtäuschen.« Unweigerlich mußte Burkhard an einen Auftritt der Band denken, dem er vor einem halben Jahr beigewohnt hatte. Provoziert durch einen auf die Bühne geworfenen Bierbecher, war einer der Kolosse von der Bühne gewankt und hatte einem völlig Unschuldigen den Kiefer zertrümmert. Danach hatte das Sextett den Gig für beendet erklärt – eine Entscheidung, der ausgewachsene Tumulte gefolgt waren. Sein Alter brauchte davon natürlich nichts zu wissen. »Diese Typen sind rauh. Aber sie tragen einen menschenfreundlichen Kern in sich.«

»Was? Na ja, ich denke, ich bin einfach zu alt für diese Geschichten. Wie läuft's an der Uni, Junge?«

»Gut.«

»Findest du dich zurecht? Kommst du mit? Hast du dir einen sinnvollen Stundenplan zusammengestellt?«

»Ja, ich denke schon.« Burkhard dachte mit relativem Unbehagen an seinen bisher einzigen Seminarbesuch.

Sein Vater schien das zu bemerken. Skeptisch richtete er seinen Blick erneut auf das Poster.

»Ich weiß nicht, Junge. Vielleicht wärst du doch besser dieser Studentenverbindung beigetreten, die uns Dr. Machalla empfohlen hat.«

34

Im Dunkeln tastete Burkhard nach seinen Zigaretten. Er hatte lange genug versucht, in den Schlaf zu finden. Jetzt war es Zeit, das quälende Herumwälzen zu unterbrechen.

Während er sich Feuer gab, warf er einen Blick auf den Wecker. Drei Uhr fünfundvierzig. Er wartete also bereits länger als zwei Stunden auf den erlösenden Bewußtseinsverlust. Eigentlich nicht überraschend. Er hatte in den letzten Tagen ausreichend Alkohol konsumiert. Heute war er nüchtern zu Bett gegangen. Da konnten Schlafstörungen schon mal auftauchen. Als seine Eltern endlich nach Hause gefahren waren, hätte er sich am liebsten eine Flasche Schnaps in den Hals geschüttet. Aber er hatte sich nicht aufraffen können, die Wohnung noch einmal zu verlassen. Emm und Pe hatten ihn einfach zu viel Kraft gekostet, waren, wie nicht anders zu erwarten, über alle Maßen anstrengend gewesen.

Kaum, daß sie unter einer Flut von Ermahnungen und Ratschlägen die Tür hinter sich zugezogen hatten, war er erschöpft auf die Matratze gekrochen, gerade noch fähig, den Fernseher anzuschmeißen.

Das übliche Samstagabendprogramm: Gameshows und Actionschrott, Moderatoren, die schon ihr drittes Lifting hinter sich hatten und dennoch so taten, als läge ihr erster Samenerguß keine fünf Jahre zurück. Nichts, was Burkhard wirklich interessiert hätte. Und so hatte er angefangen, nachzudenken, wobei sein Geist immer wieder zu den beiden Begegnungen mit dieser Schwarzhaarigen gewandert war. Das Löschen des Lichts hatte diese Streifzüge nicht unterbrechen können.

Mittlerweile war er sich zwar nicht mehr sicher, ob es sich wirklich um dasselbe Mädchen handelte; im Gegenteil waren ihm mehr und mehr Zweifel gekommen. Dennoch beschäftigten ihn beide Ereignisse über Gebühr, wobei er dem ersten aufgrund seiner Erinnerungslücken und dem damit einhergehenden Schamgefühl nicht allzu viel Platz einräumte. Der Besuch bei *Wompy's* dagegen hatte sich tief in sein Gedächtnis eingebrannt. Jede Bewegung, jede Geste, die verächtlichen Blicke der kühlen Schönheit – das alles zog in immer wiederkehrenden Bildern an seinem inneren Auge vorbei.

Ohne Zweifel hatte sie ihn tief berührt. Ihre Existenz ließ ihm keine Ruhe, und obwohl er sich vor noch nicht mal zwei Tagen geschworen hatte, daß er ihr nie wieder begegnen wollte, wünschte Burkhard sich mittlerweile nichts sehnlicher als ein Wiedersehen.

Während er die Kippe dem Aschenbecher überließ, fiel ihm der Zettel mit der Telefonnummer ein; dieses Stück Papier, das er nach dem unseligen Absturz in seiner Jacke gefunden hatte; sieben Zahlen, die vielleicht zu ihr gehörten. Er konnte da anrufen und das herausfinden – vielleicht *ihre* Stimme hören.

Höchstwahrscheinlich würde er jemanden wecken. Aber was machte das schon. Er hatte ohnehin nicht vor, etwas zu sagen.

Er schaltete das Licht ein und begann hektisch nach dem Zettel zu suchen. Bei den Papierbergen, die sich neben seinem Bett türmten, kein leichtes Unterfangen.

Er fand den verheißungsvollen Fetzen schließlich eingeklemmt zwischen einem Ratgeber für Studienabbrecher und dem Flugblatt einer Tierschutzorganisation. Im ersten Moment überkam ihn Freude. Dann wurde dieses Gefühl von Nervosität überschattet. Es gab jetzt kein Entrinnen mehr. Schnell steckte er sich eine neue Celtic an. Dann griff er sich das Telefon.

Er war ängstlich wie ein Teenager mit Tripper bei seinem ersten Hautarzttermin, und er meinte, ein leichtes Zittern seiner Finger wahrzunehmen, während er die Zahlen eingab.

Die Abstände zwischen den Signaltönen schienen endlos, und es kostete ihn einige Mühe, nicht wieder aufzulegen. Endlich meldete sich eine tiefe, weibliche Stimme.

»Hallo. Studio Doleur Royal, Madame Juliette. Was kann ich für dich tun?«

Das war auf keinen Fall die Schwarzhaarige, das war auf *gar keinen* Fall die Schwarzhaarige. Diese Frau war deutlich älter. Vielleicht hatte er ja die Mutter an der Strippe. Wenn es allerdings die Mutter war, dann klang sie für diese frühe Stunde verdächtig munter. Ebenfalls verdächtig war dieser Firmenname – Studio Royal irgendwas. Nach Solarium hörte sich das nicht an. Irgendwie beängstigend das Ganze. Wieder überkam Burkhard der Drang, aufzulegen. Noch einmal widerstand er ihm. Es hatte ihn genug Nerven gekostet, bis hierhin durchzuhalten. Jetzt wollte er auch herausfinden, mit wem er es zu tun hatte.

Einen Moment lang vernahm er nichts weiter als langsame, gleichmäßige Atemzüge. Dann begann die Frau erneut zu sprechen.

»Scheinbar haben wir es hier mit einem ganz Schüchternen zu tun. Aber du mußt dich schon melden. Du mußt mir schon deinen Namen sagen. Ich weiß doch, daß du dich mit mir treffen willst. Worauf stehst du, Schätzchen? Spanking? Klistierspiele? Madame Juliette erfüllt dir jeden Wunsch.«

Burkhard entfuhr ein Stöhnen.

Das genügte. Seine Gesprächspartnerin witterte ihre Chance.

»Na, also. Ich hör dich doch. Was ist? Willst du einen Termin? Am Telefon pflege ich nicht zu behandeln.«

Nein, ich will keinen Termin. Ich will um Gottes Willen keinen Termin, dachte Burkhard. Der Wunsch, den Hörer auf die Gabel zu drücken, wurde übermächtig. Aber auch dieser Moment ging vorbei. Und mit einem Mal, einem drängenden Impuls gehorchend, fing er an zu sprechen. Seine Neugier war zu groß. Er mußte einfach wissen, wie er an diese Nummer gekommen war. Er hatte das deutliche Gefühl, sonst überhaupt nicht mehr schlafen zu können.

»Entschuldigung, aber ...«, begann er.

»Na endlich.« Die unbekannte Stimme am anderen Ende klang befriedigt. »Ich glaube, wir kennen uns nicht.«

Burkhard versuchte, sich nicht aus dem Konzept bringen zu lassen, hatte aber auch keine rechte Idee, wie er sein Anliegen formulieren sollte.

»Ich hab Ihre Nummer ... Also, ich weiß weder, wer Sie sind, noch woher ich Ihre Nummer habe.«

»Ach.« Madame Juliette klang plötzlich reserviert. »Und warum rufst du dann an? Wie heißt du überhaupt?«

»Äh, ich heiße Burkhard, und ich rufe an, weil ich, äh, also, genau das herausfinden möchte. Also, ich meine, wie ich an diese Nummer geraten bin.«

»Hör mal, Burkhard. Das klingt alles sehr merkwürdig. Meinst du nicht, du solltest etwas ausführlicher werden?«

Burkhard überlegte kurz. Dann entschloß er sich, die Ereignisse in ihrer Gesamtheit zu schildern. Er begann mit der Abfuhr im *Komat*, und je länger er erzählte, desto mehr Gefallen fand er daran. Es tat ausnehmend gut, einem wildfremden Menschen die eigenen Sünden zu beichten. Als er geendet hatte, hörte er ein leises Lachen, nicht bösartig, eher mitfühlend.

»Na, mit den Frauen scheinst du ja nicht viel Glück zu haben. Und du hast wirklich keine Idee, wer dir den Zettel in die Tasche gesteckt haben könnte?«

»Nein.«

»Tja, dann wird sich wohl jemand einen Scherz mit dir erlaubt haben.«

»Sie selbst können es unter gar keinen Umständen gewesen sein?«

»Nein, weder pflege ich meine Freizeit in Diskotheken zu verbringen, noch verteile ich meine Telefonnummer an Teenager. Meine Kundschaft ist für gewöhnlich älter. Und vor allem solventer.«

Burkhard überhörte die Spitze.

»Und dieses Mädchen, also die, die mir da an ... die mich da angegriffen hat, die kennen Sie nicht zufällig? Sie hat schwarze Haare und arbeitet bei Wompy's, dieser Imbißkette.«

»Nein, tut mir leid.« Wieder dieses leise Lachen.

»Tja, na dann. Entschuldigen Sie, daß ich Sie gestört habe.«

»Kein Problem.«

Es entstand eine Pause.

»Hey, ruf ruhig wieder an, wenn es mit den Mädchen nicht besser wird«, sagte sie schließlich. »Ich vermittle dir eine Kollegin.« Noch einmal erklang ihr Lachen, diesmal lauter.

»Äh, ja, ich ...«, stotterte Burkhard, dem erst jetzt wieder ins Bewußtsein trat, mit wem er da gerade gesprochen hatte.

Madame Juliette hatte bereits aufgelegt.

Burkhard verharrte eine Weile reglos. Dann ließ er sich aufs Bett zurückfallen und steckte sich eine weitere Kippe an.

Während er den Rauch einsog, ließ er das Gespräch Revue passieren. Viel hatte er nicht in Erfahrung gebracht. Im Gegenteil. Die Angelegenheit war verwirrender denn je. Wer um alles in der Welt konnte ein Interesse daran haben, ihn mit der Telefonnummer eines Domina-Studios zu versorgen? Wahrscheinlich war es wirklich bloß ein Scherz gewesen. Er beschloß, nicht weiter darüber nachzudenken.

Die Stimme dieser Madame Juliette hatte verdammt nach Sex geklungen. Routiniert griff er sich an den Schwanz.

35

Ich überlege hin und her, was mit dem Finger zu tun ist. Ob mir Gefahr droht, und wenn ja, von wem. Und wie ich im Bedarfsfall reagieren soll. Zwischendurch kommt mir die abstruse Idee, daß ich das gute Stück einfach veräußern könnte. Mit ein bißchen Glück ein kleines Vermögen verdienen. Den wohlverdienten Ruhestand ein paar Takte früher einläuten. Aber wer kauft schon Mittelfinger von Rockgrößen? Besessene Fans vielleicht. Aber wie findest du die? Mir will in dieser Richtung partout nichts einfallen, und das ist sicher besser so. Watzlaff ist mindestens so rachsüchtig wie humorlos.

Am Sonntag erübrigt sich schließlich weiteres Nachdenken. Ich habe endlich den neuen Fernseher an seinen Platz gezerrt und gönne mir die Übertragung eines Golfturniers – und dieser Fernseher ist phantastisch: 1-A-Bildauflösung und Stereosound. Ich habe das Gefühl, selbst auf dem Rasen zu stehen.

Ich bin mittendrin, arbeite mich gerade mit dem spanischen Favoriten zum dritten Loch vor, als das Telefon dazwischenfährt. Es ist der Patriarch höchstselbst, es ist Watzlaff, der mich sprechen will.

»Wie geht es?« schnarrt er. »Was macht die Hand?«

»Danke der Nachfrage. Steckt noch immer im Gips und juckt wie verrückt.«

»Und sonst?! Den Schoßhund von Tante Belle gut gehütet?«

Schoßhund? Soviel Phantasie hätte ich Watzlaff gar nicht zugetraut.

»Wie meinen Augapfel.«

»Dann wird es dich hoffentlich nicht zu sehr betrüben, wenn ich dir mitteile, daß der kleine Racker schon morgen in den Schoß der Familie zurückkehren muß.«

Ich denke an den halben Vormittag, den ich gebraucht habe, um die Diele zu lösen, unter der Joeys strapazierter Finger im Moment seine wohlverdiente Auszeit nimmt. Die Mühe hätte ich mir sparen können.

»Ob du's glaubst oder nicht, das betrübt mich überhaupt nicht. Um ehrlich zu sein, begann mir der kleine Racker, wie du dich auszudrücken pflegst, schon ein wenig auf die Nerven zu gehen.«

»Um so besser. Hör zu. Kennst du den Effetto-Markt in der Rue Raskolnikov?«

»Kenn ich.«

»Gut. Da findest du dich morgen um fünf Uhr nachmittags am Schnapsregal ein. Es wird jemand an dich herantreten und dir Grüße von Tante Belle bestellen. Dem gibst du den Köter. Dann verschwindest du. Alles klar?«

»Alles klar.«

»Sieh zu, daß du pünktlich bist.«

Watzlaff legt grußlos auf, und ich tue das gleiche. Den Fernseher schalte ich aus. Die Golfübertragung muß ohne mich auskommen. Ich habe plötzlich einiges zu erledigen.

36

Der Fahrstuhl ist immer noch kaputt. Wird wahrscheinlich Wochen dauern, bis die Hausverwaltung jemanden herschickt. Einmal mehr bleibt mir nichts anderes übrig, als die Stufen hinunter zu *kriechen*. Entwürdigend. Entwürdigend wie die gesamte Gegend. Ich hätte hier längst wegziehen müssen. Aber diese anonymen Wohnsilos tarnen meine Geschäfte allzu perfekt.

Mehrfach habe ich schon darüber nachgedacht, einfach auf meinem Brett hinabzureiten. Aber die Stiege ist steil, und einen Unfall kann ich mir, weiß Gott, nicht leisten; heute schon gar nicht. Und so gebe ich meinem geliebten Untersatz einen Stoß, höre ihn krachend im Erdgeschoß aufschlagen und kann nur beten, daß er keinem der aufsässigen Kinder, die hier zuhauf herumlungern, in die Hände fällt und zum Skateboard umfunktioniert wird. Zum Glück wohne ich im zweiten Stock, habe also einen Abstieg von ›gerade mal‹ zehn Minuten vor mir. Die Plastikhülle über meinem Gips erweist sich dabei als echter Segen.

Auf halber Treppe kommt mir der alte Panjacki entgegen. Auch er ist nicht sonderlich gut zu Fuß, kämpft sich auf zwei Krücken gestützt an den häßlichen, bedrohlich wirkenden Graffiti vorbei.

»Scheiß Fahrstuhl«, keucht er. »Stammt noch aus der Zeit, als die Post mit Mauleseln ausgetragen wurde.«

»So wird's sein«, keuche ich zurück.

»Irgendwer sollte den Schnarchnasen von der Verwaltung mal 'ne Paketbombe schicken.« Das mag ich an Panjacki: körperlich schon in der dritten Liga, aber das Schandmaul eines Sechzehnjährigen.

Die U-Bahn erscheint nach diesen Torturen als frisch eröffnetes Landschulheim.

Bei den Mädchen hat heute die Besatzung gewechselt. Flora ist mit Brutus in den Zoo gefahren. Dafür sind Ingrid und Svetlana im Haus. Sie sitzen halbnackt am Frühstückstisch, haben eine Nachtschicht hinter sich; die eine am Telefon, die andere an der Werkbank für kaputte Zweibeiner. Obwohl wir uns schon seit Jahren kennen, ist der Anblick dieser beiden Schönheiten immer noch geeignet, meinen Schwanz mit Blut zu füllen.

Die Gräfin besitzt die typischen Gesichtszüge der Domina – hart, asketisch und streng; die Lippen schmal, die Haut gespannt. Nur die Augen verraten hin und wieder die Wärme, die sie in sich trägt. Ich bin mir aber sicher, daß sie diesen Ausdruck während der Arbeitszeit gut zu verstecken weiß. Ihre Figur entspricht ihrem Gesicht – schlank, fast zu schlank, aber durchtrainiert bis zum letzten Muskelstrang. Die langen, blondierten Haare trägt sie normalerweise straff nach hinten gebunden. Heute fallen sie ihr ungebändigt auf den Rücken, was ihr eine ungewohnt weiche Note verleiht.

Svetlana ist eher der mütterliche Typ – ausladender Hintern, volle Brüste, weiße, pralle Schenkel, hübscher Schmollmund, Stupsnase.

Mir zuliebe verlagern die beiden ihr spätes Frühstück auf den Fußboden. Ich lasse mir einen Kaffee einschenken und gönne mir ein Croissant mit Käse und Schinken.

»Wie kommst du mit dem Gips zurecht?« will Svetlana wissen, was mich wieder an diesen unglaublichen Juckreiz erinnert, den ich gerade vergessen hatte.

»Gut«, lüge ich.

Dann darf ich mir Ermahnungen anhören, mein Leben in Zukunft etwas weniger verletzungsträchtig zu gestalten. Ich lasse die Vorwürfe mit einem Lächeln über mich ergehen, genieße den Kaffee und die Tatsache, daß sich liebenswerte Menschen um meine Gesundheit sorgen.

Schließlich ist der Zeitpunkt gekommen, mein Anliegen vorzutragen.

»Ich brauche Eure Hilfe, Mesdames.«

»Worum geht's?« Ingrid sieht mich aufmerksam an.

»Ich benötige Rückendeckung bei einer Warenübergabe. Ich hab da ein kleines Geschäft mit Watzlaff laufen.«

Bei Watzlaffs Erwähnung zieht sie die Augenbrauen nach oben.

»Watzlaff kauft Stoff bei dir? Hat er davon nicht selbst genug?«

»Es geht diesmal nicht um Stoff. Es geht um etwas anderes. Eine Art Souvenir, vielleicht könnte man den Ausdruck Talisman verwenden.«

Natürlich geben sich die Mädchen mit dieser Erklärung nicht zufrieden. Sie löchern mich solange, bis ich nicht umhin komme, ihnen wenigstens eine kurze Zusammenfassung der Geschehnisse zu geben. Welch sonderbares Gut sich allerdings in der zu übergebenden Stahlkassette befindet, behalte ich für mich. Zuviel Information wäre der Mitarbeitermotivation in diesem Fall nur abträglich.

Svetlana errät es ohnehin, beinahe jedenfalls.

»Wahrscheinlich hat Watzlaff einem seiner Feinde die Eier abgeschnitten«, kichert sie. »Und jetzt bewahrt er sie in der Kassette auf.«

»Unsinn! Da wird Geld drin sein. Oder irgendwelche Papiere.« Meine Reaktion fällt einen Happen zu heftig aus.

Ingrid jedenfalls mustert mich eindringlich.

»Du hast diese Kassette nicht zufällig *geöffnet*, Krupp?«

»Gott bewahre.« Ich gönne den beiden einen tiefen Einblick in meine lautere Christenseele.

Zum Dank für meine Offenheit werde ich erneut mit sorgenvollen Mienen bedacht.

Schnell beginne ich, die technische Seite des Manövers zu erläutern, erkläre den kleinen Schlachtplan, den ich ausgearbeitet habe.

Die Mädchen zeigen sich mit allem einverstanden. Keine große Sache, denken sie. Und das denke ich eigentlich auch.

Eine Stimme allerdings, ein einsamer Rufer in der Wüste meines Gehirns, läßt sich nicht mundtot machen. Wie ein Muezzin, der den Feierabend verpaßt hat, brüllt er unablässig Fragen in mein Angstzentrum. Warum soll ich den Finger in einem Supermarkt übergeben? Warum läßt Watzlaff die Geldbombe nicht einfach von einem seiner Schergen bei mir zu Hause abholen? Warum hat er mir das Ding überhaupt zur Aufbewahrung gegeben? Nun, der morgige Tag vermag vielleicht ein wenig Licht in dieses Dickicht zu tragen.

Bis dahin ist es angezeigt, die Grübeleien auf ein Minimum zu reduzieren. Und so widmen wir uns wieder den angenehmen Seiten des Daseins, dem Frühstück und einem Gespräch über Horrorfilme.

»Ach so, bevor ich's vergesse«, wirft die Gräfin irgendwann ein, »ich weiß nicht, ob's was zu bedeuten hat. Aber gestern hat mich so ein Halbwüchsiger angerufen. Hat wohl vor ein paar Tagen einen längeren Zug durchs Nachtleben unternommen und am nächsten Tag die Nummer vom Studio in seinen Taschen gefunden. Wie findest du das, Krupp? Du weißt, wie vorsichtig ich mit meiner Nummer bin.«

»Seltsam«, sage ich. Denn Ingrid ist mit der Vergabe ihrer Telefonnummer in der Tat äußerst eigen, und für einen Moment weiß ich mit dieser Information nichts anzufangen, habe andere Dinge im Kopf. Dann fällt mir mit einem Mal der Junge wieder ein: Der Junge, der mir das Brett gerettet hat. Eigentlich hatte ich Ingrid davon erzählen wollen.

»Verdammt, das hab ich komplett vergessen!« rufe ich aus. »Der Junge ist ein Freund von mir.«

»Das war ein *Freund* von dir?«

»Na, nicht unbedingt ein Freund. Eher so etwas wie ein Schutzengel. Auf jeden Fall jemand, dem ich einen Gefallen schulde ... Hey, wenn er nochmal anruft, sag ihm, daß er *seine* Nummer hinterlassen soll.«

»Du schuldest in letzter Zeit ziemlich vielen Leuten einen Gefallen, findest du nicht?«

Ich ignoriere diesen Einwurf. Es ist ohnehin an der Zeit, mich zu verabschieden. Ich mache mich auf den Weg zu Martha.

Sie ist zu Hause. Durch ihre zum Teil verglaste Wohnungstür sehe ich Licht brennen. Also lasse ich den Zweitschlüssel diesmal stecken und betätige stattdessen die Klingel.

Martha ist eindeutig erfreut, mich zu sehen.

»Hey, zweimal in einer Woche. Nicht, daß das zur Gewohnheit wird«, sagt sie, wobei sie mich anlacht, als würden wir uns erst seit gestern kennen.

Ich verpasse ihr einen Kuß auf den Oberschenkel, die für mich günstigste Stelle, und drücke ihr den Rotwein in die Hand, den ich unterwegs gekauft habe.

Wir machen es uns auf dem Sofa gemütlich, trinken eng aneinandergeschmiegt aus der Flasche, reden wenig und wenn, dann nur über Belanglosigkeiten. So, wie wir es immer machen, wenn einer von uns beiden die Welt ausblenden möchte.

Ich weiß nicht, was uns verbindet, und wenn Martha es weiß, so spricht sie nicht davon. Aber seit mehr als fünfzehn Jahren kennen wir uns, seit fünf Jahren vögeln wir miteinander. Das Wort Liebe ist zwischen uns nie gefallen. Martha hatte zwischendurch andere Männer, und auch ich habe mich ausreichend amüsiert. Dennoch treibt es uns immer wieder zueinander, wobei Sex eine wichtige, aber nicht die wichtigste Rolle spielt. Heute allerdings haben wir beide Lust auf eine Nummer.

Es mag den ein oder anderen verwundern, daß ich überhaupt so etwas wie ein Sexualleben habe. Nun, von hinten kann ich sicherlich nur schwer zusteigen. Auch sonst habe ich nicht allzu viele Stellungen im Programm. Aber meine Durchblutung funktioniert einwandfrei, und wenn sich eine Frau auf meinen Schwanz schwingt, steht einem gefühlvollen Ritt nichts weiter als der Ekel im Weg, den sie vor meinem Körper empfinden könnte. Martha hat diesen Ekel bereits vor Jahren überwunden. Vielleicht hat sie ihn auch nie besessen.

Noch bevor die Flasche leer ist, sind wir beide nackt. Und dann gerät Joeys Finger und alles, was damit zusammenhängt, für eine begrenzte Unendlichkeit ins Vergessen.

37

Burkhard schreckte hoch und sah auf die Zeitanzeige. Neun Uhr vierunddreißig. Auf jeden Fall zu spät, um noch zur Uni zu fahren. Viel zu spät, um genau zu sein. Um acht Uhr hätte er aufstehen müssen.

Er kontrollierte den Wecker. Anscheinend hatte er ihn ausgeschaltet, noch bevor auch nur ein Ton in sein Bewußtsein gedrungen war. Verwunderlich war das nicht. Er hatte auch in dieser Nacht kaum Schlaf gefunden, war sicherlich nicht vor vier Uhr weggedämmert.

Daß er den Wecker nicht gehört hatte, war dennoch ärgerlich. Mehr noch: Es war zum Kotzen. Heute hätte ein Seminar in Politikwissenschaft zur Debatte gestanden: ›Die Anfänge der Demokratie, ihre Verirrungen und Metamorphosen.‹

Nicht, daß ihn das groß interessiert hätte, aber er bekam langsam das Gefühl, ins Hintertreffen zu geraten. Am liebsten hätte er jetzt einen Joint geraucht; einfach nochmal wegdriften, das Versäumnis vergessen. Aber er hatte kein Hasch im Haus. Das Piece, das Mario mitgebracht hatte, hatten sie gleich am ersten Abend weggemacht. Also blieb ihm nur die übliche Kippe auf nüchternen Magen. Sie half nur bedingt.

Immer noch benommen quälte er sich aus dem Bett und brachte das gewohnte Programm hinter sich: Pissen, Zähneputzen, einen Klumpen Schleim ins Waschbecken husten. Dann wußte er nichts mehr mit sich anzufangen. Er legte ein paar CDs auf, er zappte sich durchs Vormittagsprogramm, er versuchte einen Comic zu lesen. Aber nichts vermochte ihn auch nur ansatzweise zu fesseln. Den ganzen Sonntag über hatte er an die Schwarzhaarige denken müssen, und auch jetzt tanzte sie bereits wieder durch sein Gehirn.

Der Versuch, übers Telefon in ihr Leben zu dringen, war zwar fehlgeschlagen, aber es gab ja noch andere Möglichkeiten.

Er beschloß, in die Innenstadt zu fahren. Nicht, daß er vorhatte, bei *Wompy's* einen Burger zu essen. Aber vielleicht konnte er ja durch die Scheibe einen Blick auf die Mitarbeiterinnen des Unternehmens erhaschen. Vorher allerdings ging er noch einmal ins Bad, um seine Frisur zu kontrollieren.

Im Bus hatte einer der zahllosen Schnorrer seinen Auftritt. Ihre Menge wuchs täglich in Abhängigkeit zur Anzahl der die gesamte Stadt beherrschenden Tauben. Im gleichen Maß sank ihre (ohnehin schon geringe) Wertschätzung bei all jenen, die nicht reich genug waren, ein Leben jenseits von Bussen und U-Bahn zu führen. Normalerweise sagten die Bet- und Bettelbrüder kurz ihr Sprüchlein auf, dann ließen sie den unvermeidlichen Plastikbecher herumgehen. Burkhard sah in diesen Zwischenspielen eher eine Abwechslung, auch wenn die Typen natürlich hin und wieder zu nerven verstanden.

Der heutige Kandidat war eindeutig der Kategorie bizarr zuzuordnen. Er war mit seinem eiternden Geschwür unterhalb des linken Mundwinkels mehr als unansehnlich und offensichtlich nicht von dieser Welt.

»Ich bitte einen Moment um ihre Aufmerksamkeit«, krähte er, wobei er die Mitreisenden mit einem überaus herablassenden Blick bedachte. »Ein westeuropäischer Geheimdienst hat mich jahrelang in einem geheimen, unterirdischen Labor mit Tuberkulose- und Pocken-Erregern vergiftet. Das alles wohlgemerkt mit Wissen und Billigung der UNO. Auf diese Weise habe ich nicht nur meine Frau und meine geliebten Kinder, sondern auch meinen Arbeitsplatz als Wissenschaftler verloren. Nun benötige ich, um diesen menschenverachtenden Machenschaften das Handwerk zu legen, dringend Geld. Ich bitte sie also, im Namen des Genossen Pol Pot, um eine großzügige Spende.«

Burkhard hatte nur noch eine Station vor sich und erhob sich, um schon mal zur Tür zu schlendern. Er fühlte sich nicht verpflichtet, einem Idioten, der sich auf Pol Pot berief, unter die gierig ausgestreckten Arme zu greifen. Sein wohlüberlegtes Manöver schlug allerdings fehl. Der Irre hatte seinen Fluchtversuch bemerkt, verstellte ihm mit einer schnellen Drehung den Weg und hielt ihm fordernd eine verschorfte, verknöcherte Hand unter die Nase. Pech gehabt.

Verlegen durchwühlte Burkhard seine Taschen, fand aber nur einen Fünfer. Das war eindeutig zuviel, zumal nicht damit zu rechnen war, daß er Wechselgeld herausbekam. Wenn er überhaupt nichts rausrückte, riskierte er allerdings eine peinliche Szene.

Also weg mit der Kohle. Vielleicht traf es ja den Richtigen. Was bedeutete schon diese Pol-Pot-Nummer?! Im Endeffekt war der Typ ein armes Schwein. Und besaß er nicht ein Herz für die Entrechteten und Unterdrückten? War er nicht irgendwo selbst ein Opfer dieses brutalen Systems? Ja, das war er. Auch wenn er gerade nicht hätte sagen können, welche Wunden es ihm schon zugefügt hatte.

Als er dem Schnorrer das Geldstück überließ, achtete er dennoch peinlich darauf, nicht mit dessen Haut in Berührung zu kommen. Tuberkulose und Pocken – das war nichts Gutes. Da mußte er nicht unbedingt antesten, ob die Geschichte nicht doch einen Hauch Wahrheit enthielt. Seltsamerweise schien den ehemaligen Wissenschaftler die Höhe der Spende nicht sonderlich zu beglücken. Ebenso wenig kam ihm ein Dank über die Lippen. Sein Blick wurde im Gegenteil noch eine Spur höhnischer.

Wichser, dachte Burkhard, als er den Bus verließ.

38

Schon wieder eine Party, diesmal mit Sabs. Eine träge Veranstaltung in einem Loft in Javornik; organisiert von einem unsympathischen Arsch aus der Werbebranche, dessen größtmögliche Vorstellung von Verruchtheit darin bestand, die Getränke von zwei halbnackten Schwuchteln servieren zu lassen. Sie hatte nicht mitkommen wollen, hatte immer noch an den Nachwirkungen des Mikros zu kauen gehabt. Aber Sabs hatte sie weichgekocht, weil sie unbedingt einen Typen treffen wollte, der angeblich Kontakte zum Film besaß.

Der große Zampano war dann allerdings erst gar nicht aufgetaucht, und so hatten sie einen Sekt nach dem anderen in sich hineingekippt, während Irina das blödsinnige Gefühl nicht losgeworden war, Marc Frederic oder Erik könnten plötzlich auftauchen.

Jetzt hatte sie mörderische Kopfschmerzen und wäre am liebsten zurück ins Bett gekrochen, aber sie war ohnehin schon spät dran.

Wenn wenigstens Bertrand seine dumme Fresse gehalten hätte. Seitdem sie sich in die Küche geschleppt hatte, lag er ihr mit seinen Plänen für diesen Videoladen in den Ohren. Nur gut, daß wenigstens die Schlampe noch schlief.

»Das wird 'n Bombengeschäft.« Bertrand fischte sich mit seiner dicken, kurzen Zunge ein Stückchen Nudel von der Lippe. »Ich hab mit Schawanke geredet. Er is' bereit, uns die Sache zu finanzier'n. Nach außen hin vertreiben wir das übliche Programm, und unter der Theke halten wir die Filme bereit, die die echte Kohle bringen.«

Irina konnte sich nur zu gut vorstellen, was das für Filme waren. Billige, verwackelte Streifen, in denen Bertrand die Hauptrollen am liebsten selbst übernommen hätte. Zum Glück würde sich das Geschäft, so es denn überhaupt zustande kam, nicht lange halten. Bertrand hatte bereits einen Gebrauchtwagenhandel und zwei Kioske in den Sand gesetzt. Sie warf einen Blick auf den Alten. Der Gesellschaft ihres Bruders war das sabbernde, aber stumme Wrack allemal vorzuziehen. Leider war Bertrand jetzt erst richtig in Fahrt gekommen. Mit glänzenden Augen und vollem Mund faselte er weiter.

»Ich hab schon 'nen Laden ins Auge gefaßt. 'ne ehemalige Wäscherei, direkt an der Avenida Pablo Escobar. Muß nur noch 'n bißchen aufgemöbelt werden, dann wird die Klitsche bares Geld scheißen. Sobald Haimar draußen is', legen wir los. Vielleicht geben wir dir auch 'n Job. Wird Zeit, daß dir mal jemand 'n bißchen Disziplin beibringt. Du könntest die Filme zurückspulen.« Bertrand schlug sich auf die Oberschenkel und brach in albernes Gelächter aus.

Irinas Laune dagegen sackte in die Tiefgarage, wobei daran weder die blödsinnige Bemerkung Bertrands Schuld war, noch die Erwähnung ihres Stiefbruders, der wegen Körperverletzung zwölf Monate absaß. Vielmehr war es die Erinnerung an Plagge, dessen Entlassung ja nun ebenfalls bevorstand. Um genau zu sein, war es keine halbe Woche mehr, bis ihr das Arschloch wieder auf die Nerven gehen konnte. Heute war einfach ein Scheißtag. Da half es auch nichts, daß Bertrands Gelächter in einen bösen Husten überging. Wahrscheinlich war ihm eine Nudel in die Luftröhre geraten.

Irina trank einen letzten Schluck Kaffee und ging zur Tür. Da kam sie wenigstens nicht in Versuchung, dem Pisser zu helfen, wenn er zu ersticken drohte.

»Denk dran, daß der Alte heute gewaschen werden muß«, röchelte er ihr hustend hinterher.

Schade, überlebt. Ein Scheißtag eben.

Bei der Arbeit bestätigte sich diese Einschätzung. Erst ein Anschiß, weil sie zu spät gekommen war. Dann derselbe öde Mist wie immer. Sie konnte dieses Plastikfutter einfach nicht mehr ertragen. Als sie hier angefangen hatte, hatte sie das Zeug stapelweise gefressen. Heute genügte ihr schon der Geruch, um den Appetit zu verlieren.

Kurz nach der ersten Pause erschien dann auch noch dieser Spinner aus dem *Palais* auf der Bildfläche. Sie sah ihn an der Fensterfront vorbeischlurfen, wobei er angestrengt ins Innere spähte. Erst hielt sie das für einen Zufall. Aber als sich die Aktion nur zwanzig Minuten später wiederholte, beschlich sie das Gefühl, daß das Ganze etwas mit ihr zu tun haben mußte. Das hatte ihr gerade noch gefehlt: Ein Vollidiot, der, aus welchen Gründen auch immer, Kontakt zu ihr suchte.

Als er zum dritten Mal vorbeikam, ja sogar kurzzeitig Anstalten machte, auf die Tür zuzusteuern, wurde die Befürchtung zur Gewißheit. Der Penner wollte irgendwas von ihr. Fragte sich bloß, was.

Zum Glück tauchte er danach nicht wieder auf, und so hatte sie ihn bis zum Feierabend vergessen.

Um so größer war ihre Überraschung, ihn am Hintereingang zu treffen. Wahrscheinlich hatte er da schon den ganzen Nachmittag gewartet.

Er trug dieselbe Lederjacke wie im *Palais* und blickte ihr unsicher entgegen. Erst wollte sie vorbeigehen, dann entschied sie sich anders. Am besten, sie klärte diese Geschichte sofort.

»Also?« Sie sah ihn durchdringend an: »Was willst du?«

»Ich, äh ... Also, ich wollte ...«

Auch noch sprachgestört. Sie mußte ihm auf die Sprünge helfen.

»Wie heißt du überhaupt?«

Endlich bekam er die Zähne auseinander.

»Ich heiß Torpedo.«

»Wie?«

»Äh, eigentlich Burkhard.«

»Also Burkhard, was steht an? Bist du gekommen, um dich zu entschuldigen?«

»Du meinst für meinen Freund?« Er begann, verlegen mit einer Kippe zu spielen. »Tut mir echt leid. Der hatte nicht seinen besten Tag, als er dich angequatscht hat.«

»Ich meinte eigentlich was anderes.«

»Scheiße, dann isses also wahr. Dann isses wirklich wahr.« Der Spinner schluckte zweimal. »Du bist die Frau, die mir meine Ho..., also die Eier ...« Er sah sie hilfesuchend an.

Irina nickte nur.

»Aber warum?«

»Weil du dich wie der letzte Arsch benommen hast.«

»Oh ... Also ... Dann möchte ich mich dafür natürlich auch entschuldigen. Ich war ziemlich breit, weißt du ...?!« Er blickte betreten an ihr vorbei.

»Okay. Is' entschuldigt. War's das?« Ohne eine Antwort abzuwarten, wandte sie sich zum Gehen.

Als sie etwa zwanzig Meter zurückgelegt hatte, rief er ihr etwas hinterher.

»Hey, warte mal. Wie heißt *du* denn eigentlich?«

Sie blieb stehen.

»Das geht dich einen Scheiß an.«

»Was?« Scheinbar hatte er sie nicht verstanden.

Sie hätte weitergehen sollen. Aber aus einer Laune heraus, vielleicht weil sie ihm schon genug zugesetzt hatte, entschied sie sich, ihm diesen bescheidenen Wunsch zu erfüllen.

»Irina«, rief sie zurück.

»Irina! Super! Echt super!« brüllte der Spinner.

39

Das Spirituosenregal ist kilometerlang, und wie es sich für einen Lebensmittelgiganten gehört, ist alles, aber auch wirklich alles vorhanden. Vom kaukasischen Schlehenschnaps bis zum nordafrikanischen Quittenlikör. Ein Säufer mit internationaler Erfahrung hätte es schwer, hier eine Entscheidung zu treffen.

Ich studiere das Angebot in meiner Höhenlage und spähe dabei den Gang entlang. Ingrid steht, wie verabredet, bei den alkoholfreien Getränken und lädt irgendwas in ihren Einkaufswagen; über ihrer Schulter die Handtasche, die die Geldbombe enthält. Ansonsten ist niemand zu sehen, jedenfalls niemand, der für die geplante Kontaktaufnahme in Frage käme. Links von mir, keine drei Meter entfernt, zeichnet ein junger Angestellter Hochprozentiges mit Preisschildern aus.

Daneben berät eine Verkäuferin geduldig einen älteren Herrn im abgetragenen Zweireiher, der offenbar nicht weiß, ob er sein ödes Dasein lieber mit schottischem oder amerikanischem Whisky aufwerten soll.

Entnervt blicke ich auf meine Armbanduhr. Es ist bereits acht nach fünf, und so langsam beginne ich, mir albern vorzukommen. Mehrere Minuten lang an einem Schnapsregal herumzuirren und dabei interessiert zu tun, ist keine leichte Übung, erst recht nicht, wenn die Sinne, wie in meinem Fall, von mittelschwerer Nervosität befallen sind.

Der Athlet mit der Etikettiermaschine wirft mir bereits mißtrauische Blicke zu, und ich überlege gerade, wenigstens einmal um das Regal herumzurollen, als mein Mann endlich auf der Bildfläche erscheint. Jedenfalls vermute ich, daß es mein Mann ist. Im ersten Moment glaube ich sogar, Joey selbst wolle seinen Finger wieder einsammeln. Denn der Bursche, der da auf mich zukommt, entspricht einfach genau dem Bild, das ich von einem Rockstar besitze. Lange, schwarze Haare, von einem dünnen Stirnband halbwegs im Zaum gehalten; offene Jeansjacke, die den Blick auf ein Zebramuster freigibt; abgewetzte Lederhose; Cowboystiefel; Nietenarmband. Fehlt eigentlich nur noch der halbierte Tennisball im Schritt. Aber vielleicht ist der ja mittlerweile aus der Mode gekommen.

Nach einer Schrecksekunde richte ich meine Augen auf die Hände des vermeintlichen Grammygewinners und stelle zu meiner Begeisterung fest, daß er noch über sämtliche Finger verfügt.

Erleichtert paddle ich ihm ein Stück entgegen, stelle etwas Abstand zu dem agilen Pärchen vom Verkaufspersonal her, während ich im Kopf noch einmal das simple Manöver durchgehe, das meine Sicherheit garantieren soll. Der Plan sieht wie folgt aus: Sobald Watzlaffs Bote die Zauberformel gesprochen hat, gebe ich Ingrid ein Zeichen, woraufhin sie die in Papier geschlagene Geldbombe in ihren Einkaufswagen legen wird. Nachdem sie sich aus dem Staub gemacht hat, verweise ich den Kontaktmann an eben diesen Einkaufswagen und suche selbst das Weite. Svetlana hat in diesem kleinen aber feinen Szenario nichts anderes zu tun, als die Türen des Großmarkts im Auge zu behalten, um Ingrid und mich im Bedarfsfall durch ihr persönliches Erscheinen auf eventuelle Gefahrenquellen hinzuweisen.

Und genau das geschieht plötzlich. Genau dieses, eher meiner übertriebenen Sorge geschuldete Alarmsystem tritt mit einem Mal in Kraft.

Der Langhaarige, der mich eben erreicht hat, beugt sich herab, beginnt ungefähr in der Zone meines Gehörs in den Flaschen herumzukramen und preßt mit einer unangenehmen, belegten Stimme Grüße von Tante Belle hervor, als ich Svetlana bemerke. Sie marschiert, nicht zu hastig, aber auch nicht zu langsam, an Ingrid vorbei, wobei sie weder die Gräfin noch mich eines Blickes würdigt. Wer auch immer sie aufgescheucht hat, Watzlaff, die Bullen oder ein Vertreter der Liga für Menschenrechte – ich will es gar nicht wissen.

»Tut mir leid, Freund. Vielleicht ein anderes Mal«, raune ich dem Langhaarigen zu. Dann entferne ich mich in einem Tempo, das ich für angemessen halte, nämlich im leichten Galopp. Vor mir sehe ich, wie auch Ingrid langsam die Szenerie verläßt.

»Aber ... Hey, warte mal!« höre ich den Hippie rufen, da schwillt der Wunsch, mich anhalten zu sehen, plötzlich zum stattlichen Kanon an.

»Stehen bleiben!« und »Stop! Polizei!« brüllen weitere Stimmen, und ich weiß, auch ohne mich umzusehen, daß sie dem Paar in den Verkaufskitteln gehören. Zivilbullen, was sonst?! Wahrscheinlich ist auch der hilflose Rentner mit von der Partie.

Sofort schalte ich auf volle Schubumkehr. Aber da kommt mir schon einer entgegen. Ein wahres Prachtexemplar von Schleicher – massig wie ein Hammerwerfer. Mit Sicherheit wäre jetzt ein Bremsmanöver angebracht. Aber ich bin schon zu schnell, und ich bin in Panik, und ehe ich noch reagieren kann, habe ich dem Koloß bereits die Vorderkante des Bretts in die Schienbeine getrieben. Er knickt zusammen wie ein Fabrikschlot nach der Sprengung, während ich mich, oh göttliches Wunder, irgendwie senkrecht halten kann. So schnell es geht lege ich den Rückwärtsgang ein, löse mich von meinem Opfer, umrunde es und presche auf der Suche nach einer Fluchtmöglichkeit davon. Den Ausgang kann ich vergessen. Da werden die Bullen wie Gehacktes aneinanderkleben. Ich muß es im Lager versuchen.

In der Hoffnung, mich nicht in der Richtung zu irren, gebe ich Stoff, als ob ich bei den Paralympics um Gold kämpfen würde – im Hindernisrennen natürlich –, wobei die Hindernisse ausnahmsweise beweglich sind, durchschnittlich zwei Beine besitzen und vier Räder vor sich herschieben. Hinter mir höre ich immer noch wildes Schreien, und so fällt es nicht schwer, mir einzubilden, daß die gesamte Haupttribüne meinen Namen brüllt.

40

›Kampf dem Versicherungsbetrug!‹

Ich starre sicher zum hundersten Mal auf diese Zeile und weiß immer noch nicht, ob es sich dabei um einen bösartigen Zufall oder um gewiefte Polizeitaktik handelt. Der Slogan prangt über der cartoonartigen Zeichnung eines Mitbürgers, der gerade dabei ist, sich unter Zuhilfenahme einer kurzstieligen Axt seiner linken Hand zu entledigen.

Natürlich haben sie mich erwischt. Drei Mann haben mich an der Laderampe in Empfang genommen, und das war es dann. Vielleicht ganz gut so. Mit zwei abgesägten Beinen gibt es auf Dauer sowieso kein Entkommen vor den staatlichen Sicherheitsorganen. Außerdem: Was habe ich schon verbrochen? Ich habe mich im Supermarkt aufgehalten und mich von einem Irren im Rockerkostüm anquatschen lassen. Da sollen sie mir erstmal einen Strick draus drehen.

Daß ich die Stümpfe in die Hand genommen habe, werde ich einfach mit einem frühkindlichen Trauma erklären; schon in der Vorschule schlechte Erfahrungen mit dem Hausmeister gemacht, oder so.

Sorgen bereiten mir eigentlich nur zwei Fragen. Erstens: Haben die Mädchen (hat die Geldbombe) unversehrt die frische Luft erreicht? Zweitens: Was wird der Langhaarige ausplaudern? Die erste Frage beantworte ich mit einem optimistischen ›ziemlich sicher‹, die zweite mit einem neutralen ›schwer zu sagen‹. Wie auch immer, von mir werden die Schleicher nichts erfahren, nichts jedenfalls, was auf Watzlaff hindeuten könnte.

Wenn sie nur erstmal auftauchen würden. Seitdem sie mich vor gut einer Stunde auf diesen Stuhl gehoben haben, hat sich nichts mehr getan. Mein geliebter Untersatz ist sonstwohin verschwunden. Immerhin haben sie auf Handschellen verzichtet. Ein Krüppel macht derartige Sicherheitsvorkehrungen scheinbar nicht erforderlich. Aber was nützt mir das, wo ich meine letzte Zigarette schon vor dreißig Minuten geraucht habe und sie in diesem schmucklosen Verhörzimmer weder Gesellschaftsspiele noch Illustrierte bereithalten. Zu allem Überfluß macht sich auch noch meine Blase bemerkbar.

Gerade als ich mich dazu entschlossen habe, der Einfachheit halber auf den Fußboden zu pissen, geht endlich die Tür auf. Der hagere Mitfünfziger, der für diesen Gnadenakt verantwortlich zeichnet, trägt zivil. Er sieht müde aus, und er ist allein. Auf das übliche Sandwichverfahren, also die Befragung durch zwei unterschiedliche Charaktere, nämlich den brutalen Kerkermeister und den barmherzigen Onkel, scheinen sie heute zu verzichten. Ob das als gutes Zeichen zu werten ist, lasse ich dahingestellt.

Erstmal erkläre ich dem Leitbullen meine Notlage, woraufhin er zwei Schergen kommen läßt, die mich zur Toilette tragen. Der Umstand, daß sie mir bei der Verrichtung meiner Notdurft behilflich sein müssen, ruft bei den beiden gleichermaßen Ekel wie Widerwillen hervor.

Als sie mich wieder abliefern, thront ihr Vorgesetzter bereits auf einem Stuhl, dem meinen gegenüber. Zwischen uns, auf der mattgrünen Tischplatte, liegt ein Stoß Papier. Der Hagere blättert darin herum, sieht kurz auf und widmet sich dann wieder den Unterlagen. Als er ganz unerwartet zu sprechen beginnt, muß ich unwillkürlich an eine angeschossene Nacktschnecke denken.

»Krupp, Wilhelm Nikolajew, richtig?« Er klingt, als ob er in einer Sekunde die Tiefschlafphase erreichen würde.

»Richtig.«

»Bislang polizeilich nicht weiter in Erscheinung getreten. Von ein paar Kleinigkeiten mal abgeseh'n, richtig?«

»Richtig.«

»Erstaunlich, oder?«

»Was?!« Ich bin verwirrt, weiß nicht, was er mir damit sagen will.

Aber er fährt fort, ohne auf meinen Einwurf zu achten; immer noch mit seinen Papieren beschäftigt.

»Also. Was hast du im Effetto-Markt zu schaffen gehabt?«

»Ich habe mein Grundrecht auf den Erwerb von Nahrungsmitteln in Anspruch genommen. Das heißt, ich *wollte*, bis mich ihre Bluthunde plötzlich durch den Laden gehetzt haben.«

»Ziemlich weit weg von deiner Wohnung der Laden, oder?«

»Ich war rein zufällig in der Gegend. Ich komme viel rum.«

»Rein zufällig? Na gut. Was hattest du mit diesem Hippie zu besprechen?«

»Nichts. Der Typ hat *mich* angequatscht. Wollte irgendwas von mir. War aber schlecht zu verstehen. Eine Aussprache wie ein Mastschwein.«

»So, so.« Er legt eine Pause ein, liest wieder. Langsam macht er mich nervös. Er weiß doch, daß ich lüge. Warum schreit er mich nicht an? Warum dreht er mir nicht die Arme auf den Rücken? Warum drischt er mir nicht die Faust in die Nieren?

Endlich sieht er auf. Aus seinen Augen ist jede Müdigkeit verschwunden.

»Und sonst hast du nichts zu sagen?«

»Was soll ich schon zu sagen haben?! Ich bin vollkommen grundlos verhaftet worden. Wird Zeit, daß ich meinen Anwalt informiere.«

»Das kannst du später noch. Erstmal hab ich was für dich.« Er geht zur Tür und brüllt einen Befehl in den Flur.

41

Burkhards Puls schlug bereits schneller, als er den Laden betrat. Er würde sich einen akkuraten Porno leihen, soviel war sicher; am besten gleich zwei oder drei, wenn er schon mal dabei war. Er brauchte sexuelle Stimulation, und er brauchte Körper, die sich seinen Wünschen fügten, zumindest der Macht seiner Fernbedienung.

Die Szene am Hintereingang der Burgerbude hatte ihn gewaltig runtergezogen. Er hatte sich aufgeführt wie ein Zwölfjähriger, hatte sich von der Selbstsicherheit der Schwarzhaarigen vollkommen aus der Spur bringen lassen. Er bekam beinahe einen Blutsturz, wenn er nur daran zurückdachte.

Sicher, er wußte jetzt, daß er sich nicht getäuscht hatte, daß sie es war, mit der er auf so unschöne Weise im Vollrausch Bekanntschaft geschlossen hatte. Und er kannte ihren Namen: Irina – das klang nach Osten, nach einem abenteuerlichen Leben im Schatten düsterer Industriekomplexe. Aber was hatte er davon? Nichts natürlich. Nur eine Niederlage mehr in seiner persönlichen Statistik. Er brauchte dringend etwas, um sich wieder aufzurichten.

Ab sofort waren *willige* Weiber gefragt, Frauen, die nicht das geringste Interesse daran hatten, ihn zu verunsichern, Frauen, die ihr Ego in der Maske abgaben und dann ohne zu zögern die Beine breit machten.

Fürs erste benötigte er allerdings einen Spielfilm. Das vermittelte an der Kasse wenigstens einen *Hauch* von Seriosität. Außerdem war der Abend noch lang, und er hatte durchaus vor, die Spannung hinauszuzögern. Einen Film auszuwählen, erwies sich jedoch alles andere als einfach. Fand er das Angebot einer Videothek ohnehin schon verwirrend, so kam heute erschwerend hinzu, daß der Laden, den er sich ausgesucht hatte, einfach riesig war. Mehrmals holte er sich eine Kassette aus dem Regal, fand aber immer irgend etwas zu bemängeln. Schließlich griff er sich einen Streifen mit de Niro. De Niro zündete immer.

Dann – endlich – begab er sich mit halbwegs festem Schritt in die Abteilung für Erwachsene.

War er eben schon unentschlossen gewesen, so ließ sich sein Zustand nun nur noch mit dem Begriff überfordert beschreiben. Das nackte, rosige Fleisch auf den Filmhüllen, all die Brüste und Ärsche, die steifen Schwänze, die Lockenmähnen, die Lackstiefel und die Lederarmbänder, das ganze Verbotene und Schmierige versetzte Burkhard in einen ungeheuren Erregungszustand.

Äußerlich so gelassen wie möglich, innerlich aufgewühlt, wanderte er die Regale ab, nicht in der Lage, das, was er sah, einer klaren Beurteilung zu unterziehen. Am liebsten hätte er *alle* Filme mitgenommen. Aber er mußte auswählen, er mußte sich entscheiden. Er hielt sich bereits über eine halbe Stunde in diesem Laden auf.

Unter Einsatz seiner gesamten Willenskraft bot er dem Schwindelgefühl schließlich die Stirn und zwang sich, zwei Kassetten in seinen Besitz zu bringen. Auf der ersten war eine Blondine abgebildet, die einfach lecker aussah. Bei der zweiten war es der Titel, der ihn anmachte: ›Analterror im Armenhaus‹. Anal-Sex kickte immer.

Auf dem Weg zur Kasse wandelte sich Burkhards Erregung. Hatte eben noch die Lust regiert, waren es jetzt vor allem Scham und Angst, die die Adrenalinausschüttung bestimmten.

Hinter dem Tresen agierten zwei Bräute, beide in seinem Alter, und beide durchaus ansehnlich. Verdammt, darauf hatte er beim Reinkommen überhaupt nicht geachtet. Dabei hätte er es wissen müssen; in diesen Videoläden arbeiteten immer junge Frauen.

Egal, er mußte das jetzt durchziehen. Scheiß was auf die Puppen! Hunderttausende liehen sich täglich einen Porno aus. Was war schon dabei?! Dumm nur, daß er ausgerechnet jetzt so einen Klumpen im Hals verspürte. Er räusperte sich.

Die größere der beiden sah auf. Mit ihrem blonden, zum Pferdeschwanz zusammengebundenen Haar und dem schmalen Gesicht ähnelte sie erschreckend der Frau auf dem Filmcover.

»Ja?«

»Ich hätte gern die hier.« Burkhard schob ihr die leeren Hüllen zu. De Niro natürlich obenauf.

Die Angestellte registrierte die heiße Ware, ohne sich etwas anmerken zu lassen. Dennoch spürte Burkhard deutlich, daß sie ihn verachtete. Er war sich sicher, daß sie ihn für einen mittelmäßig Gestörten hielt. Und verdammt, sie hatte ja recht. Altersmäßig hatte er so was gar nicht nötig. Er hätte irgendein Mädchen auf der Straße anquatschten können. Ja, er hätte sogar versuchen können, sein Gegenüber aufzureißen. Stattdessen studierte er ein Walt-Disney-Plakat: Sieben Zwerge und eine unerreichbare Prinzessin. Einer der Zwerge war er selbst.

Das Mädchen unterbrach seine Betrachtungen: »Bist du Mitglied bei uns?«

»Äh, nein.«

»Dann füll das hier bitte aus.« Sie reichte ihm ein Formular.

Darauf war Burkhard vorbereitet. Während er sich daran machte, die notwendigen Daten einzutragen, begann sich hinter ihm eine Schlange zu bilden. Und dann geschah das Unvermeidliche, etwas, das normalerweise nur im Kino vorkam. Einer der Filme war nicht da.

»Den hier kann ich nicht finden«, sagte die Blonde.

»Welchen?« fragte die andere zurück. Sie hatte sich das Haar rot gefärbt und versucht, ihre fleischige Nase mit einem Piercing zu verschönern.

»Analterror im Armenhaus«, sagte die mit dem Pferdeschwanz, während sie, wahrscheinlich zum besseren Verständnis, die Kassette hochhielt, deren Umschlag die Abbildung einer wüsten Orgie zierte.

Burkhard spürte, wie seine Schweißdrüsen die Stechkarten in die Uhr schoben. Er hätte sich am liebsten einen tiefen, einen sehr tiefen Schützengraben gebuddelt. Aber die Pein war noch nicht zu Ende. Gemeinsam suchten die beiden nun ihr Lager ab, wobei die Rothaarige ohne Unterlaß den Filmtitel vor sich hinmurmelte.

Deutlich fühlte Burkhard die höhnischen Blicke der Wartenden in seinem Nacken. Umgedreht hätte er sich jetzt nur unter Androhung von Waffengewalt. Zum Glück gaben die beiden Frauen ihre Nachforschungen bald auf.

»Tja, der is' nich' da«, sagte die Blonde, wobei sie noch einmal die Hülle hochhielt.

Das Cover, dessen Mittelpunkt ein sogenannter Sandwich bildete, kam Burkhard plötzlich unglaublich obszön vor.

»Aber du kannst dir ja stattdessen einen anderen holen.«

»Nee, nee, is' schon gut«, antwortete Burkhard, der sich dringend nach frischer Luft sehnte.

Aber noch war er nicht erlöst. Erst galt es, den Mitgliedsausweis entgegenzunehmen und die fällige Summe über die Theke zu schieben.

Als er den Laden endlich verlassen durfte, verlangte es ihn so heftig nach einer Zigarette, als ob sein Blut einzig und allein durch die Zufuhr von Nikotin am Zirkulieren gehalten werden konnte. Das eben Erlebte gehörte wahrscheinlich zum Peinlichsten, was das Dasein ihm bisher geboten hatte. Und das, obwohl es in letzter Zeit ja nicht gerade an peinlichen Momenten gemangelt hatte. Trotzdem fühlte er sich gut. Er hatte den Film, er hatte den scheiß Porno, und er würde sich heute Abend amtlich einen runterholen.

42

Endlich wieder Lärm und Abgasgeruch. Jesus, ich habe gerade mal eine Nacht in diesem Schweinekoben namens Arrestzelle verbracht, und schon will mir das Fluchen der Taxifahrer, will mir das hektische Geschrei der Zeitungsverkäufer wie eine Hymne an die Freiheit erscheinen.

Mit Sicherheit ist dieses vollkommen unsinnige Hochgefühl der Tatsache geschuldet, daß ich meine *persönliche* Freiheit um ein Haar verloren hätte. Wäre ich der Ehrenmann geblieben, für den ich mich immer gehalten habe, ich hätte locker für zwei oder drei Jahre im Bauch einer Galeere verschwinden können. Stattdessen habe ich mich auf einen zwielichtigen Handel eingelassen. Aber im einzelnen: Natürlich hatte der ausgezehrte Leitbulle noch einen Leckerbissen in der Zuckertüte. Kaum, daß er seine Schergen auf dem Flur aktiviert hatte, tauchte auch schon eine von diesen verbeulten Umzugskisten auf, die die Bullen so gerne bei Hausdurchsuchungen benutzen. Und aus dieser Kiste holte der Hagere – Wunder über Wunder – zahllose mit Kokain gefüllte Beutel, mehrere Waagen und andere, für den Geschäftsbetrieb unverzichtbare Gerätschaften, sowie schließlich und endlich ein dickes Bündel Bargeld hervor.

Als die Kiste leer war, lagerte die gesamte Grundlage meiner Existenz auf dem Tisch.

»Nun rate mal, wo wir das her haben?« grinste mein Gegenüber.

Ich blieb ihm die Antwort schuldig.

»Sehr richtig. Diesen ganzen Dreck, ausschließlich dazu bestimmt, die Körper unserer Jugend zu vergiften, haben wir in deiner Wohnung gefunden.« Er lehnte sich zurück, verschränkte seine gichtigen Hände im Nacken und setzte ein Lächeln auf, das wohl großväterlich wirken sollte, in Wahrheit aber dem Gesichtsausdruck eines Sechsjährigen gleichkam, der einem gefangenen Insekt die Beine ausreißt.

»Auf diese kriminalistische Jahrhundertleistung sollten wir uns vielleicht erst mal ein Näschen genehmigen.«

Der Leitbulle ignorierte diesen zugegebenermaßen schwachen Scherz. Er hatte auch ohne mein Zutun ausreichend Grund zum Fröhlichsein.

»Dafür fährst du mindestens zwei Jahre ein«, feixte er. »Es sei denn, du packst aus.«

Das war der Zeitpunkt, an dem ich ins Nachdenken geriet. Der Deal sah wie folgt aus: Ich sollte all meine Informationen über die Geschehnisse im Supermarkt preisgeben, letztlich also über Joeys Finger plaudern, und je nachdem, wie offenherzig ich mich zeigte, würde man bereit sein, die Beweisstücke meinen kleinen Broterwerb betreffend unter den Tisch fallen zu lassen.

Ich erbat mir Bedenkzeit und bekam sie auch. Eine ganze Nacht lang durfte ich das Problem auf der harten Pritsche meiner Zelle von jedem nur erdenklichen Blickwinkel aus beleuchten. Die Zwickmühle, in der ich mich befand, besaß zwei Flügel, die beide gleichermaßen in der Lage waren, mir Schaden zuzufügen. Ich konnte entweder in den Knast wandern oder mir einen der gefährlichsten Gangster auf den Hals hetzen, die mein kleiner Kosmos zu bieten hatte. Und das alles nur, weil ich zwei amoklaufenden Junkies ihre gerechte Strafe hatte zukommen lassen.

Als die Morgensonne ihre bleichen Strahlen in meinen Kerker scheuchte, hatte ich mich für ein Zwischending entschieden. Alles hing davon ab, ob sie den Langhaarigen zum Sprechen gebracht hatten, und wenn ja, was er gesagt hatte.

Das Gesicht des Leitbullen gab in dieser Sache wenig Aufschluß. Er wirkte genauso lethargisch wie am Vortag. Immerhin bot er mir eine Zigarette an.

»Nun, wie sieht's aus? Hast du mir was zu sagen?« Wieder diese einschläfernde, monotone Sprechweise.

Ich sog den Rauch tief ein, gab den letzten mir verbliebenen Lungenbläschen was zu tun. Dann wagte ich mich vorsichtig aufs Parkett.

»Es geht um den Mittelfinger von Joe Cagliari.«

»Wissen wir bereits.« Er starrte mir eindringlich ins Gesicht.

Ich schwieg. Der Hagere ebenfalls.

Als er erneut zu sprechen begann, schimmerte in seinen Fischaugen beinahe so etwas wie Interesse.

»Wo befindet sich der Finger zur Zeit?«

»Kann ich nicht sagen.«

»Gut, andere Frage: Was hast du im Effetto-Markt zu erledigen gehabt?«

»Ich sollte für denjenigen, der den Finger momentan in Besitz hält, die Möglichkeiten eines Verkaufs ausloten.«

Dies war auf jeden Fall ein wunder Punkt meines Vortrags, das Fundament meiner Kriegslist. Dankbarerweise zeigte mein Gegenüber keine Regung, die darauf schließen ließ, daß er mir keinen Glauben schenkte. Er schien die Lüge zu schlucken, brachte dasselbe mißglückte Lächeln zustande, das er schon am Abend zuvor versucht hatte.

»Wenn ich dich frage, wie derjenige heißt oder wo er sich aufhält, werde ich keine Antwort erhalten, richtig?!«

»Richtig.«

»Warum nicht?«

»Weil ich ihn nicht kenne.«

Der Hagere fixierte einen Punkt über meiner rechten Schulter.

»Das ist zu wenig, Krupp. Das reicht nicht, um dem tiefen, gewalttätigen Schlund der Haftanstalt zu entgehen.«

Ich gönnte mir einen weiteren, ausdauernden Zug an der Kippe, um den Showdown mit der nötigen Spannung aufzuladen. Dann formulierte ich den entscheidenden Satz: »Ich könnte euch meinen Auftraggeber live und in Farbe ans Messer liefern.«

»Wie?« Der Hagere sah skeptisch aus.

»Ich treffe ihn heute abend im Café Miraflor.«

»Also kennst du ihn doch?«

»Nein. Ich weiß nur, wie er aussieht. Ein Araber, nicht mehr ganz jung, ziemlich fett, ziemlich reich. Ich setz mich ins Café, und sobald er auftaucht, greift ihr ihn ab und quetscht ihn aus.«

»Das können wir auch ohne deine Hilfe.«

»Möglich. Könnte aber auch sein, daß der Typ über Kontaktmänner innerhalb des Ladens verfügt. Tja, und wenn ich dann zur vorgegebenen Zeit nicht vor Ort bin, dann fliegt der dicke Braten vielleicht gar nicht erst ein.«

Der Leitbulle überlegte, er überlegte lange. Die ganze Geschichte erschien ihm undurchsichtig, meine Angaben zu dünn. Er stellte mir weitere Fragen, wollte alle nur erdenklichen Details wissen. Ich beharrte darauf, alles gesagt zu haben, was ich wußte. Ich kannte meinen Auftraggeber nicht, war für kleines Geld auf der Straße engagiert worden. Ein unbedeutender Botenjob, mehr nicht.

Am Ende entschloß sich der Staatsdiener, meinen Angaben Glauben zu schenken. Vielleicht stand er unter Druck. Vielleicht sah er keine Gefahr, daß ein Krüppel seinen Fängen entkommen könnte.

Aber genau das habe ich nun vor. Ich gedenke abzuhauen – auch wenn mir justament ein Dutzend Bullen am Arsch hängt und ich noch nicht mal den Hauch einer Idee besitze, wie ich dieses Vorhaben verwirklichen soll. Ich befinde mich auf dem Weg ins *Miraflor*, habe vielleicht noch zweihundert Meter vor mir.

Die Beamten, die mich im Auto hierher kutschiert haben, hielten es für besser, wenn ich das letzte Stück allein zurücklegen würde. Fünfhundert Meter vom Café entfernt haben sie mich aussteigen lassen. Aber sie werden irgendwo in der Nähe sein, und im *Miraflor* werden auch schon welche warten. Dennoch muß mir die Flucht gelingen. Es ist die einzige Möglichkeit, dem Knast zu entgehen, ohne Watzlaff ans Messer zu liefern. Schlimm genug, daß ich mich auf einen Deal eingelassen habe, auch wenn mein Angebot nur vorgetäuscht war, aus einer Aneinanderreihung mittelmäßiger Lügen bestand. Ich muß mich reinwaschen, den Bullen den guten, alten Mittelfinger zeigen (und zwar meinen eigenen, nicht den von Joe Cagliari).

Noch hundert Meter. Ich brauche eine Eingebung, muß mir irgendwas einfallen lassen. Immerhin liegt das Café in der Nähe von Ingrids Studio.

43

Das Wunder ist geschehen. Ein barmherziger Gott hat mein Flehen erhört und mir unerwartete Hilfe geschickt. Einmal mehr stellt der Allerhöchste dabei seinen hintergründigen Humor zur Schau, trägt doch der Engel, den er mir gesandt hat, die unverkennbaren Züge meiner Fürsorgerin. Agnetha Peruzzi schlingert in der ihr eigenen gouvernantenhaften Art auf mich zu, gerade, als ich mich ins Unvermeidliche fügen will, den abgegriffenen Türknauf des *Miraflor* schon in der Hand.

Ihr Anblick hat mich noch nie so erfreut wie heute. Sollte ich in Zukunft noch einmal auf ihre Dienste angewiesen sein, was ich im Moment bezweifle, werde ich nicht umhin kommen, ihrer vorgesetzten Behörde einen hymnischen Brief zu übermitteln, der die großen Verdienste dieser heiligen Samariterin zum Inhalt hat.

Als ob Agnetha Peruzzi diesen Plan erahnt, zaubert sie sich, kaum daß sie mich erkannt hat, ein offenherziges Lächeln ins Gesicht.

»Ah, Señor Krupp, schön Sie zu sehen. Wie geht es Ihnen heute? Was macht die Hand?«

»Danke der Nachfrage. Der Hand geht es leidlich.« Ich präsentiere ihr die Schutzhülle. »Aber mir selbst ...« Ich stocke, arbeite fieberhaft an einer Strategie, wie ich mir das unergründliche Mysterium ihres Auftauchens zunutze machen kann. Am besten wird es wohl sein, sie erstmal ins Café zu lotsen. »Ich wollte gerade eine Tasse Earl Grey zu mir nehmen. Hätten Sie nicht Lust, mich zu begleiten?« Ich strahle sie an wie ein leckgeschlagener Atommülltransporter, begehre ihr Ja mit einer Heftigkeit, als ob sie millionenschwer wäre und ich ihr gerade einen Antrag gemacht hätte. Auf den Knien befinde ich mich ja schon.

Sie sieht mich zögernd an. Mit Sicherheit hat sie einen unaufschiebbaren Termin, die wöchentliche Sitzung einer wohltätigen Organisation, die sich für den Erhalt der letzten Grünanlagen einsetzt oder streunende Katzen sterilisiert.

»Wissen Sie«, setze ich nach, »dieses Programm, von dem Sie sprachen – Freiheit durch Arbeit. Ich habe mir die Sache noch einmal durch den Kopf gehen lassen. Vielleicht wäre das doch etwas für mich.«

Sie wirft einen Blick auf ihre Armbanduhr.

»Na gut, ein Viertelstündchen kann ich erübrigen. Ich bin ohnehin zu früh dran. Ich habe eine Verabredung, wissen Sie.« Sie zwinkert mir verschwörerisch zu.

Ungeachtet der heiklen Lage, in der ich mich befinde, komme ich nicht umhin, echtes Erstaunen zu zeigen.

»Eine Verabredung mit, äh ... mit einem *Mann?*«

»Aber ja.«

Teufel! Das ist eine echte Überraschung. Bisher habe ich mir Agnetha Peruzzi mit Männern nicht vorstellen können, jedenfalls nicht in der herkömmlichen Weise. Erst jetzt fällt mir auf, daß sie einen für ihre Verhältnisse extrem kurzen Rock trägt. Er reicht ihr gerade mal an die Knie. Heiland, was für ein Mann kann das sein, der es mit dieser Mutter aller Märtyrerinnen aufzunehmen wagt? Wahrscheinlich ein Koma-Patient.

Während mir meine Fürsorgerin die Tür aufhält, zolle ich dem Unbekannten mit einem stummen Gruß Respekt.

Das *Miraflor* ist nur mäßig gefüllt, und so macht es keine Schwierigkeiten, einen Tisch bei den Toiletten zu ergattern. Ich lasse Agnetha Peruzzi Platz nehmen und positioniere mich mit meinem Brett zu ihrer Linken. Ich kann gerade noch über die Tischplatte spähen und den Laden einer Musterung unterziehen.

Wer von den Gästen zu den Schleichern gehört, läßt sich auf die Schnelle nicht ausmachen. Es soll mir auch egal sein. Die Tatsache, daß ich das Lokal entgegen aller Absprachen in Begleitung ›betreten‹ habe, scheint jedenfalls nicht für Unruhe zu sorgen.

Als der Kellner unsere Bestellungen aufnimmt, wartet Agnetha Peruzzi mit einer weiteren Überraschung auf. Mit geröteten Wangen ordert sie einen Gin Tonic. Ich selbst belasse es bei der angekündigten Tasse Tee.

»So, nun erzählen Sie mal. Was hat Sie denn bewogen, sich die Sache mit unserem Programm noch einmal zu überlegen?« Meine Fürsorgerin beugt sich neugierig zu mir herab.

»Ach, wissen Sie ... Ich habe, ich hab da ... äh ... also ...«, stammle ich, während mein Blick nach wie vor durch den Raum streift und ohne zwingenden Grund an einem altertümlichen, düsteren Gemälde hängenbleibt. Es zeigt eine Seeschlacht, ein Flammeninferno inmitten wogender Wellen. Und da nimmt mein Fluchtplan schlagartig Gestalt an.

Ich sehe meiner Fürsorgerin eindringlich in die Augen, versuche direkt in ihre weiche, erbarmende Seele vorzustoßen.

»Entschuldigen Sie, wenn ich etwas fahrig wirke. Aber ich müßte dringend ein Telefongespräch führen. Ein Arzttermin, verstehen Sie?! Sie führen nicht zufällig ein Handy mit sich?«

»Doch, doch.« Sie wirkt verwirrt, beginnt aber nichtsdestotrotz, in ihrer Handtasche zu kramen. »Hier«, sagt sie und reicht mir eins von diesen hypermodernen Geräten, die selbst für die Finger eines Fünfjährigen noch zu klein erscheinen.

Ich lasse es umgehend in der Innentasche meines Jacketts verschwinden.

»Danke sehr, bin gleich zurück«, sage ich so beiläufig wie möglich. Dann wende ich mein Brett und paddle zügig, aber nicht panisch, auf die Tür zu, die den Gang zu den Toiletten abschließt.

»Aber Señor Krupp, wo wollen Sie denn hin?« ruft mir Agnetha Peruzzi hinterher, wobei ihre Stimme leichten Unmut verrät.

Ich sehe mich außerstande, diese Frage zu beantworten. Höflichkeit läßt meine prekäre Lage nicht länger zu. Zum Glück erscheint in diesem Moment der Kellner. Aus den Augenwinkeln kann ich erkennen, wie er die bestellten Getränke auf unserem Tisch ablädt. Eine kurze Ewigkeit kämpfe ich mit der Tür, dann bin ich endlich außer Sichtweite und wähle Ingrids Nummer. Ich habe nicht viel Zeit, ist doch jeden Moment damit zu rechnen, daß mir ein Bulle nachgeschlichen kommt, der sich erkundigen möchte, warum ich das *Miraflor* in Begleitung einer Dame geentert habe. Ja, ich habe keine Sekunde zu verlieren, und ich habe nur diese eine Chance.

Während ich das Mobiltelefon mit einer Heftigkeit an mein Ohr presse, als ob ich damit eine Blutung stillen wollte, stockt mir der Atem. Dann – und das ist eindeutig das zweite Wunder dieses Tages – dringt die erlösende Stimme der Gräfin an mein Ohr. Sie ist weder beim Einkaufen, noch liegt sie in der Badewanne, noch bedient sie einen Kunden. Halleluja! Ich komme ohne Umschweife zur Sache.

»Hör zu, hast du noch diesen Kinderwagen, dieses Teil für deine Windelfreaks?«

»Ja, hab ich.« Ihre Stimme verrät keinerlei Überraschung.

»Okay, paß auf. Ich bin im Miraflor, und ich hab die Bullen am Hacken. Ich werde versuchen, durchs Klofenster abzuhau'n. Gibt's 'ne Möglichkeit, daß du mich da irgendwo abholst?«

»Gibt es.« Sie erklärt mir mit wenigen Worten, welchen Weg ich nehmen muß.

»Alles klar. Beeil dich und bring diesen gottverdammten Kinderwagen mit.« Ich habe unterdessen die Toilette erreicht, quetsche mich hinein und raffe alles an Klopapier und Einmalhandtüchern zusammen, was ich zu fassen kriege. Das Material schichte ich direkt an der Tür zu einem losen Haufen, den ich mit meinem Brett beschwere. Es geht nicht anders. Ich muß meinen treuen Untersatz, meinen heißgeliebten Gaul, zurücklassen. Nachdem ich das Papier mit meinem Feuerzeug in Brand gesteckt habe, entledige ich mich auch noch der Plastikhülle, die bisher meine verletzte Hand geschützt hat. Dann schleppe ich mich in die Kabine und kämpfe mich auf die Schüssel, von der aus ich gerade soeben den Griff des Fensters erreichen kann.

Ich reiße es auf, greife mit beiden Händen das Fensterbrett und ziehe mich Zentimeter um Zentimeter nach oben. Die gebrochene Hand schmerzt dabei derart heftig, daß ich eine Ohnmacht befürchte. Aber hinter mir höre ich erste Flammen knistern, während vor meinem inneren Auge die trostlose Szenerie einer Verwahreinrichtung auftaucht, und das genügt, um mich anzutreiben. Mit einer übermenschlichen Willensanstrengung ziehe ich mich auf die Fensterbank. Ein kurzer Blick auf die andere Seite, dann lasse ich mich nach unten fallen.

Als ich auf dem gepflasterten Boden des Innenhofs aufschlage, entfährt mir ein Schrei. Vom Schmerz paralysiert, bleibe ich einen Moment lang liegen. Dann krieche ich so gut es geht in die Richtung, die mir die Gräfin mit auf den Weg gegeben hat.

44

Als de Niro endlich in die Schiffsschraube geriet, das Ende des Films also abzusehen war, drückte Burkhard auf Stop. Er konnte nicht länger warten. Schnell traf er die letzten Vorbereitungen, ließ die Jalousien herunter, kontrollierte, ob sie auch wirklich keine Einsicht boten, entledigte sich seiner Klamotten und wechselte den Film. Dann schlüpfte er ins Bett, zog seinen Tabak zu sich heran und fischte die Blättchen heraus. Er hatte endlich etwas Hasch bekommen. Ausgerechnet von diesem unbedarften N.W.A.-Fan.

Getroffen hatte Burkhard ihn in der Mensa, nachdem er es ausnahmsweise in die Uni geschafft hatte. Das Landei war an ihn herangetreten und hatte ihm mit Verschwörermiene zwei Gramm grüne Platte in die Hand gedrückt. Er hätte da jemanden kennengelernt, und er könne jederzeit noch mehr besorgen, hatte er geraunt.

Burkhard hatte umgehend ein halbes Heck bestellt. Mal sehen, ob das Jüngelchen sein Versprechen halten konnte. Jetzt galt es erst einmal, die kleine Probe zu verkosten.

Er riß von seiner Zigarettenschachtel ein Stück Pappe ab, aus der er sich einen Filter drehte und klebte drei Blättchen zusammen. Dann bröselte er ein gutes halbes Gramm in die kleine Glasschale, die ausschließlich dieser rituellen Handlung vorbehalten war. Nachdem er den Joint schließlich fertiggestellt und entzündet hatte, betätigte er die Play-Taste seiner Fernbedienung.

Zuerst kam der Hinweis, daß dieser Streifen Kindern und Jugendlichen nicht zugänglich gemacht werden dürfe. Dann lief ein paar Minuten lang Werbung für weitere Produktionen der Filmfirma. Burkhard hätte vorspulen können, aber er ließ es bleiben. Er genoß jede Sekunde – selbst den Warnhinweis –, so sehr erregte ihn die Tatsache, daß er sich zum ersten Mal in seinem Leben einen Porno *allein* anschauen konnte.

Bisher waren immer Freunde dabei gewesen. Eine ungeeignete Umgebung, um dem Drang nach Selbstbefriedigung freien Lauf zu lassen. Die einen schwitzten still vor sich hin, die anderen gaben sich cool und versuchten, sich durch derbe Kommentare hervorzutun; alle eifrig bemüht, sich die Beule in der Jeans nicht anmerken zu lassen. Heute war er von derart lästiger Gesellschaft befreit. Heute konnte ihn der Rest der Welt mal kräftig am Arsch lecken. Dieser Abend war eindeutig sein Abend.

Klar, daß er das Finale so lange wie möglich hinausschieben mußte, und so erlaubte er sich seinen Schwanz erst zu berühren, nachdem er die Tüte im Aschenbecher ausgedrückt hatte. Das eigentliche Geschehen hatte unterdessen begonnen. Eine nicht mehr ganz junge Rothaarige mit welken, aber ausladenden Brüsten befriedigte sich ausschweifend mit einem Dildo in Übergröße. Burkhards Schaft antwortete mit Blutaufnahme und heftigem Zucken. Also dann ...

Er rieb ihn mit der Rechten, so langsam, wie es seine Erregung erlaubte. Jedesmal, wenn er kurz davor war zu kommen, legte er eine Pause ein. Erst als er wider Erwarten einen Arschfick geboten bekam, konnte er nicht mehr an sich halten. Während der blaugeäderte Penis eines unsympathischen Schnurrbartträgers mit Bierwanne den Enddarm einer Südamerikanerin bearbeitete, begann er so lange und so heftig zu wichsen, bis ihm das Sperma schließlich über den Handrücken lief. Daß dabei auch ein guter Teil aufs Laken spritzte, störte ihn nicht mehr. Er wischte es, ebenso wie seine Hand, mit der Bettdecke ab.

Eine Minute später folgte das übliche Gefühl der Leere. Dagegen konnte auch das ohne Zweifel korrekte Hasch nichts ausrichten. Er steckte sich eine Zigarette an und starrte durch die Ritzen der Jalousie auf einen wolkigen, mondbeschienenen Himmel. Wie von selbst wanderten seine zermatschten Gedanken zu Irina. Noch einmal durchlebte er die erlittene Demütigung. Noch einmal sah er sich vor ihrem gerechten Zorn auf die Knie fallen.

Die Kippe im Maul, machte er sich daran, drei neue Blättchen zusammenzukleben. Jess fiel ihm ein, Jess, die immer freundlich und sanft gewesen war, sich immer (oder doch meistens) nach ihm gerichtet hatte. Ganz klar, diese Irina spielte in einer anderen Liga (nicht zuletzt, weil sie besser aussah, viel besser sogar). Daß sie über weit weniger Bildung verfügte, war dabei kein Makel, war im Gegenteil eher die Grundlage ihrer faszinierenden Härte.

Aber verdammt, sollte er sich davon beeindrucken lassen?! Sie wäre nicht die Erste, deren vermeintliche Kühle nichts zu bedeuten hatte.

Stärker als je zuvor verspürte er den Wunsch, ihr nah zu sein. Und während er den nächsten Joint zum Brennen brachte, beschloß er, irgend etwas zu unternehmen. Hey, wer war er denn, daß er sich von einer kleinen Verkäuferin in die Flucht schlagen ließ?!

45

Hinter mir erklingen Schreie. Aber sie dringen nicht wirklich zu mir durch. Ich liege gut verpackt unter einer Daunendecke, einer Decke, die zum Glück groß genug ist, auch die Enden meiner Stümpfe zu verbergen. Denn so ganz will mein Körper nicht in den Korb des Kinderwagens hineinpassen.

Wunderbarerweise haben mich die Anweisungen der Gräfin sicher durch das Labyrinth der illegalen Müllhalden gelotst, die in diesem Teil der Stadt den Begriff Hinterhof mit echtem, schmutzstarrendem Leben füllen. Über Scherben und Küchenabfälle bin ich meiner Retterin direkt in die durchtrainierten Arme gekrochen. Gestählt durch den jahrelangen Umgang mit Streckbank und Peitsche, hatte sie keine Schwierigkeiten, meine fünfzig Kilo in den schützenden Wagen zu wuchten.

Und jetzt geht es in wildem Galopp meiner Fluchtburg entgegen. Der herumliegende Unrat rüttelt mich ordentlich durch, und ich habe meine liebe Mühe, nicht aus dem Korb zu fallen. Dennoch überkommt mich eine unklare Erinnerung an längst vergangene Kindertage; Zeiten, in denen das Wort Polizist nichts anderes als das Bild des gemütlichen Schutzmanns hervorzurufen vermochte, der an der Ecke herumlümmelt und Güte verstrahlt. Eine Sentimentalität, die ich auf den lieblichen Geruch der frischgewaschenen Decke zurückführe.

Als sich die Geschwindigkeit meines Gefährts verringert und auch die Stöße deutlich nachlassen, weiß ich, daß wir uns wieder auf zivilisiertem Gebiet befinden. Von den hektischen Kommandos meiner Verfolger ist nichts mehr zu hören. Stattdessen dringt Verkehrslärm an meine wattierten Ohren. Bis zum Studio dürften es nach meiner Berechnung keine hundert Meter mehr sein. Ich bin schon geneigt, mich vollkommener Entspannung anheimfallen zu lassen, als irgend etwas den ruhigen Fluß unserer Fahrt unterbricht.

»Nanu, sind Sie unter die Mütter gegangen?« Eine weibliche Stimme, wahrscheinlich eine Nachbarin.

»Nein, nein«, höre ich Ingrid lachend sagen. »Das ist nur das Kind einer Freundin.«

Heiland, wenn die unsichtbare Bürgerin, die da in höchstwahrscheinlich verzückter Erstarrung vor uns steht, jetzt die Decke anhebt, wird ihr ein Schock nicht erspart bleiben.

Zum Glück weiß meine Beschützerin weiteres Nachfragen zu verhindern.

»Tut mir leid. Ich bin mächtig in Eile«, stößt sie hervor, dann rollen wir weiter.

Endlich in dem geräumigen Loft angekommen, das der Gräfin als Arbeitsplatz dient, beschert uns diese Episode ausuferndes Gelächter. Sämtliche Spannung fällt von mir ab. Meine Flucht ist gelungen.

»Herrgott, wer war das?« stöhne ich nach Atem ringend, während mir Ingrid aus dem Wagen und auf ein geräumiges Sofa hilft.

Wir befinden uns in dem Zimmer, das sie ihren Pausen vorbehält. Der einzige Raum im Studio, dessen Fenster Licht einlassen und dessen Möbel nicht ausschließlich aus schwarzem Leder bestehen.

»Das war die Gynäkologin aus dem zweiten Stock.«

»Was wäre wohl passiert, wenn sie mein Gesicht gesehen hätte?«

»Keine Ahnung«, Ingrid reicht mir einen Cognac. »Ich hätte wohl irgendeine schaurige Krankheit erfinden müssen.«

»Ja, vorschnelles Altern, zum Beispiel.« Ich lehne mich zurück und schlürfe meinen Drink. Aber mit jedem Schluck frißt sich das Wissen um die verfahrene Lage, in der ich mich befinde, ein Stück weiter in mein Bewußtsein, bis die Heiterkeit irgendwann verschwunden ist. »Verdammt, was soll ich jetzt machen? Soll ich bei dir als drolliger Zwerg anfangen?«

Die Gräfin schenkt mir ein aufmunterndes Lächeln.

»Keine Sorge, wir schleppen dich schon durch.«

Diesem Angebot darf ich ohne weiteres Glauben schenken. Die Mädchen würden mich, wenn es darauf ankäme, wahrscheinlich bis ins Grab durchfüttern. Aber das ist kein Zustand, den ich längerfristig ertragen könnte. Bis vor zwei Tagen galt ich noch als respektabler Einzelhändler; nicht wirklich vermögend, aber immerhin kreditwürdig. Jetzt bin ich das, was ich nie sein wollte: ein verarmter, hilfebedürftiger Krüppel, auf Gedeih und Verderb der Barmherzigkeit seiner Mitmenschen ausgeliefert. Keine Frage, daß ich etwas unternehmen muß. Ich bitte Ingrid, mir das Telefon zu geben. Dann wähle ich Watzlaffs Nummer.

46

Bertrand gab dem Alten was aufs Maul. Das war ungewöhnlich. Normalerweise war es Haimar, der das zahnlose Stück Fleisch als Sandsack mißbrauchte. Bertrand mimte zwar gern den Lauten, stieg aber selten wirklich in den Ring. Ein Maulheld, nichts weiter – zu aufgeschwemmt, zu faul, zu vollgefressen für echte Action.

Heute allerdings war er sauer. Irina hätte wetten können, daß das mit diesem Videoverleih zusammenhing. Mit Sicherheit war bei dem Schwachsinnsplan etwas schiefgelaufen. Sie gab Kaffee in den Filter.

Während die altersschwache Maschine stöhnend ihren Dienst verrichtete, verfolgte Irina Bertrands Bemühungen, ihrem gemeinsamen Vorfahr einen einfachen Befehl ins luftleere Hirn zu hämmern.

»Wie oft hab ich's dir schon gesagt? Wie oft?!« Er hielt einen Moment inne, ganz so, als ob er tatsächlich eine Antwort erwarten würde. Dann setzte er seine Ansprache fort. »Du sollst in den verdammten Eimer pissen. In den *Eimer*, verstehst du?! Nicht in die Ecke oder sonst wohin!«

An dieser Stelle erhielt der Alte eine weitere Ohrfeige. Er schien den Schlag allerdings nicht groß zu spüren, krümmte sich nur ein Stückchen mehr, den Blick starr auf den schmutzigen Steinfußboden gerichtet. Damit brachte er Bertrand erst recht in Rage. Vollkommen unkontrolliert begann ihr Bruder nun auf sein Opfer einzudreschen.

Als er an den Tisch zurückkehrte, war er außer Atem.

»Irgendwann bring ich die Drecksau um. Pißt einfach überall hin, der alte Arsch. Riechst du's?«

Irina roch es schon lange nicht mehr. Genauso wenig, wie sie Bertrands Schweißfüße roch. Aber das behielt sie lieber für sich. Bertrand schien nicht in Stimmung für Widerworte.

»Der Gestank macht mich irre«, keuchte er. »Ich könnte ihm glatt in die Fresse kotzen.«

Der Kaffee war mittlerweile durchgelaufen. Irina nahm sich eine Tasse aus dem Abwasch, spülte sie kurz aus und schenkte sich ein.

Bertrands Zorn erschlaffte langsam.

»Wir müssen den Penner mal wieder in die Wanne stecken. Am besten mit Klamotten. Oder wir zieh'n ihn aus und lassen ihn in Zukunft nackt hier rummachen. Lohnt sich einfach nich', der Sau frische Sachen zu geben.«

Für einen Moment stellte Irina sich vor, wie es wäre, den Alten in Zukunft wirklich nackt ertragen zu müssen. Er ließ sie bereits angezogen den Appetit verlieren. Da nahm sie lieber die halbjährlichen Badeprozeduren in Kauf.

»Was ist, machen wir's gleich?« Bertrand sah sie auffordernd an.

»Keine Zeit«, sagte Irina und trank einen Schluck Kaffee.

»Was?!« Bertrands Augen sonderten reinen Haß ab. Eine Sekunde lang sah es so aus, als ob er ihr ebenfalls einen Schlag versetzen wollte.

Schnell schob sie ihrer Weigerung eine Begründung hinterher: »Ich muß noch mit Serge raus.«

Serge zog bei diesem Trottel von Bruder eigentlich immer. So auch diesmal.

»Okay, dann machen wir's morgen. Aber wisch nachher wenigstens den Boden. Und sieh zu, daß der Abwasch hier endlich verschwindet. Mir reicht's langsam mit dieser scheiß Familie. Ich weiß gar nicht, warum ich mir für euch Idioten ständig den Arsch aufreiße.«

Irina nickte nur, nahm die halbvolle Tasse und ging in ihr Zimmer, um sich umzuziehen. Zwei Stunden noch, dann hatte sie wieder im Burgerknast anzutreten. Zwei Stunden, abzüglich der Metrofahrt. Nicht mehr viel Zeit, wenn sie vorher wirklich noch mit dem Hund raus wollte. Also draufgeschissen auf irgendwelche sinnlosen Reinigungsaktionen. Heute abend hatte Bertrand seine Anweisungen ohnehin vergessen. Wenn er überhaupt zu Hause war.

Saubermachen war einfach müßig auf diesem Geisterschiff, dessen Besatzung sämtliche Sinnesorgane ausschließlich auf das Aufspüren von Spiritus abgerichtet hatte.

47

Der Aushilfspate hat sich höchstselbst die Ehre gegeben und ist mit kleinem Gefolge (zwei Bodyguards im Partnerlook) in meiner Fluchtburg eingeflogen. Ingrid war von diesem Plan nur mäßig begeistert, hat sich aber angesichts der Gefahr, die ein Ausflug ins öffentliche Leben für meine Person bedeuten würde, am Ende überreden lassen. Jetzt hat sie sich diskret zurückgezogen, schwingt vielleicht schon wieder die Neunschwänzige, während Watzlaff mich auf eine Art und Weise begrüßt, die nur einer folkloristischen Begeisterung an der eigenen Familiengeschichte geschuldet sein kann. Er hebt mich aus dem Sofa, drückt mich an seine Stahlbeton-Brust und bedeckt mein Gesicht mit Küssen.

»Ah, Krupp, mein Freund. Ich bin froh, ich bin sehr froh, dich in Freiheit zu sehen.«

Ich will diesen herzlichen Gruß erwidern, bekomme aber nicht genug Luft. Und so strample ich nur ein bißchen mit Armen und

Stümpfen – hilflos wie ein Käfer, den die geschickten Finger eines Wissenschaftlers aus dem Gras gepflückt haben.

Als mich Watzlaff endlich aus dem Gehege seiner Arme entläßt, dauert es eine Weile, bis ich meine Würde zurückgewonnen habe.

Mein Gast plaziert sein haariges Fleisch in einem Ledersessel mir gegenüber, während sich seine Bediensteten mit verschränkten Armen an der gepolsterten Tür aufbauen, wo sie verschiedene versteinerte Gesichtsausdrücke probieren. Watzlaffs Miene dagegen erstrahlt im feierlichen Glanz vollendeter Jovialität.

»Zuerst eine kleine Entschädigung für die bedauernswerten Verluste, die dir entstanden sind.« Behende greift er in sein Jackett und bringt ein dickes Bündel Scheine ans Tageslicht.

Satt klatscht das Geld auf die Tischplatte. Ohne Zweifel ein gelungenes Intro für unser Gespräch. Ein schneller Blick aus den Augenwinkeln läßt mich vermuten, daß die Summe sich um die Fünftausend bewegt. Leider ist damit nur ein geringer Teil meiner Probleme gelöst.

»Was soll ich jetzt machen, Watzlaff?«

»Tja, mein Lieber. Am besten wäre es wohl, wenn du für eine Weile verschwindest.«

Das ist das Letzte, was ich im Sinn habe. Aber das behalte ich lieber für mich. Dankbarerweise mißdeutet Watzlaff mein Schweigen.

»Keine Sorge. Selbstverständlich helfen wir dir dabei. Ich habe Freunde im Ausland, Krupp. Einflußreiche Freunde, die sich um dich kümmern werden. Es wird dir an nichts fehlen, glaub mir. Und in ein oder zwei Jahren bist du wieder zurück, braungebrannt, bestens erholt und mit einem satten Polster auf dem Konto.«

Möglich. Nicht weniger wahrscheinlich aber ist die Aussicht, daß ich mit einem Sack Altmetall am Körper auf einen langen Tauchgang geschickt werde. Ich beschließe, das Thema zu wechseln.

»Was, um Himmels Willen, wolltest du eigentlich mit diesem Finger?«

Die Tatsache, daß ich den Inhalt der Geldbombe kenne, bringt mein Gegenüber nicht sonderlich aus der Fassung. Einzig ein Kräuseln der linken Braue verrät so etwas wie Erstaunen.

»Ein Geschäft, Krupp. Nur ein klitzekleines Geschäft. Wie du weißt, gibt es Kunden für beinah alles, auch für diese Ware. Ich bin, besser gesagt war, nur der bescheidene Makler im Hintergrund.«

»Und der Hippie, dieser Freak, den ich im Supermarkt getroffen habe?«

»Ganz einfach. Das war der Käufer.«

»Aber was wollte der damit? Und warum hast du ausgerechnet mich als Boten eingesetzt?«

»Die erste Frage kann ich dir nicht beantworten. Die zweite erklärt sich von selbst. Ich brauchte jemand, dessen Spur sich nicht so leicht zu mir verfolgen läßt und der dennoch zuverlässig ist. Und wie das Ergebnis beweist, habe ich die richtige Wahl getroffen.«

Ja, das läßt sich nicht leugnen. Bleibt nur noch zu ermitteln, inwieweit der Fingersammler, also dieser Langhaarige, eine Gefahr darstellt.

Watzlaff weiß auch in dieser Hinsicht für Beruhigung zu sorgen.

»Er kennt dich nicht, Krupp, und er kennt mich nicht. Die ganze Sache ist sehr geschickt über Mittelsmänner aufgezogen worden. Mach dir also keine Sorgen. Du gibst mir jetzt die Ware. In ein oder zwei Tagen erhältst du einen Anruf. Und dann wirst du erstmal in die wohlverdiente Sommerfrische reisen.«

»Äh ... die Ware ist nicht hier.«

Zum ersten Mal seit Watzlaff den Raum betreten hat, zeigt seine gönnerhafte Maske Risse. Seine Pupillen signalisieren eine Mischung aus Ungeduld und Mißtrauen.

Ich beeile mich, meinen Satz zu vervollständigen: »Sie ist an einem sicheren Ort, Watzlaff. Morgen hab ich sie wieder in den Händen.«

Sofort entspannt er sich.

»Gut, wir verbinden die Übergabe mit deiner Abreise. Halt dich bis dahin hübsch bedeckt. Wir melden uns.«

Während Watzlaff samt autistischem Hofstaat aus der Tür schreitet, dringt ein langgezogener, kehliger Schrei an meine Ohren. Da hat wohl irgendeine überarbeitete Führungskraft endlich einen Punkt erreicht, an dem sie Dampf ablassen kann.

48

Am Anfang ging es überraschend leicht. Er nutzte das Gedränge auf den Boulevards, hielt ohne Probleme einen Abstand zwischen fünf und zehn Metern und hatte richtig Spaß an der Sache. Er fühlte sich wie einer dieser Detektive, deren Geschichten er in seiner Kindheit zu Dutzenden verschlungen hatte. Irina sah sich kein einziges Mal um.

Schwierig wurde es erst, als sie in einer Metrostation verschwand. Auf dem Bahnsteig hatte er sie noch gut im Blick. Er parkte seinen Körper hinter einer Säule, eingekeilt von einer Gruppe japanischer Touristen. Sie saß keine zwanzig Meter entfernt in einem der Plastiksitze und zog an einer Kippe. Das Rauchverbot ging ihr offensichtlich am Arsch vorbei. Burkhard selbst hielt sich daran, galt es doch, jedes Aufsehen tunlichst zu vermeiden.

Als die U-Bahn einfuhr und Irina einstieg, nahm er den Wagen hinter ihr. Und damit verlor er sie aus den Augen.

Zwar hielt er bei jedem Halt nach ihr Ausschau, verrenkte sich nach besten Kräften den Hals, aber in der Menge der Aussteigenden konnte er sie nicht entdecken.

Er glaubte schon, sie verloren zu haben, ärgerte sich darüber, nicht in *ihren* Wagen gestiegen zu sein, verfluchte bereits den blödsinnigen Plan, sie zu verfolgen. Aber dann erspähte er ihre langen, schwarzen Haare, und sofort war sein Jagdinstinkt wieder da. Ohne ein bißchen Glück waren auch die Helden seiner Kindheit nicht ausgekommen.

An der letzten Station stieg sie aus und eilte, ohne nach links oder rechts zu sehen, einem der Aufgänge entgegen.

Da der Bahnsteig recht unbelebt war, mußte Burkhard den Abstand notgedrungen vergrößern. Er setzte die Verfolgung erst fort, als die Rolltreppe sie zur Gänze verschluckt hatte.

Oben angekommen brauchte er einen Moment, um sich zu orientieren. Die Gegend sah absolut finster aus: düstere, riesenhafte Wohnblocks, selbst in der Abendsonne noch so grau wie verdorbenes Katzenfutter, schwer vom Verfall gezeichnet und über alle Maßen bedrohlich. Eins der Vorstadtghettos - Cretail wahrscheinlich. Kein guter Platz, um die neue Rolex spazierenzuführen. Er überlegte, ob er umkehren sollte, aber er konnte jetzt nicht aufgeben. Wenn er dieses Mädchen für sich gewinnen wollte, mußte er die Arschbacken zusammenkneifen.

Irina hatte sich unterdessen ein gutes Stück entfernt. Gerade sah er ihre Umrisse in eine Nebenstraße einbiegen. Er entschied sich für einen kurzen Sprint. Menschen waren zum Glück kaum unterwegs.

Hinter der nächsten Ecke änderte sich das. Eine ganze Armee hatte sich auf den Bürgersteigen breitgemacht; ein Anblick wie beim Jahrestreffen der Skorbutkranken: skelettierte Gestalten in unmodischen, abgerissenen Klamotten, die eingeknickt und schlaff wie abgestorbenes Schilf in Grüppchen zusammenstanden - ganz so, als würde durch diese Straße ein eisiger Wind fegen. Dazwischen Typen mit Wollmützen und übergroßen Daunenjacken, die der nach wie vor herrschenden Hitze ebenfalls Hohn sprachen. Offensichtlich der örtliche Drogenbasar.

Irina durchschritt dieses Messegelände der Verwahrlosung, als ob es nicht existierte. Eine echte Königin.

Burkhard entschied sich für eine ähnliche Strategie. Einfach so tun, als ob er hier täglich durchwandern würde.

»Crack?«

»Heroin?«

Er reagierte nicht, hielt die Augen konstant auf Irinas Rücken geheftet. Und zu seiner Überraschung funktionierte es. Er konnte unbeschadet passieren. Niemand griff ihn an, niemand ging ihm ans Portemonnaie, niemand schlug ihm die Zähne ins Fleisch, niemand steckte ihn mit HIV an. Dennoch war er froh, als sie irgendwann den Rand der Siedlung erreichten. Doch noch immer war die Reise nicht zu Ende. Jetzt ging es aufs freie Feld. An einer heruntergekommenen Autowerkstatt vorbei auf eine stillgelegte Gleisanlage.

Verdammt, wußte sie etwa, daß er sich hinter ihr befand? Trieb sie ein Spiel mit ihm? Oder wollte sie hier einfach nur spazierengehen? Wenn ja, war das eine mehr als bizarre Form des Lustwandelns.

Besonders unangenehm war die Tatsache, daß er ihrem Blick hier schutzlos ausgeliefert war. Sie brauchte sich nur umzudrehen, und schon war er, schon war sein seltsames Treiben entdeckt. Aber sie sah sich nicht um, sah sich immer noch nicht um, und dann verschwand sie schließlich im Grün einer Hecke. Dahinter war ein verdrecktes Dach zu erkennen.

Burkhard schlüpfte ihr vorsichtig nach, ging in die Hocke und spähte durchs Laub. Er entdeckte das zum Dach gehörende Gebäude – ebenfalls keine Zierde der Instandhaltung; daneben ein paar heruntergewirtschaftete Schuppen sowie eine Unzahl abgewrackter, größtenteils ausgeschlachteter Fahrzeuge. Von Irina keine Spur. Dafür hörte er einen Hund anschlagen.

Nervös steckte er sich eine Zigarette an. Er war fast am Ziel. Jetzt galt es, die letzte Hürde zu nehmen: Er brauchte einen Namen und eine Adresse.

Die einsetzende Dämmerung machte ihm Mut, der Hund weniger. Er zog sich aus der Hecke zurück und begann, an ihr entlang um das Grundstück herum zu laufen. Irgendwo mußte es doch einen richtigen Eingang geben.

Er entdeckte ihn auf der gegenüberliegenden Seite: ein vergittertes Tor, breit genug, einen Wagen hindurchzulassen, links und rechts davon ein lieblos zusammengenagelter, mannshoher Bretterzaun. Darauf mit weißer Farbe die Zahl 13. Ganz klar die Hausnummer. Und einen Namen gab es auch. Er stand auf einem rostigen Briefkasten, der lose an einem der Bretter hing.

Burkhard beugte sich vor, um die Buchstaben zu entziffern, als der verschissene Köter erneut zu bellen anfing.

Er überlegte noch, ob das Gekrakel vor ihm Majakovski oder Majalevski heißen sollte, als sich im ersten Stock des Hauses ein Fenster öffnete. »Hey, was machst'n da, Arschloch?« Ein fetter Typ um die dreißig glotzte ihn feindselig an.

Burkhard ließ die Frage unbeantwortet.

Der Typ war keinen Steinwurf entfernt. Und obwohl der Hund immer noch Alarm schlug, war seine Stimme deutlich zu verstehen: »Du verpißt dich da besser, sonst komm ich runter und verpass dir 'n paar!«

Burkhard riskierte einen letzten Blick, entschied sich für Majakovski und rannte los. Erst einen Kiesweg entlang, dann über einen abgeernteten Acker, immer den Lichtern der Vorstadt entgegen. Er rannte wie seit Jahren nicht mehr, und während er hinter sich das abklingende Gebell vernahm, fühlte er so etwas wie Stolz in sich aufsteigen. Gleichzeitig aber beschlich ihn das Gefühl, daß ihm mit Irina Majakovski – oder wie auch immer ihr Nachname lauten mochte – noch eine Menge Ärger ins Haus stand.

49

Ein letztes Zögern, dann schob Burkhard den Brief in den Kasten. Jetzt war es nicht mehr rückgängig zu machen. Er hatte sich endgültig offenbart, hatte sich die letzte Blöße gegeben. Das tat seiner Stimmung aber keinen Abbruch – im Gegenteil. Eine angenehme Erregung ergriff von ihm Besitz. Er hatte den entscheidenden Schritt getan. Jetzt begann der spannende Teil.

Würde sie antworten? Oder würde sie ihn endgültig ins Seitenaus treten? Er war sich fast sicher, daß sie reagieren würde. Sie war gewiß nicht der Typ, der zurückschrieb. Aber er hatte seine Telefonnummer angegeben, und er hatte ein Treffen vorgeschlagen; ein Treffen im *Palais*, dem Laden, in dem sie sich zum ersten Mal begegnet waren. Ohne Zweifel gewagt, wenn man die Umstände dieser Begegnung bedachte. Aber genau das war seine Strategie. Frechheit war die einzige Waffe, mit der eine Frau wie Irina Majakovski erobert werden konnte.

Er war gestern abend extra nochmal an der Stätte seiner Niederlage vorbeigefahren, um sich den Namen des Clubs ins Gedächtnis zu rufen. Jetzt gab es nichts mehr, was er tun konnte. Anderthalb Tage warten. Anderthalb Tage, an denen er sich der Vorstellung hingeben durfte, wie es wäre, sie wiederzusehen. Anderthalb Tage voller Verheißungen, dazu die doppelte Menge Nikotin und ein paar Gramm Angst – Angst, daß sein Plan nicht aufgehen könnte.

Aber er würde aufgehen. Mit Briefen kannte er sich aus. Und an diesem hatte er bis spät in die Nacht hinein gefeilt. Er mußte daran denken, wie er Jess damals geknackt hatte. Mehrere Wochen lang hatte er ihr beinahe täglich geschrieben, und am Ende war sie dann schwach geworden, die wohlerzogene Bürgerstochter. Bei Irina Majakowski hatte er nicht soviel Zeit. Der erste Versuch mußte zünden. Für einen zweiten war seine Selbstachtung dann doch zu groß.

Immerhin, wenn sie nicht kam, nicht anrief oder nicht zurückschrieb, würde ihm diesmal wenigstens die Peinlichkeit einer direkten Zurückweisung erspart bleiben. Das war ein weiterer Vorteil von Briefen. Aber hey, was dachte er da?! Sie würde kommen. Das war so sicher wie die Schmerzen, die seit neuestem allmorgendlich sein rechtes Handgelenk überfielen.

Beschwingt legte er die letzten Meter zur Bushaltestelle zurück. Er hatte richtiggehend Lust auf die Uni. Der Anblick lebensuntüchtiger Narren konnte das Gefühl unendlicher Überlegenheit, das in ihm gärte, nur verstärken.

Nach dem Seminar, irgendeinem Scheiß über die spanische Inquisition, der komplett an ihm vorbeigelaufen war, schlenderte er hungrig durch die Gänge. Er überlegte gerade, ob er sich den Mensafraß antun oder lieber zum nächsten Schnellimbiß marschieren sollte, als ihm jemand leicht auf die Schulter tippte. Als er sich umwandte, blickte er in ein lächelndes, aknegeplagtes Gesicht, das von roten Locken umrahmt wurde. Scheiße, die Eishockeyspielerin, an die hatte er überhaupt nicht mehr gedacht.

»Hallo«, sagte sie immer noch lächelnd.

»Hi.« Burkhard versuchte sich ebenfalls an einem Grinsen. Er hatte nicht das Gefühl, daß es ihm gelang.

»Immer noch Lust, es mal mit Inlinern zu probier'n?« Die Rothaarige fuhr sich unsicher durchs Haar.

»Ja, äh, klar. Aber du weißt ja, daß ich keine Skates besitze.«

»Was hast'n für 'ne Schuhgröße?«

Burkhard wußte schon, was kommen würde, ahnte die Falle. Aber was hätte er tun sollen?!

»Zwölf«, sagte er.

»Hey, super! Genau wie mein Mitbewohner. Der würde dir seine sicher leihen.«

»Ach ... Das is' ja ... also ... *echt* nett. Aber brauch ich nicht noch Ellbogenschützer und so was?«

»Kriegst du alles.«

»Ja, dann, äh …«

»… könnten wir uns doch eigentlich gleich heute nachmittag treffen«, vollendete sie den Satz. Ihr Lächeln erreichte dabei Ausmaße, die Burkhard an einen Totenschädel denken ließen.

»Oh, heute isses ziemlich ungünstig. Ich hab ein paar Sachen zu erledigen und will auf jeden Fall noch was für die Uni machen.«

Sie sah ihn skeptisch an.

»Na, gut. Dann aber am Wochenende. Am Samstag vielleicht?«

Burkhard überlegte. Ein Entkommen schien es nicht zu geben.

»Ja, gut. Okay«, sagte er also.

»Siebzehn Uhr? Hier vorm Haupteingang? Da haben wir's nicht weit bis zum Park.«

»Ja. Warum nicht.«

»Alles klar. Dann bis Samstag.« Die Rothaarige hatte ihr Lächeln wieder angeknipst. »Du wirst seh'n«, sagte sie, bevor sie ging, »wenn du Schlittschuhlaufen kannst, is' Inlineskaten super einfach.«

Ja wenn, dachte Burkard. Aber er hatte ohnehin nicht vor, zu dieser Verabredung zu erscheinen. Wenn alles so lief, wie er sich das vorstellte, würde er Samstag um fünf gerade das Bett verlassen und zusammen mit einer anderen, einer weitaus aufregenderen Frau, irgendwo ein opulentes Frühstück einnehmen.

Und jetzt brauchte er erstmal einen saftigen Cheeseburger.

50

»Du hast Post bekommen.« Die Alte warf ihr einen zerknitterten Brief neben den Teller.

Irina sah auf, sah die grauen, verklebten Strähnen und das teigige, gerötete Gesicht. Dann richtete sie ihre Augen auf den Brief. Von Plagge war er nicht, das verriet schon die Schrift; außerdem schickte der höchstens mal 'ne Postkarte.

Neugierig nahm sie den Umschlag in die Hand, studierte den Absender. Das Teil war vom Spinner. Burkhard, so hatte er sich vorgestellt, und eben dieser Name stand auch auf dem Papier. Sie hatte ihn nicht abgespeichert – warum auch –, aber nun tauchte er aus den Tiefen ihrer Erinnerung wieder auf. Ungefragt lieferte ihr Gehirn das passende Gesicht dazu: weich und weinerlich. Wie war der Idiot nur an ihre Adresse gekommen?

Sie riß den Umschlag auf. Ein abgerissenes Blatt, beidseitig mit großen, geschwungenen Buchstaben beschrieben. Während sie die Zeilen überflog, griff sie nach ihren Zigaretten.

»Wohl 'n Liebesbrief?« Die Schlampe geierte sensationsgeil zu ihr hinüber.

»Nee, issen Schreiben vom Gericht. Du bist entmündigt worden.« Irina warf ihrer Mutter einen amüsierten Blick zu.

Aber die Alte hatte recht. Es war wirklich so 'ne Art Liebeserklärung. Am Anfang nochmal eine Entschuldigung wegen der Sache im *Palais*, und dann über eine Seite lang romantisches Gestammel á la ›ich kann dich nicht vergessen‹. Der Typ hatte echt Nerven. Wollte sich sogar mit ihr verabreden. Blieb nur zu hoffen, daß er nicht zu dieser vollgestörten Sorte gehörte, die sich nicht mehr abschütteln ließ. Sie gab sich Feuer. Im selben Moment wurde ihr das Blatt aus der Hand gerissen.

Bertrand hüpfte, nur mit einer Jogginghose bekleidet, durchs Zimmer und hielt seine Beute triumphierend in die Höhe. Sein nackter Bauch wackelte dabei wie eine von diesen Hüpfburgen, die sie jetzt überall für Kinder aufstellten.

Nachdem er sich auf die andere Seite des Tischs geflüchtet hatte, begann er, das Gesülze vorzulesen: »Seit unserer letzten Begegnung kann ich nicht mehr schlafen. Ich stecke mir eine Kippe an der nächsten an, aber ich kann dein Gesicht nicht vergessen ... Hey, das is' wohl einer von deinen Freiern?«

Die Alte brach in meckerndes Gelächter aus.

»Gib das wieder her, du Arsch!« Irina war aufgesprungen und jagte ihren Bruder durch die Küche.

»Wenn ich das Plagge erzähle ...! Wenn ich das Plagge erzähle ...!« kreischte Bertrand.

Sie konnte nicht anders. Sie mußte ebenfalls lachen.

»Kümmer du dich lieber um deine Bierbrüste. Du brauchst bald 'nen BH, Alter.«

Später, als sie den Brief längst zurückerobert hatte, lag sie auf ihrem Bett und las die Zeilen noch einmal in Ruhe. Aus den Boxen drang Shinehead. War ja irgendwie niedlich, was der Spinner da geschrieben hatte. Aber ein Wiedersehen kam trotzdem nicht in Frage. Sie stand auf Männer, nicht auf Jungs. Und übermorgen kam Plagge aus der Kiste.

Sie faltete das Papier zusammen und schob es sich in die Hosentasche. Dann griff sie unters Bett und begann, ungewaschene Klamotten hervorzuziehen. Irgendwo mußte da noch ein bißchen Gras sein.

51

Die Gräfin hat mir ein Skateboard besorgt, eins von diesen hochmodernen Teilen, deren wüstes Design einen rebellischen Lebensstil symbolisieren soll. Dagegen wäre noch nicht mal etwas einzuwenden (was gesellschaftliches Außenseitertum angeht, spiele ich schließlich seit Jahrzehnten in der ersten Liga), wenn das gute Stück nur ein wenig breiter wäre. Mein ungeschulter Hintern hat einige Mühe, das Gleichgewicht zu halten. Aber ich will und darf mich nicht beklagen, zumal auch die lädierte Hand eine neue Ummantelung besitzt. Aus einer fleischfarbenen Plastikmöse, einem unappetitlichen Klumpen von der Größe eines Salatkopfes, hat mir Ingrid kurzerhand eine ebenso schrille wie brauchbare Schutzhülle geschnitzt. Das Ding steckt paßgenau über meinem, von den Torturen der Flucht verschmutzten Gips, und mir bleibt nur zu hoffen, daß es nach seinem letzten Einsatz ausreichend desinfiziert wurde.

Damit hat sich allerdings nur meine geringste Sorge verabschiedet. Meine Lage darf nach wie vor als ungemütlich bezeichnet werden, vor allen Dingen aber erfordert sie Entscheidungen; Entscheidungen, die möglichst schnell getroffen werden müssen.

Ich bespreche die Angelegenheit mit Martha, die gerade Pause macht, und mit Svetlana, die vorbeigekommen ist, um mir den Finger zu bringen.

In einem sind wir drei uns einig. Auf gar keinen Fall werde ich mich auf Watzlaffs Plan einlassen und unter den Augen mafiöser

Kindermädchen eine Weltreise antreten. Aber was dann? Svetlana bringt es auf den Punkt: »Der Typ hat dich gelinkt, Krupp. Er hat dich als Botenjungen eingesetzt, hat dich eiskalt den Bullen serviert und seinen fetten Gangsterarsch schön aus der Schußlinie gehalten. Der hätte dich locker in den Bau wandern lassen. Ich finde, du solltest ihn ans Messer liefern.«

Martha stimmt ihr zu: »Scheiß ihn an, Krupp. Scheiß ihn an und sieh zu, daß du dich selbst aus der Gefahrenzone bringst.«

Die beiden haben ohne Zweifel recht. Watzlaff hat es mit den Forderungen an meine Ehrenschuld eindeutig übertrieben. Jeder Beichtvater dieser Erde würde mir eine kleine Zurechtweisung leichthin vergeben. Leider ist die Zahl der Kleriker unter Watzlaffs Freunden dünn gesät.

Ich erbitte mir Bedenkzeit. Flucht, Gefängnis oder eine Kompanie Killer an der Backe – wenn ich Watzlaff drankriegen will, dann muß ich das geschickt anstellen.

Nach mehreren Minuten des Schweigens und einem Duo dahingeschiedener Zigaretten bitte ich Svetlana schließlich, sich mit den Sicherheitsorganen in Verbindung zu setzen. Eine vorsichtige Kontaktaufnahme kann auf keinen Fall schaden.

52

Erstaunlich, wie sehr die Droge Alkohol doch das Erinnerungsvermögen zu trüben vermochte. Burkhard erkannte so gut wie nichts wieder. Die breite Treppe, die in den Laden hinabführte, kam ihm vage bekannt vor; aber das war es dann auch. Blieb nur zu hoffen, daß auch er selbst von nicht allzu vielen Mitmenschen erkannt wurde, zum Beispiel von diesem bulligen, kahlgeschorenen Türsteher, an dem er jetzt vorbei mußte. Dankbarerweise verzog der Bursche keine Miene.

Das war erstmal beruhigend, genügte aber nicht, um seiner Nervosität vollends den Garaus zu machen. Er hatte zu Hause bereits drei Bier getrunken und auf dem Weg hierher zwei weitere. Dennoch hatte sich das flaue Gefühl in seinen Eingeweiden mit jeder Minute verstärkt. Er hatte mit einem Mal überhaupt keine Lust mehr, Irina Majakovski zu treffen. Stattdessen verspürte er den Wunsch, fernzusehen oder eine lange Wanderung zu unternehmen.

Die Gefühle der vergangenen Tage lagen nur noch als starrer Abguß vor. Ein Film, den du schon zwanzigmal gesehen hast, und der dich plötzlich nicht mehr berührt. Burkhard mußte die Erinnerung an seine Sehnsucht regelrecht herbeizwingen. Wenn er gestern und vorgestern bei dem Gedanken an ihr Gesicht gelitten hatte, dann konnte das, was er jetzt vorhatte, nicht falsch sein. Also weiter, immer voran, immer hinein in die Lasterhöhle. Zum Glück war er eine halbe Stunde zu früh. Da blieb noch genug Zeit für ein bißchen Doping. Er steuerte die Bar an und bestellte Wodka-Lemon.

Den Drink in der Rechten, eine Celtic in der Linken, den Oberkörper lässig auf den Tresen gestützt, sah er sich um. Das unbekannte Land um ihn herum war relativ schwach bevölkert. Die Tanzfläche spiegelte die Lichteffekte wider, ohne von zuckenden Leibern beeinträchtig zu werden. Der Anblick der funkelnden Bleche versetzte Burkhard einen wuchtigen Hieb ins Über-Ich. *Dort* war es passiert, dort hatte er sich zum Affen gemacht. Er lenkte seinen Blick Richtung Eingang, unterzog die Erlebnishungrigen, die in kleinen Dosen in den Club flossen, einer Musterung. Für einen Laden, der relativ korrekte Musik spielte, sahen die Leute verdächtig nach Kohle aus. Egal, er war nicht wegen der Leute gekommen. Er war hier, um einer Göttin zu beweisen, daß sie dringend seines Beistands bedurfte. Jesus, er hatte keinerlei Plan, wie er vorgehen sollte. Aber er würde den leckgeschlagenen Dampfer schon in den Hafen manövrieren, er würde das Weib schon schwach machen.

Als er den zweiten Wodka zur Hälfte geleert hatte, waren seine Handflächen noch immer so feucht wie die Schnauze einer gesunden Dogge. Aber es hatte sich auch so etwas wie Vorfreude eingestellt. Burkhard besaß keine Uhr, aber sein Zeitgefühl sagte ihm, daß die halbe Stunde so gut wie verstrichen sein mußte. Seine Blase gab ihm den Befehl, für ihre baldige Entleerung zu sorgen. Aber es gab Befehle, die selbst der disziplinierteste Soldat verweigern mußte. Immerhin standen die feindlichen Truppen schon vor den Toren der Stadt.

Eisern behielt er den Eingang im Auge, wandte sich nur kurz um, damit sein leeres Glas durch ein volles ersetzt werden konnte.

Als er auch das bezwungen hatte, ließ sich der Harndrang nicht länger unterdrücken. Schweren Herzens gab er seinen Beobachtungsposten auf und kämpfte sich zu den Toiletten durch. Der Laden hatte sich mittlerweile deutlich gefüllt.

Auf dem Rückweg besorgte er sich die Uhrzeit. Für zwölf Uhr waren sie verabredet gewesen, jetzt war es zwanzig nach. Aber vielleicht war sie ja mittlerweile eingetroffen. Er ließ sich einen weiteren Drink geben. Dann begann er, die Menge zu durchkämmen.

So langsam tat der Alkohol seine Wirkung. Burkhard fühlte sich locker und vor allem furchtlos. Das war genau der Zustand, den er brauchte. Jetzt mußte er nur noch Irina Majakovski finden. Aber er fand sie nicht. Er drehte drei Runden durch den Laden, trank einen weiteren Wodka-Zitrone, aber sie war nicht da. Zweimal entdeckte er schwarze, lange Haare; Mädchen, die zumindest von hinten so aussahen, wie das, das er suchte. Aber in beiden Fällen zog er Nieten. Immerhin konnte ihm die zweite Kandidatin noch einmal die Zeitansage liefern: kurz nach eins - eine Stunde überfällig; das war bitter.

Natürlich, daß eine Braut wie Irina nicht pünktlich kommen würde, war von vornherein klar gewesen. Aber eine Stunde war dann doch zuviel. Selbst wenn irgendeine Absicht dahinter steckte, eine Stunde konnte er nicht schlucken. Einen Moment lang war er versucht, zu ihr nach Hause vorzudringen; einfach ein Taxi nehmen, an irgendeiner Tanke ein Sixpack kaufen, vorbei an dem Köter, vorbei an dem Fettsack und sie zur Rede stellen, ihr seine ganze Empörung vor die Füße kotzen.

Einen Schluck später hatte er den Gedanken wieder verworfen. Auf die Alte war geschissen. Es gab in diesem Laden genug Frauen, die einen Schwanz zu schätzen wußten. Er wandte sich der Theke zu. *Einen* Wodka konnte er sich durchaus noch genehmigen.

53

Natürlich ging er ihr schon im Taxi an die Wäsche. Wenn er gekonnt hätte, hätte er sie gleich hier auf der Rückbank gefickt. Aber auch Plagge besaß so etwas wie Schamgefühl - manchmal jedenfalls. Er beließ es dabei, ihr die gierigen Finger unter den Rock zu schieben. Der Fahrer hatte auch so genug Mühe, sich auf den Verkehr zu konzentrieren. Er riß sich erst zusammen, nachdem sich ihre Blicke im Rückspiegel gekreuzt hatten.

Zu Hause schafften sie es gerade noch bis zum Küchentisch. Zum Glück war niemand da - bis auf den Alten natürlich.

»Hängt ja immer noch an der Kette, das stinkende Stück Scheiße.« Plagge lachte, dann zerriß er ihr den Slip.

Seine Zunge schmeckte nach Männerwohnheim. Sein Schwanz benahm sich wie eine ausgehungerte Muräne. Sie schoben zwei Nummern in Folge. Dann wollte er Feiern gehen.

»Wird Zeit, daß ich mich wieder den jubelnden Massen zeige«, sagte er, während er den Kühlschrank nach Bier absuchte.

Sie fuhren ins *Sir Henry*.

Es war noch nicht mal Mittag, aber ein Großteil seiner ätzenden Freunde war schon - oder noch - auf den Beinen. Sie sah eine ganze Anzahl hohlwangiger, grauer Gesichter mit geröteten Augen, in denen kaum sichtbare Pupillen keine Mühe hatten, Versteck zu spielen.

Aber auch die Übernächtigten hielten anstandslos die Rituale ein, die das Leben in diesem Kleingarten bestimmten. Wer sich nicht am Billardtisch in Szene setzen konnte, spielte Backgammon, und wer nicht Backgammon spielte, machte wichtig mit seinem Handy herum. Immer ging es darum, den Dicken zu markieren, besser, ausgekochter, härter als der andere zu erscheinen. Ganz normale Kleinkriminelle eben: großkotzige, begriffsstutzige Pfeifen mit aufgepumpten Muskeln und teuren Uhren, die sie mit dem Geld ihrer Freundinnen bezahlt hatten. Unreife Jungs, die davon träumten, irgendwann so tough zu sein wie die Typen, die sie sich täglich auf Video reinzogen, und die deshalb alle eine Waffe unter dem Kopfkissen liegen hatten. Ein paar mochten wirklich gefährlich sein - Ramon zum Beispiel, der still an einem Ecktisch saß und an seinen Fingernägeln kaute – der Rest war einfach nur Abfall.

Natürlich waren auch ein paar Bräute da: aufwendig frisiert und aufwendig geschminkt – meist in weiß gekleidet, damit die mühselig erworbene Solariumbräune zur Geltung kam.

Wie zu erwarten, gab es überschwengliche Begrüßungsszenen, und wie zu erwarten, schmiß Plagge eine Runde. Sie ließ ihn machen, zog sich zurück und spielte ein paar Partien am Flipper. Sie kannte fast alle hier, hatte mit den meisten mehr als ein paar Worte gewechselt. Aber wenn sie den Gesichtern hätte Namen zuordnen müssen, wäre sie nicht weit gekommen. Dafür lief es am Flipper gut.

Nach dem vierten Freispiel in Folge kam Plagge zu ihr und lotste sie auf die Toilette. Aber es gab keinen weiteren Fick, es gab Glücksgefühle, die länger anhielten.

»Die Jungs sagen, daß sie dich hier kaum gesehen haben, als ich weg war. Einige meinen sogar, du hättest 'nen ander'n?« Er streute zwei Spuren auf den Spülkasten.

»Quatsch!« Irina strich sich eine Strähne aus dem Gesicht.

Plagge warf ihr einen mißtrauischen Blick zu.

»Was hast'n so gemacht, die ganze Zeit?«

»Na, was wohl?! Ich hab in der scheiß Burgerklitsche gearbeitet, ich hab mir das Gegreine von Bertrand und der Schlampe angehört, und ich hab die Pisse vom Alten weggewischt.«

»Nicht ausgegangen?«

»Doch, klar.«

»Mit wem?«

»Meist mit Alarm und Raoul.«

Plagge lachte.

»Scheiße, ich würde zu gern wissen, was du an diesen bekloppten Homos findest?!«

»Ich mag sie. Ganz einfach.«

»Ja, klar.« Plagge steckte sich einen zusammengerollten Geldschein in die Nase.

»Ich vertrau dir, Cookie«, sagte er, nachdem er die größere der beiden Linien weggezogen hatte. Dann gab er den Schein an sie weiter.

Ein paar Stunden später war er abgefüllt. Gegen eine Mischung aus Whisky, Schampus und Tequila kann eben kein Kokain der Welt anstinken. Er verlor zwei Hunderter beim Billard und erzählte jedem, der seine Ohren nicht rechtzeitig in Sicherheit bringen konnte, daß er beim Bankdrücken mittlerweile Hundertvierzig schaffen würde. Die Umstehenden konnten ihn gerade noch davon abhalten, den Beweis dieser Behauptung unter Zuhilfenahme des Billardtischs zu führen.

Klar, daß er noch längst nicht genug hatte. Er wollte weiter, wollte woandershin, wollte irgendwo ›noch so richtig einen losmachen‹. Irina ließ ihm einen weiteren Whisky bringen.

Keine fünfzehn Minuten später gelang es ihr, ihn mit tatkräftiger Unterstützung des Barkeepers in ein Taxi zu verfrachten.

Daß er ihr im Wagen in einer Tour an den Brüsten herumfummelte, war nicht wirklich schlimm; schlimm war der Umstand, daß er den Fahrer, einen ergrauten Nordafrikaner, mit wüsten Beschimpfungen bedachte. »Euch Kameltreiber kriegen wir auch noch dran! Euch machen wir noch richtig Feuer unter euren verhurten Hintern!« brüllte er, während der Kutscher – hin- und hergerissen zwischen Angst und Erregung – heimlich auf ihre Titten starrte.

Sie gab dem armen Schwein ein ordentliches Trinkgeld.

Plagge die Stufen zu ihrem Zimmer hoch zu schaffen, kostete sie einige Mühe, und natürlich wollte ihr der besoffene Arsch, kaum daß sie oben angekommen waren, noch einmal seinen Schwanz reinstecken. Aber bevor sie ihm auch nur die Schuhe ausgezogen hatte, war er schon eingeschlafen.

54

»Hallo. Hier ist Liv.«

»Was? Wer?« Burkhards Stimme klang wie mit Schmirgelpapier bearbeitet. Er befand sich spürbar in einem Zustand, der mit der Wirklichkeit nicht viel gemein hatte. Warum hielt er einen Telefonhörer in der Hand? Er konnte sich nicht daran erinnern, daß irgend etwas geklingelt hatte. Und wer zur Hölle war diese nervtötende Frauenstimme? Er kannte keine Liv.

Oder doch?

»Hallo«, sagte sie wieder. »Ich wollte nur fragen, ob das nachher mit unserer Verabredung klargeht?«

»Wieso? ... Ich mein ... *Was?*« Burkhard hob seinen Kopf mühsam aus dem zerknautschten Kissen. Der Lohn für diesen übermenschlichen Akt wurde prompt überwiesen: ein barbarischer Schmerz, der sich in Windeseile an der Äquatorlinie seines Schädels entlangschraubte.

»Na ja, wir wollten doch Skaten geh'n?«

Endlich bekam Burkhard ein halbwegs klares Bild auf die teerverschmierte Leinwand. Die Rothaarige! Liv hieß die also. Hatte er das schon gewußt? Und hatte die schon immer so eine quäkende Stimme gehabt? Irgendwie unwichtig. Viel wichtiger war die Erkenntnis, daß er sich im Moment weder mit ihr noch mit irgendwem anders unterhalten konnte. Er war eindeutig unpäßlich.

»Ja, ja, geht klar«, stöhnte er, in Gedanken schon wieder im Heilschlaf.

»Hey, super. Ich freu mich schon. Bis nachher.«

Bevor Burkhard seinen Kopf in eine halbwegs erträgliche Position zurückbrachte, warf er einen Blick auf den Wecker. Kurz nach zwölf. Wann waren sie verabredet gewesen? Um vier? Um fünf? Er wußte es nicht mehr. Und es war auch egal. Er würde ohnehin nicht zu diesem Treffen erscheinen. Er brauchte dringend Ruhe, hatte es gestern abend eindeutig mit dem Wodka übertrieben.

Warum er sich dann, keine fünf Stunden später, doch auf den Weg gemacht hatte, konnte er sich selbst nicht erklären. Um drei war er erneut aufgewacht und hatte nicht mehr einschlafen können. Natürlich war ihm der gestrige Abend wieder eingefallen, und wenn er sich diesmal im *Palais* auch nichts hatte zuschulden kommen lassen (zumindest konnte er sich an nichts Herausragendes erinnern), so hatte er doch wieder genug in sich hineingeschüttet, um sich reichlich schuldig zu *fühlen*. Kein Wunder, daß Irina Majakovski nicht erschienen war. Welche Frau hatte schon Bock auf einen Typen, der sich beim Trinken null, aber auch überhaupt nicht kontrollieren konnte?! Keine natürlich. Aber halt! Eine gab es. Plötzlich hatte er richtig Lust bekommen, diese Liv zu sehen. Und so hatte er sich, obwohl er sich wirklich elendig fühlte, aus dem Bett geprügelt.

Ohne Zweifel war es eine tröstliche Vorstellung, ein Weib zu treffen, ihr vielleicht das vereiterte Herz auszuschütten; leider war da noch diese Nummer mit dem Inlineskaten. Selbst wenn ihm nur halb so schlecht gewesen wäre, er beherrschte den Scheiß einfach nicht. Er schleppte sich trotzdem voran – ein Roboter auf dem Weg zur Schrotthalde, immer die Hoffnung im Gepäck, noch einmal an die Werkbank zurückgeschickt zu werden.

Und da war sie auch schon. Sie saß auf der Treppe des Haupteingangs und ließ ihr Gesicht von der Sonne bescheinen; ein Paar Skates an den Füßen, ein weiteres Paar neben sich. Zwischen ihren Unterschenkeln eine Plastiktüte, in der sich wahrscheinlich der Rest der ihm zugedachten Ausrüstung befand.

Sie trug enge, schwarze Radlerhosen und ein bauchfreies Top in der gleichen Farbe. Figurmäßig war an ihr nichts auszusetzen. Wenn nur nicht diese furchtbare Rübennase, die grobporige Haut und die zusammengewachsenen Augenbrauen gewesen wären.

»Ich dachte schon, du kommst nicht mehr«, begrüßte sie ihn, wirkte dabei aber nicht allzu verärgert.

»Entschuldige, ich hatte noch was Wichtiges zu erledigen«, murmelte Burkhard geheimnisvoll, während er zeitgleich einen Rülpser zu unterdrücken versuchte.

Als er sich die Schutzvorrichtungen überstreifte, bereute er den sentimentalen Moment bereits, der ihn hierher getrieben hatte.

Vielleicht hatte er ja Glück, und die Schuhe paßten nicht. Aber sie paßten; sie paßten so gut, daß er sich außerstande sah, diese Tatsache zu leugnen.

»Na, dann los«, sagte die Rothaarige und stürmte davon.

Burkhard strunkelte mühsam hinterher und legte sich prompt auf die Fresse. War aber auch scheiße uneben, der Weg.

Liv half ihm auf.

»Na ja, 'n bißchen anders als Schlittschuhlaufen isses schon.«

»Kein Ding«, ächzte Burkhard und steuerte dem nächsten Laternenpfahl entgegen.

Gut eine Stunde lang mühte er sich ab, dann sah er keinen Ausweg mehr, als seine Niederlage einzugestehen.

»Ich kann nicht mehr!« stöhnte er, nachdem er seine Knieschützer zum wiederholten Mal einer Belastungsprobe unterzogen hatte.

»Okay, laß uns Schluß machen. Wir können ja noch irgendwo was trinken geh'n.«

»Gute Idee«, stimmte Burkhard zu, der schon dabei war, sich die Schnürsenkel aufzubinden.

»Sag mal«, wollte die Rothaarige wissen, nachdem sie an ihrem Weinglas genippt hatte, »du hast doch nie *wirklich* Eishockey gespielt, oder?«

Sie saßen in einer dieser typischen Studentenpinten, einem arschhäßlichen Schuppen, dessen ›gemütliche‹ Rustikalität seine Insassen über das immense Heimweh nach dem bäuerlichen Schoß hinwegtrösten sollte.

»Na ja«, Burkhard trank den letzten Schluck seines Bieres und gab der Bedienung ein Zeichen, ihm ein neues zu bringen. »Hab ich schon. Is' bloß verdammt lange her. Ich glaub, ich war damals sieben oder so.«

»Und warum hast du das nicht gleich gesagt?« Liv griff sich eine seiner Zigaretten.

Burkhard gab ihr Feuer.

»Also«, begann er schließlich, wobei er sich der Dreistigkeit seiner Lüge durchaus bewußt war, »du hast mich einfach fasziniert. Und ich wußte nicht, wie ich dich sonst hätte kennenlernen sollen.«

Sofort glitt ein Strahlen über ihre groben Gesichtszüge. Ihre Wangen nahmen eine Farbe an, die durchaus mit der ihres Haares korrespondierte.

Zu Burkhards Überraschung bestellte sie noch ein Glas Wein. Und es sollte nicht das letzte bleiben. Sie erwies sich als überaus trinkfest, und als der Laden schließlich schloß, schlug sie vor, noch einen letzten Drink bei ihr zu Hause zu nehmen.

Sie charterten ein Taxi, kauften bei einer Tag- und Nachttankstelle zwei Flaschen Roten und fuhren in eine Gegend, die Burkhard nie zuvor betreten hatte.

Auf dem Flur wies sie ihn an, leise zu sein, damit keiner ihrer Mitbewohner geweckt würde. In ihrem Zimmer, einer esoterischen Grotte mit Traumfänger und Setzkästen voller Schnickschnack, zündete sie ein paar Teelichter und ein Räucherstäbchen an. Dann schmiß sie Weezer in die Anlage.

Burkhard war durchaus klar, daß dieser Abend auf Geschlechtsverkehr hinauslaufen würde. Aber nach dem Genuß von sechs Halben hatte er plötzlich nichts mehr dagegen. *So* unlecker sah die Braut doch gar nicht aus.

Sie redeten; über das Studium und ihre Lebensgeschichten, über gescheiterte Beziehungen und nie vergoltene Hoffnungen, und mehrmals war Burkhard versucht, Irina Majakovski zu erwähnen. Am Ende verkniff er es sich (nicht zuletzt aus taktischen Gründen), stattdessen ließ er seine rechte Hand vorsichtig ihren Oberschenkel hinaufwandern. Sie leistete keinen Widerstand. Im Gegenteil. In Windeseile hatte sie ihn auf die schmale Matratze gezogen. Keine zwei Sekunden später pellten sie sich schon aus den Klamotten. Mit dem Ehrgeiz konkurrierender Expeditionen stießen ihre Zungen derweil in unbekanntes Gebiet vor.

Obwohl er wenig Lust dazu verspürte, zwang sich Burkhard, das klassische Programm abzuspulen. Er küßte und kniff Livs Brustwarzen, er leckte und fingerte ihre Möse. Aber er bekam nur einen Halbsteifen. Und daß Liv nach einem Kondom fragte, verbesserte die Lage nicht gerade.

Zum Glück war sie nicht blöd. Sie ließ ihren Mund die notwendigen Hilfsdienste verrichten, und so konnte er, zu seiner eigenen Überraschung, doch noch in sie eindringen. Sie war feucht wie der Turnschuh eines Marathonläufers. Die Frage nach einem Kondom hatte sich erledigt.

Die Action selbst war ebenfalls besser als erwartet. Sie schlug ihm ihre Fingernägel in den Rücken und stöhnte relativ echt, wobei sie mehrmals seinen Namen stammelte. Wahrscheinlich war sie eine Ewigkeit nicht gefickt worden.

Dennoch kickte ihn das alles nicht an. Er spürte ziemlich schnell, daß er nicht abspritzen würde. Er hatte einfach zuviel Alkohol in der Blutbahn.

Sie dagegen kam, so sie ihn nicht verarschte, und so sprach nichts dagegen, den Fick zu beenden. Er stöhnte ein bißchen. Dann zog er seinen immer noch steifen Schwanz aus ihr heraus.

Während sie die obligatorische Zigarette rauchte, trank er den Wein aus.

»Ich liebe dich«, hauchte sie, nachdem sie ihre Kippe ausgedrückt hatte.

»Ich dich auch«, nuschelte er. Dann drehte er sich auf die Seite.

55

Burkhard schlug die Augen auf. Über ihm befand sich eine unansehnliche Nase, die von roten Locken umrahmt wurde.

Liv, ganz klar – die Braut, die er gestern nacht, aus welchen Gründen auch immer, gefickt hatte. Sie strahlte ihn an, ließ perfekt gepflegte Zähne erkennen.

»Schön, daß du auch mal wach wirst, du Langschläfer.« Sie beugte sich vor und spitzte die Lippen, wollte ihm offensichtlich einen Kuß verpassen.

Reflexartig drehte Burkhard den Kopf zur Seite.

Livs Laune erschütterte das nicht im geringsten. Sie lachte nur und griff sich seinen Schwanz. Der war ohnehin schon steif, wie immer nach dem Aufwachen. Burkhard konnte ein Stöhnen nicht vermeiden. Scheiße, was nun?

Gestern war gestern, da konnte er sich locker auf den Alkohol herausreden, konnte Unzurechnungsfähigkeit geltend machen. Aber jetzt? Wenn er jetzt zustieg, brachte er sich in echte Schwierigkeiten. Er sah bereits die Tränen vor sich, die an dem großporigen Riechorgan hinunterliefen. Anklagende Briefe und anklagende Telefonanrufe würden seine Tage bestimmen, und er hatte weiß Gott Besseres zu tun, als einem aufgelösten Backfisch die Härte des Lebens unter Beweis zu stellen. Klarer Fall, er mußte hier raus, und zwar so schnell wie möglich. Dumm nur, daß Liv gerade jetzt damit begann, seine Vorhaut zu reiben.

»Hey ... Hey, warte mal.«

»Was?« Sie sah ihn an; nichts als Verliebtheit im Blick.

Jesus, was hatte er der Puppe gestern bloß erzählt?

»Hey, tut mir leid. Aber ich muß weg. Ich hab 'n superwichtiges Seminar.«

»Aber heute is' Sonntag.«

»Was? ... Ja, klar. Is' so'ne Spezialveranstaltung. 'ne Exkursion gewissermaßen.«

Der verliebte Blick geriet ins Wanken.

»Wann fängt'n das an?«

Na also, da ging die Scheiße schon los. Das übliche Mißtrauen gleich am ersten Morgen. Zum Glück hatte er den Wecker im Blickfeld. Zwei Uhr nachmittags.

»Um viertel vor drei.«

»Mist, ich hab extra Frühstück gemacht.«

Tatsächlich konnte Burkhard im Hintergrund das Brodeln einer Kaffeemaschine vernehmen. Überlagert wurde das eigentlich angenehme Geräusch vom Soundschleim irgendeiner Britpopformation. Ein Grund mehr, die Flucht anzutreten. Er schwang sich aus dem Bett und begann, seine Klamotten zusammenzusuchen.

»Das mit dem Frühstück hol'n wir nach, okay?!«

»Wenn du willst ... Rufst du mich heute abend an?«

»Ja, klar.« Burkhard kämpfte mit seiner Hose.

»Aber du hast ja meine Nummer gar nicht.«

»Nee, stimmt.«

Sie drückte ihm eine Visitenkarte in die Hand. Eins von den Teilen, die du dir am Automaten ziehen kannst. Neben der Adresse prangte ein grinsender *Goofy*.

Daß er einen mittelschweren Kater hatte, bemerkte Burkhard erst im Treppenhaus. Unvermittelt mußte er an Jess denken.

Seitdem er sie das letzte Mal gesehen hatte, waren sicher mehr als sechs Monate vergangen. Schade, daß sie den eben vollzogenen Abgang nicht miterlebt hatte. Hätte ihr sicher gefallen. Burkhard mußte lächeln und entschloß sich, ohne Rücksicht auf seinen Magen, eine Celtic zu riskieren. Als er aus der Haustür trat, fiel ihm ein, daß er überhaupt nicht wußte, wo er sich befand. Das Viertel sah aus wie Dutzend andere: mehrgeschossige Häuser, flankiert von Imbißbuden und koreanischen Lebensmittelmärkten. Er entschied sich für die einfachste Lösung und begab sich auf die Suche nach einem Taxistand. Daß es Sinn machen könnte, den Inhalt seines Portemonnaies zu überprüfen, wurde ihm erst bewußt, nachdem er bereits ein paar Minuten lang herumgeirrt war. Das Ergebnis war ernüchternd. Kein einziger Schein mehr da.

Er würde sich zu Fuß durchschlagen müssen.

56

Der Anruf erreicht mich kurz nach dem Aufstehen. Eine mir unbekannte, sachlich klingende Stimme gibt folgende Anweisungen durch: »Sie haben eine Reise gewonnen. Abfahrt heute, sechzehn Uhr. Empfohlen wird ausschließlich leichtes Gepäck. Bitte denken Sie an die Fleischkonserve.«

Sieht so aus, als ob Watzlaff es vorzieht, auf eine persönliche Verabschiedung zu verzichten. Darauf bin ich vorbereitet.

»Einen Moment«, entgegne ich. »Zuerstmal muß ich den Chef sprechen.«

»Wen?«

»Ich würde gern mit Watzlaff sprechen.«

»Es tut mir leid, dieser Name ist mir nicht geläufig.«

Ich frage mich, wo Watzlaff diese Domestiken bloß immer herbekommt. Wahrscheinlich vom Mossad. Einer konspirativer als der andere.

»Hör zu, du Armleuchter!« brülle ich in den Hörer. »Sag Watzlaff, daß ich die Fleischkonserve, wie du dich auszudrücken pflegst, nur ihm persönlich übergebe.«

»Verstanden«, sagt der Ex-Agent, immer noch so unverbindlich wie ein Beamter der Stadtverwaltung, bevor er das Gespräch grußlos beendet.

Ich werfe einen Blick auf die Uhr: kurz nach zehn. Genügend Zeit also, um mit meinen neuen Verbündeten einen unfehlbaren Plan zu entwerfen. Ich füttere das Telefon mit den Zahlen, die mir Svetlana von ihrem Besuch bei der Staatsmacht mitgebracht hat.

Eins muß ich dem Mann, den ich in Kürze zu verraten gedenke, ohne Einschränkungen zugestehen: Er spart nicht an Kleinigkeiten. Um Punkt vier rollt eine edle, zahnpastaweiße Limousine vor das Studio. Wenn mir vor Nervosität nicht schon die Achselhaare zusammenkleben würden, wäre es ein Leichtes, sich vorzustellen, daß ich gleich irgendeinen Filmpreis entgegenzunehmen hätte. Eine Vision, der der uniformierte Chauffeur, der mich zum Wagen geleitet, keinesfalls im Wege steht. Einzig die kaum verheilte Stichverletzung neben seinem linken Auge will nicht so ganz ins Bild vom sorglosen Highsociety-Dasein passen.

Im Wageninneren dann ein erster Moment der Erleichterung. Watzlaff ist tatsächlich gekommen. Aufs Beste beschirmt von den getönten Scheiben, lehnt er in den Polstern, in der Rechten einen eiswürfellastigen Drink.

»Auch einen?« fragt er mich, und ich sehe keinen Grund, das Angebot abzulehnen.

Nachdem sich der Wagen in Bewegung gesetzt hat, prostet er mir zu, wobei er mit der freien Hand eine ausladende Geste durch den uns umgebenden Luxus vollführt.

»Du siehst, Freund, für dich wird in jeder Hinsicht gesorgt. Und das ist erst der Anfang.«

Ungeachtet meiner nach wie vor vorhandenen Unruhe, versuche ich, mich gebührend beeindruckt zu zeigen.

Dann, während ich meinen Martini schlürfe, checke ich vorsichtig die elektrischen Fensterheber.

Watzlaff schwadroniert derweil weiter über meine verheißungsvolle Zukunft: »Wart's ab, Krupp. Wenn du dich erstmal eingelebt hast, willst du gar nicht mehr zurück.«

Ja, vielleicht. Ich ziehe es vor, mir am Ende des geplanten Ausflugs ein schwerbewaffnetes Killerkommando vorzustellen. Das hilft immens gegen eventuelle Skrupel, was aber nicht heißt, daß ich die Rolle vergesse, die ich hier zu spielen habe. Leichthin stelle ich eine Frage, die jeder in meiner Lage stellen würde: »Wo genau soll's denn eigentlich hingeh'n? Südamerika? Südostasien? Oder bleib ich in Reichweite?«

Watzlaff grinst mich an.

»Laß dich überraschen.«

Seine Selbstgefälligkeit reizt zu Widerworten. Aber ich beherrsche mich. Stattdessen hole ich den Metallbehälter aus meiner Reisetasche und stelle ihn auf die kleine Bar unseren Sitzen gegenüber.

»Schön, daß du daran gedacht hast.« Watzlaff grinst erneut und beginnt, die liebevoll geflickten Siegel abzupellen. Als er das Einweckglas in der Hand hält, gönnt er dem einsam schwimmenden Körperglied eine ausgiebige Musterung. Dann transferiert er das Glas in einen Alukoffer.

»Gut Krupp. Das war's. Ich werde an der nächsten Ecke umsteigen. Der Wagen bringt dich zu einem kleinen Privatflugplatz. Dort wartet jemand, der sich um alles Weitere kümmern wird.«

Watzlaff läßt die Trennscheibe zum Fahrerbereich herunter und erteilt dem Chauffeur Anweisungen, die ich nicht verstehe, da sie in Polnisch gehalten sind. Für mich höchste Zeit zu handeln.

Ich zünde mir eine Zigarette an und betätige ebenfalls die Elektrik; um genau zu sein, den Schalter für das mir am nächsten liegende Fenster. Als der Spalt groß genug ist, werfe ich die Schachtel, in der sich vor Fahrtantritt wohlweißlich nur noch eine Kippe befunden hat - nämlich die, die ich gerade rauche - auf die Straße.

Jetzt hängt alles von den Bullen ab. Werden sie's vergeigen, oder haben sie aufgepaßt? Sie haben. Ausnahmsweise. Gerade als ich das Fenster wieder schließe, höre ich hinter uns eine Sirene aufheulen. Dann zuckt Blaulicht an uns vorbei. Keine zehn Sekunden später kommt die Limousine zum Stehen.

Watzlaff wirft mir einen entnervten Blick zu und beeilt sich, die Begrenzung zwischen Chauffeur und Fahrgastraum hochzufahren. Noch bevor ihm das allerdings gelungen ist, erscheint bereits ein Uniformierter in unserem Sichtfeld. Er stolziert auf den Kutscher zu und bedeutet ihm, die Scheibe herunterzulassen.

»Die Papiere, bitte.« Der Bulle beugt sich vor und späht mißtrauisch ins Innere.

Wie nicht anders zu erwarten, kann es Watzlaff nicht unterlassen, sich einzumischen: »Entschuldigen Sie, Maître. Wir waren doch nicht etwa zu schnell, oder?«

»Nein, das nicht«, sagt der Bulle und wirft einen Blick in den dargebotenen Führerschein. »Aber aus ihrem Fahrzeug ist Abfall auf eine öffentliche Straße geworfen worden.«

Jetzt bin ich dran.

»Aber hören Sie mal!« ereifere ich mich. »Das ist ein freies Land hier. Sie werden uns doch wegen so einer Kleinigkeit nicht aufhalten wollen.«

»Wie bitte?« fragt der Uniformierte, und seiner Stimme ist eine leichte Gereiztheit zu entnehmen.

Watzlaff legt mir beschwichtigend die Hand auf den Stumpf.

Eine Geste, die ich mir zu ignorieren erlaube: »Ich meine, haben Sie nichts Besseres zu tun, als unbescholtenen Bürgern kostbare Zeit zu stehlen?!«

Der Bulle hebt den Kopf und starrt mich haßerfüllt an. Er spielt seine Rolle einwandfrei.

»*Ihre* Papiere hätte ich dann ebenfalls gern.«

»Was?! Sie wissen wohl nicht, wen Sie vor sich haben?« töne ich, ganz der rechtschaffene Idiot, der sich gerade auf dem Weg von einem Wirtschaftsmeeting zum nächsten befindet.

Mir ist durchaus bewußt, daß ich ein wenig zu dick auftrage, aber meine Worte erzielen die erhoffte Wirkung.

Watzlaff sieht sich genötigt, noch einmal die Initiative zu ergreifen.

»Aber Sir, können wir die Sache nicht gütlich bereinigen?« säuselt er, während er seiner Brieftasche eine Handvoll Scheine entnimmt.

Das ist es. Genau der Tropfen, den das übervolle Faß noch gebraucht hat.

»Raus!« brüllt der Bulle. »Alles aussteigen! Aber sofort!« Zeitgleich winkt er seinen Kollegen aus dem Hintergrund heran.

Und so stehen, beziehungsweise knien, wir nur einen Augenblick später am wirklich vorbildlich polierten Lack unserer Karosse und lassen die fällige Durchsuchung über uns ergehen. Eine Untersuchung, die wie verabredet ein kleines Päckchen Kokain aus meiner Jackentasche zu Tage fördert.

Noch bevor uns die herbeigeorderte Verstärkung ins nächste Revier abtransportieren kann, gelingt es Watzlaff, mir etwas zuzuraunen: »Hey, was sollte das mit dem Koks, du gottverdammter Idiot?«

»Scheiße, Mann«, flüstere ich zurück, »wußtest du nicht, daß ich diese wirklich *beschissene* Flugangst habe?«

57

Ficken konnte er, und sein Schwanz war nicht häßlich – glatt und ebenmäßig wie Holz, das lange im Meer gelegen hatte. Außerdem besaß er ein natürliches Gespür für ihre Bedürfnisse – er wußte instinktiv, wieviel Leidenschaft sie gerade vertrug –, zumindest wenn er nüchtern war. Leider war Plagge selten nüchtern. Seitdem er den Knast verlassen hatte, war kein einziger Tag vergangen, an dem er sich nicht irgendwie zugedröhnt hatte. Er befand sich auf einem regelrechten Kreuzzug gegen sein Bewußtsein, feierte eine einzige, durchgehende Party, und natürlich schleppte er sie stets mit, wenn er sich ans Abfüllen machte. Den Job bei *Wompy's* war sie gleich in der ersten Woche losgeworden. Zweimal hatte sie verschlafen, zweimal hatte sie sich Saunders Vorträge angetan. Beim dritten Mal war sie der Einfachheit halber zu Hause geblieben.

»Ich will sowieso nich', daß mein Mädchen arbeiten geht«, hatte Plagge gesagt, und dann hatte er von allerlei Geschäften gesprochen, die sie beide reich machen würden. Der Geldsegen ließ allerdings auf sich warten. Um genau zu sein, waren sie pleite. Die Kohle, die sie ihm im Gefängnis gegeben hatten, war alle – und ihre Reserven ebenfalls.

Zu allem Überfluß hatte Bertrand ihn mit diesem Videoscheiß angesteckt, und nun waren sie jeden Tag unterwegs, um Geldgeber aufzutreiben.

Natürlich fand sich keiner, und so waren die beiden Verkaufskanonen förmlich *gezwungen*, ihren Kummer in Alkohol zu baden. Es wäre wesentlich sinnvoller gewesen, wenn sie sich mit der Planung eines Raubüberfalls beschäftigt hätten. Aber für diese Einsicht reichte es scheinbar nicht. Am Ende würde *sie* sich einen neuen Job suchen müssen. Ja, darauf würde es hinauslaufen.

Irina warf den Knüppel, an dem Serge schon seit Minuten herumzerrte, in hohem Bogen über das abgeerntete Feld. Der Hund schoß los, als ob sich eine Startmaschine geöffnet hätte.

Während sie ihm hinterherschlenderte, dachte sie an Alarm und Raoul. Lange nicht gesehen, die beiden, Sabs auch nicht. Wie auch?! Sie hatte zuviel Zeit mit Plagge verbracht, sie hatte zuviel Zeit mit seinen bescheuerten Freunden verbracht, und sie hatte zuviel Zeit zu Hause verbracht. Seltsam, wie gut sich Plagge mit ihrer Familie verstand. Die Alte hatte regelrecht einen Narren an ihm gefressen, lachte über jede seiner Bemerkungen, als ob er einen Jahrhundertwitz gerissen hätte. Und Bertrand fuhr ohnehin auf ihn ab, schon immer, schon seit dem Tag, an dem sie Plagge das erste Mal mit nach Hause geschleppt hatte. Damals hatte er noch eine eigene Wohnung und die Harley besessen. Jetzt schliefen sie zu zweit in ihrem schmalen Bett und stritten sich um das letzte Gramm Shit. Scheiß drauf. Heute abend konnte er das Laken für sich allein haben. Die letzten Kröten würde sie ohne ihn ausgeben. Ein bißchen E, oder was auch immer, und dann Tanzen gehen. Komisch, selbst das *Palais* erschien ihr verheißungsvoll.

»Komm Alter, ab dafür!« Sie hatte den Knüppel dem Maul des Hundes erneut entrissen und warf ihn nun mit aller Kraft Richtung Vergnügen.

58

Das Klingeln ließ ihn immer noch zusammenzucken. Sicher, sie hatte ihn zwei Tage lang in Ruhe gelassen. Aber was hatte das schon zu bedeuten?! Er würde zur Sicherheit den Anrufbeantworter abwarten. War schon ein nützliches Gerät, so eine telefonische Einlaßkontrolle. Was Liv betraf, geradezu unverzichtbar.

Bisher hatte er es erfolgreich vermieden, ihr wieder zu begegnen; war noch keinmal in der Uni gewesen, seitdem er bei ihr übernachtet hatte. Dafür hatte sie ihn übers Telefon terrorisiert, hatte ihm an den ersten drei Tagen mindestens zehn Botschaften hinterlassen - Einladungen zu allem Möglichen, verbunden mit flehentlich vorgetragenen Bitten um Rückruf. Dann hatte sie nachgelassen, hatte zwar noch angerufen, aber jedesmal sofort wieder aufgelegt, sobald der AB angesprungen war. (Daß sie es war, wußte Burkhard einfach - wer hätte es sonst sein können.) Und seit kurzem war nun endgültig Ruhe. Da konnte er langsam eine Wiederaufnahme seiner offiziellen Tätigkeit in Erwägung ziehen, auch wenn die Gefahr, daß sie ihm an der Uni eine peinliche Szene lieferte, natürlich noch längst nicht gebannt war.

Erstmal galt es allerdings, den Hörer abzunehmen, denn es war unverkennbar Mario, der sich da auf dem Band ausließ.

»Hast ja lange nichts von dir hören lassen, Freundchen«, nölte er gerade.

»Hey, Mario!«

»Alter, du bist ja zu Hause. Ich dachte schon, du hockst dir den Arsch in der Denkfabrik platt.«

»Nee. Ich kann nur nicht so ohne weiteres ans Telefon.«

»Wieso nich'? Ärger mit 'nem Mädchen?«

»Ja, kann man sagen.«

»Erzähl!«

Und Burkhard erzählte, wobei er es tunlichst vermied, Livs Gesicht zu beschreiben.

Wie erhofft, zeigte sich Mario beeindruckt.

»Der Herr läßt nichts anbrennen. Recht so. Wird Zeit, daß ich dir mal wieder einen Besuch abstatte. Vielleicht können wir ja zusammen was auftun ...«

»Ich glaub, ich komm erstmal nach Hause.«

»Auch nicht schlecht. Wann denn?«

»Nächstes Wochenende, schätz ich.«

Nachdem er das Gespräch beendet hatte, dachte Burkhard über seine Ankündigung nach. Er hatte die Idee ganz unvermittelt geäußert, hatte vorher überhaupt nichts in diese Richtung geplant. Nun bereitete ihm der Gedanke an die Heimat ein fast schon beschämendes Wohlbehagen. Mit Mario die alten Plätze besuchen, ein paar

Freunde sehen, sich von seiner Mutter zwei, drei Lieblingsgerichte kochen lassen – das erschien plötzlich alles höchst verheißungsvoll.

Klar, die Großstadt, das wilde, selbstbestimmte Leben – das war sein Ding, ohne jeden Zweifel. Aber so richtig hatte er hier noch nicht eingeschlagen. Ganz eindeutig fehlte es noch an Menschen, die wußten, was abging, und die die Dinge locker nahmen. Da mußte er sich auf jeden Fall noch steigern. Aber vorher konnte eine kleine Pause nicht schaden. Unweigerlich mußte Burkhard daran denken, wie ihn diese Asseln am Brunnen um seine CDs gebracht hatten. Nein, eine Pause war wirklich nicht das Schlechteste. Wehmütig griff er zur Fernbedienung.

59

Sie hörte das Geschrei schon von weitem, noch bevor sie den Lichtschein entdeckte, der verschämt aus den verschmierten Fenstern der Küche kroch. Anscheinend waren Plagge und Bertrand gerade dabei, sich Höflichkeiten aufzusagen.

Ihr erster Impuls war, umzudrehen und zurück in die Stadt zu fahren. Aber in der Stadt, besser gesagt im *Palais* und all den anderen miesen Clubs, in denen sie gewesen war, hatte sich nichts, aber auch wirklich gar nichts ereignet. Weder hatte sie etwas Vernünftiges zum Anturnen bekommen, noch hatte sie einen ihrer Freunde getroffen. Außerdem hatte sie ihren letzten Schein ausgegeben. Also blieb nur der Weg zurück in die Bruchbude, in die versiffte Herberge des Irrsinns.

Während sie langsam auf die Haustür zuging, konnte sie erste Satzfetzen vernehmen.

»Ich hatte ihn an der Leine, Mann. Er wollte mit dreitausend einsteigen. Dreitausend! Und du hast es versaut.« Das war Bertrand, seiner Stimme nach schon ziemlich angeschlagen.

Plagge klang nicht viel besser.

»Der Typ war ein Wichser!« tönte er.

Dem heiseren Kichern, das dieser Aussage folgte, war zu entnehmen, daß auch die Schlampe noch wach war. Na, da war ja die ganze Therapiegruppe beisammen.

Obwohl die Fenster halb geöffnet waren, waberten Rauchfetzen durch die Küche. Der Tisch beherbergte den Inhalt eines Altglascontainers, und genauso roch es auch. Ruckartig drehten sich drei gerötete Gesichter in Irinas Richtung. Plagge war der erste, der sich regte.

»Hey, die Schnalle kommt auch mal nach Hause!« rief er aus. »Auf deinen verhurten Arsch haben wir hier gerade noch gewartet, Baby.« Er brachte sich überraschend behende in die Senkrechte.

»Laß meine Schwester in Ruhe, du Pisser!« Bertrand knallte seine Bierflasche auf den Tisch und machte ebenfalls Anstalten, sich zu erheben.

»Das is' nich' deine Schwester, das ist meine Alte, du Sau. Und mit der rede ich, wie ich will. Alles klar! Oder brauchst du was aufs Maul?«

»Klar braucht er's. Er braucht es sogar dringend«, kicherte die Schlampe.

Leicht schwankend begannen die beiden Kampfhähne, sich zu umkreisen. Irina ging wortlos an ihnen vorbei in ihr Zimmer, drehte die Anlage auf und schmiß sich aufs Bett.

Als Plagge sie aus einem verworrenen Traum riß, drang nur noch Rauschen aus den Boxen.

»Los, pack 'n paar Sachen zusammen. Wir hau'n ab.«

»Komm, laß mich schlafen ...« Irina zog die Decke ein Stück höher und drehte sich zur Wand.

»Hast du mich nicht verstanden?! Wir hau'n ab.«

»Wohin denn, um Gottes Willen?«

»Scheißegal wohin. Hauptsache weg. Wenn ich diesen besoffenen Idioten noch eine Sekunde länger ertragen muß, tret ich ihm den Schädel weg.«

»Pennen doch alle schon, um die Uhrzeit.«

»Irgendwo kommen wir schon unter, und wenn's nur bei deinen bescheuerten Homofreunden ist.«

Irina hatte das Nötigste in einer Sporttasche verstaut. Plagge trug sein Zeug in der verschlissenen Reisetasche, die ihn schon in den Knast begleitet hatte. Großartig vermehrt hatte sich sein Besitz seitdem nicht.

Die Schlampe saß noch immer am Küchentisch und starrte aus toten Augen ins Nichts, sah nur ihren eigenen, hochprozentigen Film. Der Alte döste wimmernd in seiner Ecke. Super Eltern – jeder auf seine Art ein stumpfes Wrack. Von Bertrand war nichts mehr zu sehen.

Plagge griff sich eine halbvolle Flasche Fusel. Dann waren sie draußen, liefen am versammelten Altmetall vorbei aufs Tor zu.

Serge begleitete ihren Abgang mit verzweifeltem Schwanzwedeln.

Ein Taxi gab die finanzielle Lage nicht her, und die letzte U-Bahn war längst weg. Also mußten sie den langen Weg in die Stadt zu Fuß unternehmen. Ein beschissener, zäher Marsch, dessen Eintönigkeit nur hin und wieder von Plagges Flüchen unterbrochen wurde.

Als sie Alarms Wohnung endlich erreichten, war es bereits hell. Eine unangenehme Klarsicht flutete die Straßen.

Irina betätigte die Klingel mit der Ausdauer eines Polizeibeamten, der eine Razzia durchzuführen hat, während sie im Stillen darum betete, daß wenigstens einer der beiden zu Hause war. Sie hatte Hunger, und sie hatte verdammt nochmal Sehnsucht nach einer Matratze. Aber dieser Sehnsucht wollte niemand Gehör schenken. Der automatische Türöffner gab keinen Laut von sich. Plagge schob sie beiseite.

»Scheiß was, die ficken wahrscheinlich. Laß mich mal versuchen.«

Es half nichts. Während Plagge sich den Zeigefinger abbrach, ließ sich Irina erschöpft auf die Treppenstufen sinken und begann, ihre Taschen nach Zigaretten abzusuchen. Dabei stieß sie auf etwas (Fügung des Schicksals? Karma? Zufall?), das einen Ausweg aus der trostlosen Situation anbot.

»Hey!«

»Was?«

»Ich hab 'ne Idee.«

»Ach ja?!«

»Ja, ich hab vielleicht 'nen Platz, wo wir hinkönnen. Aber du mußt cool bleiben, okay?«

60

Burkhard hielt den Atem an und lauschte angestrengt Richtung Wohnungstür. Er hoffte darauf, sich verhört, das Geräusch nur im Traum wahrgenommen zu haben. Stellte sich nur die Frage, ob er überhaupt schon richtig geschlafen hatte. Es kam ihm so vor, als ob er die Glotze erst vor fünf Minuten ausgeschaltet hätte. Hell war es da auch schon gewesen.

Er warf einen Blick auf die Uhr, was aber auch keine Aufklärung brachte, da er beim Zubettgehen nicht auf die Zeit geachtet hatte. Und da war er wieder, der nervtötende, durchdringende, absolut tödliche Klang seiner Türklingel. Also kein Soundtrack aus dem Reich der Träume ... Aber wer konnte das sein? Er kannte niemanden, der ihm um diese Zeit einen Besuch abstatten würde – was allerdings auch für alle anderen Zeiten galt. Liv war eine Möglichkeit, wenn auch eine unwahrscheinliche. Aber einer enttäuschten Liebe war alles zuzutrauen. Also Liv ... oder doch jemand anders? Vor seinem inneren Auge bildete sich eine Zusammenrottung finsterer Arschlöcher, Typen aus der Nachbarschaft, die auf Terror aus waren. Das Beste, was er tun konnte, war, die Störung zu mißachten.

Doch das Klingeln brach nicht ab, dafür brach Burkhards Widerstand. Irgendwann, nach der fünfzehnten oder zwanzigsten Attacke, hielt er es nicht mehr aus. Der schrille Ton wurde unerträglich, überwandt Burkhards letzten Verteidigungswall und zwang ihn aus dem Bett.

Während er halbnackt, mit beschleunigtem Herzschlag, zur Tür schritt, versuchte er, sich zu beruhigen. Er hatte die verdammte Gegensprechanlage. Was also sollte ihm geschehen?!

Entschlossen betätigte er den Schalter, versuchte aber, möglichst verschlafen zu klingen.

»Ja?«

»Endlich«, ächzte eine erleichterte weibliche Stimme am anderen Ende. Und dann, nach einer kurzen Pause: »Hier ist Irina.«

»Wer?« fragte Burkhard, obwohl er bereits wußte, wer da vor seiner Tür stand.

»Irina ... du weißt schon ... aus dem Wompy's. Läßt du mich rein?«

»Ja ... Ja, klar. Dritter Stock.« Burkhard ließ seinen Finger die Taste wechseln. Dann sah er sich im Zimmer um. Auf den ersten Blick gab es nichts zu beanstanden. Etwas mehr Unordnung konnte allerdings nicht schaden. Hektisch verteilte er ein paar Klamotten auf dem Fußboden. Dann gruppierte er eine Batterie leerer Bierflaschen um, wobei sein Blick auf das Sexmagazin fiel, das neben seiner Schlafstatt lag. Gut, daß er das noch gesehen hatte. Mit einem Griff ließ er es unter der Matratze verschwinden.

Während er noch überlegte, ob er sich eine Zigarette anzünden oder besser seine Frisur in Form bringen sollte, klopfte sie bereits an die Tür. Und erst da bemerkte er, wie nervös er war.

»Hi«, sagte sie mit einem Lächeln, das er gern auf Fotopapier besessen hätte. Sie sah irgendwie abgehetzt aus, aber ihrer gnadenlosen Schönheit tat das keinen Abbruch. Und auch ihr Temperament schien unverändert. Ohne seine Reaktion abzuwarten, schob sie sich an ihm vorbei und begann sich umzusehen. »Coole Wohnung«, sagte sie, während sie eine volle Sporttasche von ihrer Schulter gleiten ließ.

Burkhard wußte weder etwas zu erwidern, noch hatte er eine Ahnung, wohin mit seinen Gliedmaßen, die ihm plötzlich seltsam überflüssig vorkamen. Am besten erstmal zur Anlage, eine CD vom Stapel lassen.

Als er sich umdrehte, saß sie bereits auf dem Bett und hielt fragend sein angebrochenes Päckchen Celtic in die Höhe.

»Darf ich?« Wieder dieses Lächeln.

»Klar.« Burkhard ließ sich ihr gegenüber auf dem Fußboden nieder, wartete, bis sie sich Feuer gegeben hatte, und griff dann ebenfalls nach den Kippen.

»Hab ich dich geweckt?«

»Ja. Nein ...Doch ... Also nicht wirklich.«

Sie lachte.

»Was heißt das: nicht wirklich?«

»Na, ich geh nie früh schlafen. Kann höchstens 'ne halbe Stunde her sein, daß ich das Licht ausgemacht habe.« Burkhard hielt nach einem Aschenbecher Ausschau, fand keinen und griff sich schließlich eine der Bierflaschen. »Aber *du*, warum bist du, also wieso ...?« Scheiße, er bekam keinen vernünftigen Satz zustande.

»Warum ich um diese Uhrzeit bei dir auflaufe, meinst du?«

»Ja.«

Sie zögerte einen Moment, blies einen Rauchkringel an die Decke. Dann fixierte sie ihn mit diesen grünen Flakscheinwerfern.

»Ich brauch deine Hilfe.«

Burkhards Gefühlshaushalt wurde von einer gewaltigen Endorphinwelle geflutet; er hätte aufspringen und schreien können. Aber er drückte den Impuls beiseite. Stattdessen bemühte er sich, während er seine Antwort formulierte, um einen möglichst gelassenen Gesichtsausdruck.

»Kein Problem. Um was geht's denn?«

»Ich bin von zu Hause weg, und ich glaub nich', daß ich da so schnell wieder einfliegen werde. Und deshalb wollt ich dich fragen, ob ich hier schlafen kann. Also, ob ich vielleicht 'n paar Tage bei dir bleiben darf.«

Hätte Burkhard den Schrei zugelassen, der ihm eben noch in der Kehle gesteckt hatte, so hätte er jetzt wohl zu tanzen begonnen. Jesus, sie wollte bei ihm übernachten, wollte ihren gesalbten Körper in seinem Bett abparken. Mann, er konnte ihre Haut bereits fühlen.

»Klar kannst du hierbleiben. Ich hol dir gleich mal 'n Kissen.« Er sprang auf und begann seinen Schrank zu durchsuchen. »Was war denn los zu Hause? Ich mein, wieso mußtest du abhauen?«

»Ich hatte ziemlichen Streß. Mein Bruder ist ein echtes Arschloch, verstehst du?!«

»Ja, klar, versteh ich«, sagte Burkhard, der die Zusammenhänge nicht wirklich verstand. Aber das war nebensächlich. Der verschissene Bruder sollte auf ewig gepriesen sein. Er hatte ihm diese Göttin schließlich ins Haus geschickt. Weitaus entscheidender war ohnehin eine andere Frage: »Und wieso ... wieso bist du gerade zu mir gekommen?«

»Na, weil du mir diesen Brief geschrieben hast«, sagte sie. Und dann nach einer Pause: »Der war echt süß ...«

Na also, hatte er doch gleich gewußt. Burkhard hatte ein Kissen gefunden und warf es aufs Bett. Mit seinen Briefen bekam er sie alle.

»Da wäre nur noch ein Problem«, sagte sie, nachdem er kurz in der Küche verschwunden war.

»Hey, egal was es ist, wir kriegen das hin. Willst'n Bier?«

»Ja, gerne.«

»Also, was ist es?« Burkard riß den Verschluß auf.

»Na ja, mein Freund is' ebenfalls rausgeflogen.«

»Ja, äh, und?« Es gelang ihm nur schwer, das bittere Gefühl zu verbergen, das die Erwähnung eines offensichtlichen und bisher niemals in Betracht gezogenen Nebenbuhlers bei ihm hervorrief. Die Vorstellung ihrer beiden Körper, aneinandergeschmiegt auf seinen Laken, löste sich auf wie eine Rinderhälfte in einem Piranhaschwarm. Es war für'n Arsch, genauso deprimierend wie die Antwort auf die nächste Frage, die er jetzt zu stellen hatte. Eine Antwort, die er bereits im voraus kannte.

»Und äh, was heißt das?«

»Na, er braucht ebenfalls 'nen Pennplatz. Ich hab ihn erstmal unten gelassen, um mit dir zu reden. Aber es wär wirklich super korrekt, wenn ...« Sie ließ ihre Augen den Satz beenden.

Burkhard entzog sich ihrem Blick, starrte auf die Zigarette zwischen seinen Fingern.

Ganz klar. Auf nichts hatte er weniger Lust als auf die Anwesenheit des Typen, der seinen Schwanz in diese Schönheit stecken durfte. Aber er hatte sie aufgenommen, also mußte er, wenn er nicht wie ein komplettes Arschloch aussehen wollte, auch ihn aufnehmen. Außerdem würde Irina wahrscheinlich wieder verschwinden, wenn er ihrem Ficker die Tür wies.

»Ja gut, ich mein, is' ja nich' wirklich viel Platz hier. Aber irgendwie wird's schon geh'n.«

»Hey, cool.« Sie beugte sich vor, gab ihm einen Kuß auf die Wange und erhob sich. »Ich geh ihn holen.«

Burkhard sah ihr hinterher, dann trank er in drei Zügen sein Bier aus. Er würde sich ein T-Shirt überziehen. Sein nackter Oberkörper kam ihm mit einem Mal albern vor.

61

Vor uns auf dem Tisch lagern mehrere eisgekühlte Flaschen Regine Kritique. Um mich herum sitzen Martha und die Mädchen, während auf der Bühne zwei Liliputaner mit überraschend großen Fortpflanzungsorganen eine hundertfünfzig Kilo schwere Griechin beackern.

Wir feiern meine endgültige Entlassung aus dem Polizeigewahrsam, und ich fühle mich wie Scheich Hassan der Jüngere. Aber meine Ausgelassenheit kann den ein oder anderen sorgenvollen Gedanken nicht gänzlich im Zaum halten.

Wie besprochen, mußte ich bei den Bullen nicht lange verweilen, um genau zu sein, war ich schon nach zweieinhalb Stunden wieder auf freiem Fuß. Diesmal sogar mit amtlichem Segen. Watzlaff dagegen wird auf Sexshows und Schampus noch eine Zeitlang verzichten müssen.

Nachdem die Durchsuchung der Limousine ›überraschenderweise‹ einen aufsehenerregenden Fund zu Tage gefördert hat, wird es wohl keine Schwierigkeiten bereiten, Anklage gegen ihn zu erheben. Natürlich werde ich zur Verhandlung erscheinen müssen, aber auf meine Aussage, das hat mir zumindest die Staatsanwaltschaft versichert, kann getrost verzichtet werden. Schließlich war es Watzlaffs Koffer, in dem Joeys Finger gefunden wurde.

Dennoch habe ich ein ungutes Gefühl, wenn ich an die kommenden Ereignisse denke. Meine Rolle bei der Verhaftung ist mindestens dubios zu nennen.

Sicher, niemand kann mir aus dem, was geschehen ist, einen Strick drehen, der nicht an mindestens einer Stelle porös wäre. Aber inwieweit das Watzlaff oder seine Schergen interessiert, ist eine andere Geschichte. In jedem Fall halte ich es für geboten, in nächster Zeit nicht allzuviel vor die Haustür zu rollen.

Das wirft die Frage auf, was aus meinen Geschäften wird. Die Fünftausend, die ich von Watzlaff erhalten habe, wären durchaus geeignet, noch einmal in den Ring zu steigen. Aber ich befürchte, daß mir nach meinen neuerlichen Fehlzeiten nicht nur eine ganze Reihe von Kunden sondern auch der getreue Catull von der Fahne gegangen ist. Daneben verspüre ich irgendwo in meinem tiefsten Inneren auch eine gewisse Unlust, mich wieder dem täglichen Krämerleben zu stellen. Das Beste wird wohl sein, ersteinmal gar nichts zu tun.

Mit diesem mehr als schwachbrüstigen Plan wende ich mich wieder der Bühne zu, wo die beiden Zwergwüchsigen mittlerweile durch einen stämmigen Dobermann ersetzt worden sind. Ich schenke mir ein neues Glas ein, proste meinem ›Harem‹ zu und lege Martha einen Arm um die Schultern. Würde mich schwer wundern, wenn ich heute nacht nicht auch noch zum Zug käme.

62

Burkhard fuhr sich durchs Haar und betrachtete das schlafende Pärchen auf seinem Bett. Er hätte sich jetzt anziehen und zur Uni gehen können. Früh genug dran war er ja ausnahmsweise. Aber er ließ es sein. Er war einfach zu müde. Seine Augen brannten, als ob sie mit Essigsäure gespült worden wären. Kein Wunder, nach gerade mal drei Stunden Siesta.

Geweckt hatte ihn dieser Plagge – unter diesem Namen war ihm der Idiot jedenfalls vorgestellt worden.

Sie hatten sich die Matratze geteilt; Plagge in der Mitte, Burkhard an der Wand und Irina auf der anderen Seite. Irgendwann hatte Burkhard eine Hand auf seinem Oberschenkel gespürt, und einen Moment lang war er dem schlaftrunkenen Irrtum anheimgefallen, zu glauben, Irina hätte ihn berührt. Dann hatte er die Augen aufgeschlagen und erkennen müssen, daß die schwer beringten Tentakel seinem Nebenmann gehörten. Der hatte im Traum scheinbar die Seiten verwechselt und angefangen, ihn mechanisch zu streicheln, während die andere Hand selbstverliebt in der eigenen Unterhose steckte. Burkhard war mit einem Satz aus dem Bett gewesen. Und jetzt saß er auf seinem einzigen Sessel und wußte nicht, was er machen sollte. An Schlaf war auf jeden Fall nicht mehr zu denken. Erstens röchelte dieser Plagge wie ein Asthmatiker mit Lungendurchschuß, und zweitens hatte er, kaum daß Burkhard aufgestanden war, seinen Platz eingenommen.

Unlustig zündete sich Burkhard eine Celtic an. Himmel, es war zum Nachbarnabschlachten. Da lag sie nun in seinem eigenen Bett und war unerreichbarer denn je.

Kurz war er versucht, sich neben sie zu knien und ihr friedliches, ebenmäßiges Gesicht zu küssen. Aber er verwarf diesen Gedanken wieder. Nicht auszudenken, was passieren mochte, wenn sie aufwachte.

Mißgelaunt zwängte er sich in seine Jeans. Er würde zum Kiosk gehen und ein paar Bier kaufen. Wenn er schon Gäste hatte, konnte er ihnen auch ein Frühstück anbieten.

Später dann, in der Nacht, lief es besser. Zusammen mit zwei Freunden von Irina, die offensichtlich schwul waren, das aber nicht alle naselang raushängen ließen, saßen sie in einem Club namens *Cancer*.

Burkhard hatte den einen, der sich Alarm nannte, zu seiner Linken und Irina zu seiner Rechten. Er war angenehm abgefüllt, und der Umstand, daß Plagge vor einer halben Stunde im Gedränge verschwunden war, tat sein Übriges.

»Ja, wir hätten was reißen können. Hatten den Vertrag bei 'nem Major schon so gut wie sicher. Aber dann hat die Band sich aufgelöst. Es gab einfach zuviel Trouble im Umfeld. Zuviel Unprofessionalität, versteht ihr?!«

Burkhard wußte nicht, ob Irina ihn gehört hatte – sie sah seltsam abwesend aus –, aber dieser Typ namens Alarm nickte bestätigend.

»Tja, so läuft's. Was für'n Instrument hast'n da gespielt?«

»Ich?« Burkhard überlegte einen Moment. »Ich hab ... gesungen ... *Mann.*«

Der Typ schien das anstandslos zu schlucken. Er nickte wieder, und dann schob er ihm noch eine von diesen Pillen zu, die er schon den ganzen Abend über verteilte. Burkhard wußte nicht, ob das Ecstasy war oder irgendetwas anderes, und er wollte sich auch nicht die Blöße geben zu fragen. Aber die Drops belebten einwandfrei, pumpten ordentlich Sauerstoff aus dem Gehirnkasten.

Da machte es auch gar nicht mehr so viel, daß Irina einen Macker besaß, und daß genau dieser Macker, der eben mit einem vollen Bier in der Hand an ihren Tisch zurückkehrte, ihn schon den ganzen Tag lang mit ›hey, Kleiner‹ angeredet hatte. Der Arsch konnte ihn beleidigen, soviel er wollte. Es interessierte ihn nicht. Er war einfach, scheiße nochmal, zu cool für solche Mätzchen. Beschwingt goß er sich einen weiteren Schluck *Absolut* in den Rachen.

Als sie den Laden irgendwann verließen, war Burkhard schon reichlich hinüber. Dennoch sah er keinen Grund, den anderen nicht in diese thailändische Karaokebar zu folgen.

Sie hatten gerade ihre Cocktails bekommen und verfolgten die trostlosen Bemühungen einer übergewichtigen Britney-Spears-Epigonin, als Alarm grinsend auf Burkhard wies.

»Unser junger Freund hier hat ja auch mal gesungen.«

»Is' nich' wahr?!« In Plagges Augen trat ein Funkeln. Umgehend winkte er einen der Kellner herbei und flüsterte ihm etwas ins Ohr, wobei er mehrmals auf Burkhard zeigte.

Und plötzlich lief der Film mit dreifacher Geschwindigkeit. Gerade hatte die Matrone ihr letztes ›Ooops‹ in die Runde gestöhnt, da wurde Burkhard schon von Plagge freundlich aber bestimmt aus dem Stuhl gehoben, während der abgehalfterte Moderator einen glühenden Verehrer von Freddy Mercury ankündigte.

»Na, dann mal viel Spaß ... Kleiner«, raunte Plagge und gab ihm einen Schubs, der Burkhard unter dem Gejohle der Menge nach vorn taumeln ließ.

Ehe er sich versah, hatte ihn der Moderator bereits mit überraschend festem Griff auf die Bühne gezogen, und dann erklangen auch schon die ersten Akkorde von *We will rock you.*

Obwohl Burkhard natürlich begriff, wo er sich befand und was von ihm erwartet wurde, sah er sich außerstande, den Mund zu öffnen. Die Situation war zu unwirklich, zu demütigend, um nicht sofort an Flucht zu denken. Aber Flucht war unmöglich. Die Leute schrien und brüllten, forderten ihn auf, endlich loszulegen, und dann fing sein Blick zufällig Irina ein, die lachend und wild gestikulierend neben Plagge saß. Und plötzlich war ihm alles egal, und er grölte los, gab den bescheuerten Text zum besten, was nicht einfach war, da die Schrift auf dem kleinen Monitor ständig verschwamm. Aber jetzt war es ohnehin zu spät. Warum sich also nicht ganz zum Arsch machen?! Und so schmiß er auch die letzten Hemmungen über Bord, griff sich in den Schritt und ließ das Becken rotieren, als ob es um sein Leben ginge.

Als der Song zu Ende war, hatten sie Mühe, ihn von der Bühne zu kriegen.

»Tolle Show!« empfing ihn Alarm und schob ihm eine weitere Pille zu.

»Ja, sah wirklich hundert Prozent schwul aus.« Plagge verschluckte sich beinahe vor Vergnügen.

Burkhard stürzte seinen Cocktail in einem Zug hinunter.

Auf dem Heimweg kotzte er die Plürre ausgiebig übers Pflaster.

Plagge klopfte ihm aufmunternd auf die Schulter.

»Na Freddy, schon genug Rock'n' Roll für heute? Keine Lust mehr auf was Hartes im Hintern?« Er schien sich vor Lachen gar nicht mehr einzukriegen.

63

Burkhard lief schneller und schneller, aber seine Verfolger ließen sich nicht abschütteln; unverändert nah erklang ihr bedrohliches Stöhnen. Und dann war er wach, aber das Stöhnen hatte nicht aufgehört.

Er brauchte einen Moment, um zu begreifen, wo er war. Dann, als er erkannt hatte, daß er sich in der heimischen Bettstatt befand, erschloß sich ihm auch die Ursache des Geräuschs. Er wußte, wo es herkam, er wußte es, ohne die Augen zu öffnen.

Seine Herbergsgäste schoben eine Nummer. Sie hatten *Sex*. In *seinem* Bett! Es durfte nicht wahr sein. Heiland, was für gottverdammte Arschlöcher. Was sollte er jetzt machen? Aufstehen? Unmöglich. Also weiterschlafen, zumindest so tun. Dumm nur, daß er dringend pissen mußte; seine Blase war so voll wie ein öffentlicher Bus zur Rushhour.

Vorsichtig wandte er den Kopf, ließ die Jalousie des rechten Auges einen winzigen Spalt nach oben schnappen. Keine zehn Zentimeter entfernt fing er Irinas Blick ein. Sie schien ihm direkt ins Gesicht zu starren. Schnell schloß er das Auge wieder und drehte sich mit einem leisen Grunzen, das Schlaftrunkenheit andeuten sollte, zur Wand.

So verharrte er eine Weile, lauschte dem Geschehen mit angezogenen Knien und flachem Atem.

Irina begnügte sich mit einem fordernden Keuchen in kurzen Intervallen, das nur hin und wieder mit einem ›ja, mehr‹ oder ›fick mich‹ angereichert war, während Plagge genau die klischeehaften Anfeuerungsrufe von sich gab, die man von einem Dummbeutel wie ihm erwarten konnte.

»Ja, jetzt's besorg ich's dir. Jetzt ramm ich dir meinen dicken Hammer richtig rein«, röhrte er, von Burkhards Anwesenheit offenbar nur mäßig beeindruckt.

Keinen Funken Phantasie, der Spast. Dafür hatte er Ausdauer, das mußte der Neid ihm lassen.

Um sich abzulenken, begann Burkhard, die Tapete zu studieren, auf die er kurz nach dem Einzug mit verschiedenen Stiften und in unterschiedlicher Schrift imaginäre Telefonnummern geschrieben hatte. Eigentlich hatte diese Aktion etwaigem Damenbesuch nur seinen tadellosen Ruf als Liebhaber verdeutlichen sollen. Jetzt hatte er wenigstens etwas zu lesen.

Als Plagge und Irina endlich zum Schluß kamen, kannte er die Nummern fast auswendig. Aber er hatte es überstanden. Noch einen kurzen Moment, noch ein oder zwei Minuten, damit es nicht so auffiel. Dann konnte er aufstehen und seinem Drang freien Lauf lassen ...

Aber die Tortur war noch nicht beendet.

»Hey, guck mal, was ich gefunden habe!« hörte er Plagge plötzlich sagen. »Unser Kleiner hat also auch ein Sexualleben.«

Es hätte des deutlich hörbaren Umblätterns von Papier gar nicht mehr bedurft, Burkhard wußte auch so, was Plagge da in der Hand hielt. Der Idiot hatte den Porno gefunden. Wahrscheinlich hatte das Teil unter der Matratze vorgeschaut, war durchs Ficken irgendwie verschoben worden. Egal. Burkhard spürte, wie er rot wurde.

»Hey, laß uns 'n paar Seiten rausreißen und an den Spiegel kleben.« Plagge lachte dreckig.

»Komm, hör auf mit dem Scheiß.« Irina klang unangenehm belustigt, während sie das sagte.

Burkhards Bedürfnis, sich zu erleichtern, war mit einem Schlag verschwunden. Er traute sich erst aus dem Bett, als er Irina in der Küche rumoren hörte. Dankbarerweise lag der Porno noch unversehrt auf dem Teppich. Schnell ließ er ihn unter einem Stapel Comics verschwinden.

Plagge war damit beschäftigt, auf dem Fußboden einarmige Liegestütze zu absolvieren. Während Burkhard an ihm vorbeistolperte, registrierte er einen überaus muskulösen und reichlich tätowierten Oberkörper.

Als er zurückkehrte, war das Sportprogramm scheinbar beendet. Plagge saß rauchend im Sessel.

»Na, wieder fit, Freddy?«

Später, während sie sich gemeinsam ein paar Videos ansahen, kam Burkhard an einer Frage nicht vorbei: »Äh, sagt mal, wie lange wollt ihr eigentlich bleiben? Also, ich meine, was habt ihr denn jetzt vor?«

»Na ja.« Irina, die gerade einen Joint präparierte, blickte auf. »Ich denk mal, daß wir uns gleich heute nachmittag auf die Suche nach 'ner Wohnung machen. Hast du eigentlich 'nen Zweitschlüssel?«

»Äh, ja klar.«

»Cool. Wie wär's, wenn wir heute abend ausgeh'n?«

64

Die Kugel eierte hilflos gegen einen Stopper, trudelte dann in einer unberechenbaren Bahn nach unten und verschwand.

Fluchend versetzte Irina der Seitenverkleidung des Flippers einen Schlag. Dann durchwühlte sie ihre Taschen nach einer neuen Münze, fand keine und sah sich um. Plagge saß mit zwei von seinen kranken Freunden an einem der Tische und gestikulierte großkotzig herum. Wahrscheinlich bequatschten sie einen ihrer bescheuerten Pläne, malten sich aus, wie sie auf die Schnelle ans große Geld kämen. Am Ende würde es dann gerade mal für einen Handtaschenraub reichen; einem armen Mütterchen das Sparbuch abnehmen und ihr dabei ein paar Glasknochen brechen. Wenn überhaupt ...

Sie hatte die Schnauze gestrichen voll von diesen Arschlöchern, und sie hatte die Schnauze voll von dieser Bar. *Sir Henry*! Der Laden hätte besser *Am Arsch* oder *Abschaum* heißen sollen. Sie konnte die Klitsche nicht mehr sehen, wobei sie nicht hätte sagen können, was ihr mehr auf die Nerven ging: die hohlen Balztänze der Affen oder die Unterwürfigkeit der dazugehörigen Weibchen.

Sie ging an die Theke und ließ sich von Herbert, dem Barmann, neue Münzen geben.

»Schreib's auf, okay.«

Herbert nickte nur und machte sich eine Notiz. Nichts in seiner Miene deutete darauf hin, daß ihr Kredit hier noch lange währen würde. Es wurde Zeit, sich um einen Termin bei der Wohlfahrt zu kümmern. Am besten gleich morgen.

Gerade als sie sich anschickte zum Flipper zurückzukehren, legte sich Plagges Arm um ihre Schultern.

»Na Cookie, alles klar?! Noch was zu trinken?« Er klang bereits mäßig bedröhnt.

»Nee, laß uns abhauen.«

»Wohin denn?« Plagge gab Herbert ein Zeichen, ihm ein weiteres Bier zu zapfen.

»Nach Hause, wohin sonst?!«

»Nach *Hause*?! Du meinst zu der kleinen Studentenschwuchtel mit der Hühnerbrust.«

»Ja.«

»Ich frag mich, was du an dem Spinner findest. Du kennst doch schon genug Homos?«

»Immerhin läßt uns dieser Spinner bei sich wohnen.«

»Wir haben bald 'ne eigene Bleibe, Süße. Wart's ab!« Mit diesen Worten ließ Plagge sie stehen.

Während sie die nächste Kugel über die Rampe jagte, wanderten ihre Gedanken kurz zu Burkhard. Sie mußten da wirklich bald raus. Der Typ nervte wie Sau. Außerdem hegte sie den Verdacht, daß er ihnen heimlich beim Ficken zusah. Gleich morgen mußte was passieren.

65

Im Kühlschrank nur noch Ketchup, in der Spüle stapelweise verdrecktes Geschirr; auf dem Tisch ein fragiles Bauwerk aus Pizzapappen, vollen Aschenbechern und Bierflaschen, die mit Kippen gefüllt waren. Burkhard gab der Kühlschranktür einen Tritt.

Unglaublich, wie schnell der Haushalt vor die Hunde ging. Seine Mutter hätte angesichts der Verwüstungen eine schwere Psychose bekommen.

Scheiß drauf, aufräumen konnte er noch, wenn Irina und ihr Superstecher erst gegangen waren. Stellte sich bloß die Frage, wann das sein würde. Drei Tage waren die beiden jetzt da, und es sah nicht so aus, als ob sie sich unwohl fühlten.

Im Moment waren sie außer Haus; wo genau, wußte Gott allein. Daß sie sich eine Wohnung suchten, wagte Burkhard allerdings zu bezweifeln. Na, wenigstens ging ordentlich die Post ab. Sie waren bisher jeden Abend unterwegs gewesen. Und noch war er dabei stets auf seine Kosten gekommen. Erst gestern nacht hatte es amtlich was zu Rüsseln gegeben, und dann hatte Irina auch noch eine Freundin dabei gehabt, die zwar strunzblöd war, aber ausgesehen hatte wie ein Pornostar. Vielleicht ging *da* ja mal was. Und wenn nicht: auch egal. Solange er hin und wieder einen Blick auf Irinas Titten werfen konnte, würde er dieses Leben noch eine Zeitlang aushalten. Heute mittag hatte sie direkt vor seinen Augen das T-Shirt gewechselt. Eigentlich hätte jetzt nur noch dieser Plagge vor einen Bus laufen müssen ...

Bis sich derart Wundersames ereignete, galt es allerdings weiterhin den Bedürfnissen des Alltags Tribut zu zollen, zum Beispiel die Lebensmittelversorgung zu sichern.

Noch im Treppenhaus stellte Burkhard fest, daß ihm das Bargeld ausgegangen war. Also unternahm er einen Umweg zum Geldautomaten.

Vor ihm eine Hundertjährige, die ihren Parkinson nicht in den Griff bekam und drei Anläufe brauchte, bevor sie ihre Rente in die viel zu große Einkaufstasche stopfen konnte. Horror, dieser freilaufende Ausschuß.

Burkhard schickte ihr einen verächtlichen Blick hinterher. Dann war es an ihm, die vier magischen Zahlen in die Tastatur zu tippen. Unglücklicherweise wollte der Zauber heute nicht wirken. ›Keine Auszahlung möglich‹, lautete die Parole des schmucklosen Götzen. Das ließ nur eine Diagnose zu: Er hatte seinen Dispokredit ausgereizt. Das war bitter, zumal es, wie er rasch überschlug, bis zum nächsten Zahlungseingang aus dem elterlichen Vermögen noch gut zwei Wochen dauern konnte. Er würde sich etwas einfallen lassen müssen. Auf jeden Fall hatte er mit seinen Untermietern zu reden.

Als er in die Wohnung zurückkehrte, waren sie bereits da. Schon im Flur konnte er Plagges unerträgliche Stimme vernehmen. Offenbar telefonierte er. Burkhard lauschte einen Moment.

»Nein, der ist nicht hier. Soweit ich weiß, besucht er eine Schwulensauna.«

Verdammt, der Idiot sprach von ihm. Burkhard stürmte ins Zimmer.

»Hey, was soll das?« schrie er.

Aber Plagge hatte bereits aufgelegt. Er schickte ihm eine debile Grimasse entgegen.

»Hey, Freddy! Alles im Lack?« Er war offensichtlich nicht mehr ganz nüchtern.

»Wer war das?« keuchte Burkhard.

»Keine Ahnung.« Plagges Inzestfresse erhielt einen weiteren Stich ins Dümmliche. »Irgend 'ne Alte, die rumnerven wollte.«

Burkhard vermutete, daß es sich bei dieser ›Alten‹ nur um seine Mutter handeln konnte, sah sich im Moment aber außerstande, Näheres in Erfahrung zu bringen.

Als das Telefon nur einen Augenblick später erneut anschlug, zog er mit einer schnellen Bewegung den Stecker aus der Wand. Dann ließ er sich mit einem Seufzer in den Sessel fallen und suchte die Tischplatte zu seinen Knien nach Zigaretten ab. Alles was er fand, war eine halbierte Connaisseur, deren oberes Ende für einen Joint geopfert worden war.

Nachdem er das invalide Stück entzündet hatte, schickte er einen bedeutungsschwangeren Blick durchs Zimmer. Dann entließ er mit einer Gelassenheit, die Lebenserfahrung andeuten sollte, folgende Worte in die Runde: »Ich bin pleite.«

Irina, die auf dem Bett lag und irgendeinen Katalog durchblätterte, blickte auf.

»Na, bravo.«

66

»Hör zu, Freddy, wir müssen was unternehmen. Wir müssen irgendwie Bares auftreiben.«

»Ja, klar.« Burkhard nickte und nahm einen Schluck von seinem Bier.

Plagge hatte ihm vertrauensselig die Pranke auf die Schulter gelegt und blies ihm aus unerträglich geringer Entfernung seinen säuerlichen Atem ins Gesicht. Das Glas vor seiner Nase verschaffte Burkhard einen Augenblick der Linderung.

Natürlich mußten sie Geld auftreiben. Sie waren abgebrannt bis aufs Mark. Daß sie sich überhaupt noch etwas zu Trinken leisten konnten, hatten sie allein den zahllosen Pfandflaschen zu verdanken, die in seiner Wohnung herumgestanden hatten. Eintritt fiel im *Palais* zum Glück nicht an, da Irina einen der Türsteher kannte. Aber nach diesem Bier war definitiv Feierabend. Burkhard hatte nur noch Kleingeld in der Tasche.

Ja, sie mußten ohne Zweifel etwas tun. Aber was? Ein Instrument beherrschte, soweit er das wußte, keiner von ihnen; Straßenmusik schied also aus. Ein kurzfristiges Darlehen bei seinen Eltern schien nach dem Vorfall am Telefon auch nicht die beste Idee zu sein. Blieb nur noch Betteln oder Arbeiten. Aber wie sollte einer von ihnen auf die Schnelle einen Job finden?!

Plagge hatte mit seiner anfänglichen Bemerkung ohnehin etwas anderes im Sinn gehabt.

»Du weißt ja, weswegen ich gesessen habe, oder?«

Burkhard spürte Speichel auf seiner Stirn landen. Den Impuls, ihn wegzuwischen, unterband er.

»Äh ... nicht wirklich.«

»Raub.« Aus Plagges gelblichbraunen Zahnreihen kroch ein Rauchring ins Freie.

»Oh ... Ja, das ist, äh ... Das ist ... *stark*, Mann.«

»Damals hatte ich Pech, wirklich gottverficktes Pech. Aber ich würd's jederzeit wieder versuchen. Jederzeit, verstehst du?!«

»Ja. Ja, klar.«

»Aber natürlich bräuchte ich 'nen Partner. Jemand, der mir den Rücken freihält.«

»Oh, du meinst ...Tja ...«

»Oder hast du Schiß?«

»Ich? Nein, nein. Ich hab selbst schon mal ... Also, na ja, ich meine ...«

»Na klar hast du Schiß.«

Burkhard fühlte, wie sich in seinem Sonnengeflecht eine Art Qualle ausbreitete. Raubüberfälle gehörten ins Kino oder in die Tageszeitung, aber auf keinen Fall in sein eigenes Dasein. Vollkommen unvorstellbar ... Aber hey, das hier war Thekengelaber, besoffener Scheiß, also vollkommen ungefährlich. Es kostete ihn nichts, gebührend zu protestieren.

»Hey, hör mal«, sagte er deshalb. »Wenn ich sage, daß ich keine Angst habe, dann stimmt das auch. Ich hab meine Erfahrungen, weißt du ...«

Plagge schien nicht überzeugt.

»Wenn du mitziehst, und wenn du cool bist; wenn du also nicht im letzten Moment den Schwanz einziehst, dann darfst du auch mal drüber.«

»Was?« Burkhard hatte nicht verstanden.

»Ganz richtig gehört. Wenn der Job erledigt ist, darfst du sie auch mal ficken.«

»Wen?«

»Na, mein Mädchen natürlich.« Plagge präsentierte ein breites Grinsen.

Diesmal war Protest wirklich angebracht.

»Wie kommst du darauf, daß ich auf deine Freundin scharf bin?«

Plagge lachte laut auf.

»Weil ich dich beobachtet habe, Freddy. Weil ich dich sehr genau beobachtet habe.«

Burkhard wollte erneut etwas erwidern, aber Plagge schnitt ihm das Wort ab: »Hey, da kommt sie. Also maulhalten jetzt.«

Tatsächlich schob sich Irina auf sie zu. Sie hatte irgendwo was zu kiffen organisieren wollen, und ihr zufriedener Gesichtsausdruck signalisierte, daß ihr dieses Vorhaben augenscheinlich gelungen war.

Stunden später, als sich Burkhard längst auf der Isomatte ausgestreckt hatte, die ihm seit neuestem als Schlafunterlage diente, lief – begleitet von entnervendem Vogelgezwitscher und Plagges nicht minder störendem Röcheln – folgender Film in seinem überwachen Denkapparat: Er selbst mit lässig gehaltener Pumpgun in der Schalterhalle einer Bank, dann auf dem Beifahrersitz eines Lieferwagens und schließlich mit Irina allein in einem Hotelzimmer, unter ihnen auf dem Bett ein dicker Teppich aus Geldscheinen.

Er konnte nicht anders, Herbergsgäste hin oder her, er mußte seinem pulsierenden Schwanz Erleichterung verschaffen.

67

Ein Schwarm Möwen oder eine Kreissäge oder beides hatte sich aufgemacht, ihm den Schädel zu spalten. Hilflos versuchte Burkhard, seinen Kopf tiefer ins Kissen zu bohren. Als er endlich begriff, daß es die Klingel war, die ihn um den Schlaf bringen wollte, war es bereits zu spät. Aus verklebten Augenwinkeln sah er Plagge, mit nichts als seinen Boxershorts bekleidet, zur Tür stapfen.

»Hey, warte! *Warte* mal!« rief er, weil ihn bereits eine dunkle Ahnung beschlichen hatte, wer für diese viel zu frühe Störung verantwortlich sein mußte.

Aber natürlich war Plagge zu tumb, um seiner Warnung Beachtung zu schenken.

»Wieso? Erwartest du die Bullen?« rief er kichernd zurück. Dann betätigte er den Türöffner.

Burkhard war mit einem Satz aus dem Schlafsack.

»Scheiße!« brüllte er. »Das sind meine Alten. Los, anziehen!«

»Hey, warum denn die Hektik?« Irina starrte ihn schlaftrunken an.

»Hast du nicht gehört?! Meine Alten kommen!« Burkhards Stimme überschlug sich beinahe.

»Ja, und?!« Irina richtete den Oberkörper auf und griff sich ihr T-Shirt.

Ausnahmsweise ging Burkhard der Anblick ihrer Brüste am Arsch vorbei. Er kämpfte mit seinen Jeans, während er erleichtert registrierte, daß sogar Plagge in seine Klamotten stieg.

Als es an der Wohnungstür klingelte, waren sie alle drei mehr oder minder bekleidet, aber zum Aufräumen blieb natürlich keine Zeit.

»Am besten, ihr haut gleich ab.« Gequält warf Burkhard einen letzten Blick auf das ihn umgebende Chaos. Dann ging er öffnen.

»Junge, zum Glück ist dir nichts passiert!« Er konnte es nicht verhindern, daß ihn die mütterlichen Arme fest umschlangen.

Sein Alter zeigte sich weit weniger erleichtert. Er hatte bereits das Kriegsbeil ausgegraben.

»Burkhard, deine Mutter hat sich Sorgen gemacht. *Wir* haben uns Sorgen gemacht.« Er steuerte aufgebracht durch den Flur – ganz der rechtschaffende Weltenlenker, den ein paar nichtswürdige Drohnen aus unaufschiebbaren Amtsgeschäften gerissen hatten. »Ah, und Sie müssen der unmögliche Mensch sein, der meine Frau gestern am Telefon erschreckt hat.« Offenbar hatte er Plagge entdeckt. »Darf ich Sie fragen, mit welchem Recht Sie sich hier aufhalten?«

»Ich bin der Bewährungshelfer ihres Sohnes.«

»*Wie bitte?*«

»Na, ich kümmere mich darum, daß er sein Drogenproblem in den Griff bekommt.«

»*Raus*!« brüllte Burkhards Vater. »*Raus*! *Aber sofort*!«

»Komm, laß uns abhauen.« Das war Irinas Stimme.

Burkhard war es endlich gelungen, sich aus der mütterlichen Umklammerung zu befreien. Und so konnte er mit ansehen, daß Plagge der Anweisung tatsächlich Folge leistete und sich, wenn auch widerstrebend, Richtung Ausgang schieben ließ. Natürlich kam er um eine letzte Bemerkung nicht herum: »Ihr Sohn bläst wirklich gut.

Das muß er von Ihnen haben«, spottete er im Vorbeigehen. Und an Burkhard gewandt: »Nachher rauchen wir noch 'n schönes Blech zusammen, Freddy.«

»Himmel, Junge, was waren das bloß für Menschen?« stöhnte sein Alter, nachdem die Tür ins Schloß gefallen war. »Erzähl mir nicht, daß das Studienkollegen sind.« Entnervt sah er sich nach einem Platz um, auf den er seinen maroden Körper hätte fallen lassen können, fand aber keinen.

Burkhards Mutter entband ihren Sohn von der Verpflichtung, antworten zu müssen.

»Wie es hier aussieht ... wie im Schweinestall«, stieß sie aus, bevor sie in der Küche verschwand, um nach Mülltüten und Putztüchern zu suchen.

Burkhard zündete sich eine Zigarette an. Er wußte, daß sein Vater nichts mehr haßte, als ihn rauchen zu sehen. Aber jetzt war auch schon alles egal.

»Also, mit den beiden hat es folgende Bewandtnis ...«, begann er einen Schwall weitläufiger Erklärungen, die nichts weniger im Sinn hatten, als seinem Erzeuger auseinanderzusetzen, daß er die unterbelichteten Gestalten nur aus christlicher Barmherzigkeit und nur für *eine* Nacht bei sich aufgenommen hatte, daß er weder drogenabhängig noch homosexuell war, und daß sein Studium, allem Anschein zum Trotz, bestens, ja geradezu erfolgreich verlief.

Natürlich glaubte ihm sein Alter nicht, nicht wirklich jedenfalls. Dennoch gelang es Burkhard, die schlimmsten Bedenken zu zerstreuen, und am Ende war zumindest der Plan seiner sofortigen Rückkehr in die Heimat vom Tisch. Dafür durfte er sich eine Unzahl väterlicher Ermahnungen zu Gemüte führen.

»Mit dem Wohlleben ist jetzt Schluß. Bis zum Ende des Semesters will ich Leistung sehen. Ich verdiene mein Geld schließlich auch nicht im Schlaf.«

»Ja.«

»Wir haben damals auch geraucht, Pfeife natürlich, und auch so manchen Krug Bier geleert. Aber wir haben niemals das Wesentliche vergessen, nämlich: lernen, lernen und nochmals lernen.«

»Ja.«

»Und sieh zu, daß du dir einen vernünftigen Freundeskreis aufbaust. Die Verbindungen, die du jetzt knüpfst, können später sehr nützlich sein.«

»Ja, klar.«

»Und versprich mir, daß du umgehend mit dieser Burschenschaft Kontakt aufnimmst, die uns Dr. Machalla empfohlen hat.«

»Ja. Natürlich.«

Als sie endlich gingen, war Burkhard am Ende seiner Kräfte. Aber der Einfall der bürgerlichen Horden hatte auch sein Gutes gehabt: Die Wohnung sah aus wie geleckt, und in seiner Hosentasche steckte ein fabrikneuer Hunderter, den ihm sein Alter beim Abschied, in einem Anfall von Großmut, in die Hand gedrückt hatte.

Damit war wenigstens der Abend gerettet. Damit konnte er bei Irina und Plagge zumindest einen Teilablaß erwerben. Denn eins stand fest: Der peinliche Auftritt seiner Eltern würde nicht so schnell in Vergessenheit geraten.

Ja, wenn er seine Reputation auch nur halbwegs wiederherstellen wollte, würde er heute gewaltig einen ausgeben müssen.

68

Es dauerte lange, bis sie zurückkehrten, und Burkhard war mehr als einmal versucht, sich der Vorstellung hinzugeben, daß sie für immer gegangen wären. Er hatte eingekauft – Bier, Zigaretten, Süßigkeiten und Fertigpizza –, und während er stundenlang Fernsehbilder in seinen Schädel sickern ließ, beschlich ihn nur zu oft die Erkenntnis, daß das Alleinsein durchaus seine Vorzüge besaß.

Ja, ohne Einschränkung über die Fernbedienung und einen ausreichenden Vorrat an Genußmitteln zu verfügen, war ohne Zweifel ein erstrebenswerter Zustand.

Ein Blick auf die verstreute Habe seiner Gäste erinnerte ihn allerdings daran, daß es bis zur vollständigen Zurückeroberung der Herrschaftsrechte über seinen Wohnraum noch eine Zeitlang dauern konnte. Er ließ sich von dieser Aussicht jedoch nicht entmutigen; ganz im Gegenteil: Mit zunehmendem Bierkonsum verfestigte sich sein Entschluß, die Dinge einer schnellen Klärung zuzuführen. Wenn sich Irina und ihr Stecher nicht überzeugen ließen, mußte er eben seine Alten ins Feld führen. Auf eine Peinlichkeit mehr kam es jetzt auch nicht mehr an.

An diesem Punkt seiner Überlegungen begann er, die Rückkehr der beiden geradezu herbeizusehnen. Und das Schicksal war auf seiner Seite. Gerade als er die letzte Dose in Angriff genommen hatte, hörte er die Tür aufgehen.

Plagge bog als erster um die Ecke. Er hielt eine fast volle Flasche Whisky in der Hand und wirkte ausnehmend gut gelaunt.

»Hey Freddy, die beiden Mumien zurück im Zoo?«

»'n abend, Cowboy.« Irina war nicht minder ausgelassen. Sie hatte zwei Flaschen Cola bei sich.

»Gut, daß ihr kommt, ich muß ...«

»Jetzt trinken wir erst mal einen!« Plagge ging in die Küche und kehrte mit drei der abgewaschenen Gläser zurück.

Irina schaltete derweil vom Sportkanal zu MTV. Und dann tranken sie ›erst mal einen‹, und dann ›noch einen‹, und dann füllte Plagge die Gläser zur dritten Runde.

Burkhards Frage, wie sie denn an die Getränke gekommen wären, wurde mit ausuferndem Gelächter beantwortet.

Als er zwischendurch pissen ging und mit einer gewissen Befriedigung registrierte, daß sein Strahl nahezu durchsichtig war, entschied er, daß es nun wirklich an der Zeit war, Klartext zu reden. Jetzt oder nie, sagte er sich, während er eine letzte Korrektur an seiner Frisur vornahm.

Dummerweise war Plagge gerade am Telefonieren, als er zurückkam. »Scharfe Nummer«, raunte er Burkhard zu, wobei er mit einem Zettel herumwedelte.

Burkhard brauchte einen Moment, um zu erkennen, wen Plagge da angerufen hatte. Der Penner hatte die Nummer dieser Domina entdeckt und jetzt zog er seine übliche Show ab.

»Ja, ich brauch's besonders hart. Das volle Programm«, tönte er gerade.

»Hey, bist du wahnsinnig!« Burkhard ignorierte den Joint, den ihm Irina hinhielt, war mit einem Satz bei Plagge und riß ihm das

Telefon aus der Hand. Der war zu überrascht, um Gegenwehr zu leisten.

Im ersten Augenblick wollte Burkhard das Gespräch beenden, dann entschied er sich anders.

»Entschuldigen Sie bitte, mein Kollege hier ist leider schon ein wenig derangiert.«

»Dacht ich mir schon.« Es war tatsächlich die Gräfin. »Hey, kenn ich dich nicht?« sagte sie. Wieder diese betäubende, dunkle Stimme.

Burkhard schluckte.

»Ja. Wir haben vor kurzem schon mal miteinander telefoniert.«

»Du bist der Junge, richtig? Der Junge, der nicht mehr wußte, wie er an meine Nummer gekommen ist.«

»Ja.«

»Gut, daß du anrufst. Es gibt da jemanden, der dich treffen möchte.«

»Jemand, der *mich* treffen möchte?!«

»Ja, ein Freund von mir. Derjenige, der dir die Nummer gegeben hat. Du hast ihm einen Gefallen getan, und er würde sich gern bei dir revanchieren.«

Burkhard fiel niemand ein, dem er in letzter Zeit einen Gefallen getan hatte, außer Irina und Plagge natürlich. Aber die Gräfin war noch nicht fertig.

»Hör zu«, sagte sie. »Du gibst mir jetzt *deine* Nummer, und ich sorge dafür, daß sich mein Freund bei dir meldet.«

Ohne zu zögern gab ihr Burkhard die Zahlen durch.

»Bist 'n bißchen empfindlich mit deinen Telefonsexkontakten, was?!« stichelte Plagge.

Burkhard ignorierte die Bemerkung.

»Seltsam«, sagte er, während er nun doch nach dem Joint griff. Und dann erzählte er den beiden die ganze mysteriöse Geschichte, wobei er es aus naheliegenden Gründen vermied, den Ablauf des Abends zu erwähnen, an dem der geheimnisvolle Zettel in seinen Besitz gelangt war.

Als er geendet hatte, machte Plagge einen beinahe andächtigen Eindruck.

»Und du hast wirklich keine Idee, wer das sein könnte, dem du da angeblich geholfen hast?«

»Nein«, antwortete Burkhard wahrheitsgemäß.

»Egal, wer es ist, Mann. Du mußt ihn auf jeden Fall anzapfen.«

»Ja, da könnte was rausspringen.« Irina verteilte den letzten Rest des Whiskys.

69

Erstaunlich, welche Haken das Schicksal doch zu schlagen in der Lage ist. Der Junge hat sich noch einmal gemeldet; wohl mehr durch Zufall, wenn ich Ingrid richtig verstanden habe.

Ich habe ein wenig gezögert, ihn anzurufen. Immerhin liegt die Geschichte schon ein paar Abenteuer zurück. Aber ich habe noch nie ein Versprechen gebrochen, na, nicht viele jedenfalls. Außerdem habe ich nichts wirklich Sinnstiftendes zu tun im Moment, kann mir also ein bißchen Wohltätigkeit durchaus leisten.

Der Einfachheit halber habe ich ihn ins *Café Tscheljabinsk* bestellt, da kann ich gleich mal zeigen, daß ich noch zu den Lebenden gehöre. Und jetzt sitzt er mir gegenüber, der Retter meiner seligen Ersatzbeine, mustert mich eingeschüchtert und mundfaul und versucht vergeblich, meine Erscheinung in seinem Gedächtnis wiederzufinden. Er trägt noch immer diese faulige Lederjacke und trinkt trotz der frühen Stunde ein Bier.

»Du erkennst mich nicht wieder, stimmt's?« Ich biete ihm eine Zigarette an.

Ungelenk fingert er sich eine aus der Packung.

»Na ja, ich hatte an dem Abend gut getankt ...«

»Das hab ich gemerkt.« Ich kann mir ein Lächeln nicht verkneifen.

»Ich kann mich an kaum was erinnern, schon gar nicht, daß ich Ihnen irgendwie behilflich gewesen wäre.«

Bei den letzten Worten wird sein Blick noch eine Spur unsicherer. Wahrscheinlich befürchtet er, mir eine Dienstleistung sexueller Natur erwiesen zu haben. Und jetzt erwartet er voller Angst eine Schilderung aus den tiefsten Abgründen seiner ureigenen Phantasie. Der schmierige Krüppel und seine Gelüste, zartes Knabenfleisch mit einem spitz zulaufenden Stumpf zu penetrieren. Ich beschließe, ihn nicht länger leiden zu lassen und erzähle ihm, was sich in der besagten Nacht ereignet hat.

»Oh«, sagt er mehrmals, während sich seine Miene im Verlauf meines Berichts zusehends erhellt, und ›oh‹ sagt er auch, als ich geendet habe. Wahrscheinlich hat er sich soviel Edelmut bei sich selbst gar nicht vorstellen können – schon gar nicht im Vollrausch.

Ich lasse meinen eigenen Edelmut von der Leine: »Ja, mein Sohn, du hast mich wirklich aus einer mißlichen Lage befreit, und nun würde ich mich gern revanchieren. Gibt es irgend etwas, das ich für dich tun kann?«

Während er einen Schluck von seinem Bier nimmt und sich an einem nachdenklichen Gesichtsausdruck versucht, füge ich hinzu, daß ich durchaus über die ein oder andere interessante Verbindung verfüge. Er soll nicht denken, daß einem Invaliden keine Möglichkeiten zur Verfügung stünden. Er entscheidet sich dennoch für die profane Variante.

»Nun ja ...«, beginnt er zaghaft. »Ich bin zur Zeit ziemlich klamm. Um genau zu sein, vollkommen pleite. Wenn Sie mir also mit einer kleinen Summe aushelfen könnten ...? Natürlich würde ich das Geld so schnell wie möglich zurückzahlen.«

Es ist nicht so, daß mich dieses Ansinnen überrascht, dennoch bin ich eine Spur enttäuscht. Tatkräftige Hilfe wäre mir lieber gewesen, als schnödem Mammon Vorschub zu leisten. Aber nun: Angebot bleibt Angebot. Ich bringe meine Börse zum Vorschein und gebe dem Jungen zwei Hunderter.

»Betrachte das ruhig als Aufwandsentschädigung. Eine Rückzahlung würde mich nur beleidigen.«

»Danke. Sehr großzügig.« Er sieht aufrichtig erfreut aus.

Immerhin, gierig ist er nicht. Und diese Einschätzung gibt vielleicht den Ausschlag, den entscheidenden Impuls. Gerade als er aufstehen will, kommt mir eine Idee. Vielleicht könnte ich mit dieser Rotznase ins Geschäft kommen. Vielleicht ist dieser schlaksige, schlechtfrisierte Taugenichts mit der unreinen Haut vom Allmächtigen gesandt, um meinen getreuen Catull abzulösen. Der Gedanke mutet idiotisch an. Aber wenn ich mich wieder in den Arzneihandel begeben möchte – und was sollte ich sonst tun –, wäre ein neuer Partner (und damit ein neuer Kundenstamm) nicht der schlechteste Beginn. Ich entscheide mich, erstmal die Lage zu sondieren und bitte den Jungen, wieder Platz zu nehmen.

»Hör mal, wenn du wirklich pleite bist, was hältst du dann davon, dir ein bißchen Geld zu *verdienen?*«

»Na ja, da ist die Uni, und ich hab auch sonst ziemlich viel um die Ohren. Für 'nen Job bleibt eigentlich nicht viel Zeit.«

»Ich spreche hier nicht von einem *Job*. Du hast doch sicher 'ne Menge Freunde, oder?«

»Ja, äh ... ja klar.«

»Na, und ihr feiert doch sicher recht häufig, hängt in Clubs rum und so weiter. Da werden bestimmt auch Drogen genommen.«

»Ja. Also äh ... manchmal schon.«

»Schon mal daran gedacht, welche zu verkaufen?«

Er sieht mich mit großen Augen an. Jetzt hält er mich wirklich für den perversen Spinner, der ihm schon die ganze Zeit im Angstzentrum herumgegeistert ist.

Ich lächle ihm gütig zu, während ich Liman, den algerischen Kellner, herbeiwinke, um eine weitere Tasse Tee zu bestellen. Die Unterhaltung fängt eindeutig an, mir Spaß zu machen.

70

Dieser Krüppel war komplett irre. Erst hatte er ihm ohne Sinn und Verstand zwei Hunderter zugesteckt, dann hatte er das Gespräch unvermittelt auf Drogen gebracht, hatte ihn gefragt, ob er nicht Lust hätte, Kokain zu verkaufen, und am Ende war er dann verschwunden, um eine knappe Stunde später tatsächlich mit zwanzig Gramm Marschierpulver zurückzukehren.

Burkhard hatte keine Ahnung, wie er das Material an den Mann bringen sollte. Und auch wenn die Konditionen, soweit er das beurteilen konnte, realistisch, ja sogar großzügig waren – pro Gramm sollte er seinem Wohltäter achtzig Steine zurückzahlen –, so hätte er vielleicht besser abgelehnt.

Aber die Versuchung war zu groß gewesen; die Vorstellung, mit der Kohle *und* dem Stoff wie Gottvater selbst zu Hause einzulaufen, hatte ihn einfach übermannt. Und nun stand der große Moment unmittelbar bevor. Erwartungsfroh öffnete er die Wohnungstür.

Irina und Plagge waren dankbarerweise da; sie hingen vor der Glotze und zogen sich irgendeinen Serienmist rein. Trotzdem durfte er ihre volle Aufmerksamkeit genießen. Kaum, daß er das Zimmer betreten hatte, schnellten ihre Gesichter in seine Richtung.

»Und Freddy, Erfolg gehabt?« Plagge konnte die Gier in seinem Blick nur schlecht verbergen.

Burkhard ließ sich Zeit und nestelte wortlos die beiden Scheine aus seiner Jacke.

»Na, immerhin.« Irina schenkte ihm ein Lächeln.

Plagges Begeisterung hielt sich dagegen deutlich in Grenzen.

Aber noch hielt Burkhard ja die Trumpfkarte. Er steckte sich eine Celtic an. Dann brachte er den Beutel mit der Droge zum Vorschein.

»Jemand 'ne Nase gefällig?« fragte er so beiläufig wie möglich.

»Was?« Irina hatte sich wieder dem Bildschirm zugewandt.

Plagge reagierte dagegen wie erwartet.

»Alter, ich fass es nicht!« stieß er hervor. »Erzähl mir nicht, daß du das alles geschenkt bekommen hast.«

»Nee. Das ist mehr so 'ne Geschäftsgrundlage«, entgegnete Burkhard.

»Wieso? Vertickt dieser Freund von dir etwa Koks?«

»Ich glaub schon.«

»Ich fass es nicht. Volltreffer! Wieviel ist es?«

»Zwanzig Gramm.«

»Zwanzig Gramm, ich bring mich um. Los, gib mir 'nen Schein!«

Sie unterzogen das Gift einem ausgiebigen Test. Dann berichtete Burkhard detailliert von seinem Treffen.

»Wir haben eine Woche Zeit, das Zeug zu verkaufen. Wenn's klappt, wenn wir diesem Krüppel also tausendsechshundert Steine zahlen, kriegen wir Nachschub.«

»1-A. Wir bringen den Stoff gleich heute nacht im *Palais* unter die Leute.«

Irina rieb sich mit dem Zeigefinger die Nasenspitze.

»Vorher brauchen wir nur noch was zum Strecken.«

Plagge ließ ein gehässiges Lachen ertönen.

»Ja, wir müssen die Scheiße mengenmäßig mindestens aufs Doppelte aufpumpen. Ihr werdet sehen, dabei wird *richtig* was rausspringen.«

71

Plagge und Irina waren ständig unterwegs; angeblich, um Kundschaft zu finden. Burkhard vermutete allerdings, daß sie sich mehr als einmal auf die Toiletten zurückzogen, um sich selbst zu bedienen. Merkwürdigerweise war ihm das egal. Er saß mit Irinas schwulen Freunden und dieser Sabs an einem der hinteren Tische und fühlte sich angenehm versteinert. Die anderen, die natürlich gleich zu Beginn des Abends ausreichend freigehalten worden waren, redeten wie aufgezogen durcheinander; Burkhard hingegen verspürte wenig Drang, sich an der Unterhaltung zu beteiligen. Er nippte hin und wieder an seinem White Russian und genoß die Nähe und das betäubende Parfum seiner Nachbarin. Die war heute ausnehmend nett zu ihm, berührte ihn immer mal wieder wie zufällig mit der Hand oder dem Knie und schien auch sonst ganz zugänglich zu sein. Burkhard wußte natürlich, woran das lag, aber dieses Wissen hinderte ihn nicht daran, sich zu überlegen, wie er ihre Gier am gewinnträchtigsten ausnutzen konnte. Am besten, er würde bald selbst mal in Richtung Toilette verschwinden; natürlich mit dieser Sabs im Schlepptau. Aber das hatte Zeit, viel Zeit. Vorher mußten erst einmal neue Getränke besorgt werden. Das war ja das Erfreuliche am Koksen: Du konntest dir gleich dreimal soviel Alkohol in den Hals schütten.

Gerade als er dem Kellner ein Zeichen gegeben hatte, kam Irina an den Tisch zurück. Burkhard konnte sich eine Frage nach dem Stand der Verkäufe nicht verkneifen.

»Hey, wie läuft's?«

»Gut. Besser als erwartet«, sagte sie nur, wobei ihre Augen ihm direkt in die Festplatte drangen. Sie wirkte unnahbarer denn je.

Keine Frage, im Vergleich zu dieser Königin war das Mädchen neben ihm nichts weiter als ein Restposten, wenn auch einer der gehobenen Güteklasse. Burkhard riskierte einen Blick in ihr einladendes Dekolleté.

Später, viel später, die Sonne hatte längst ihr gnadenloses Antlitz erhoben, waren die appetitlichen Brüste nur noch der Abglanz einer Erinnerung. Stattdessen kletterte aus den Schächten von Burkhards Gehirn ganz langsam die Erkenntnis, daß selbst übermäßiger Kokaingenuß den verheerenden Wirkungen des Vollsuffs nicht gänzlich Einhalt gebieten konnte. Vielleicht war es aber auch gerade das viele Koks, das seine Körperfunktionen dermaßen lahmgelegt hatte. Wie auch immer, auf jeden Fall hing er mächtig durch. Die anderen waren unerklärlicherweise verschwunden, und er selbst befand sich, soviel stand fest, in einem Gang des Universitätsgebäudes. Näher konnte er den Ort seines Aufenthalts leider nicht lokalisieren.

Wenigstens wußte er noch, wie er hierhergekommen war. Es war sein eigener Vorschlag gewesen, der Uni einen morgendlichen Besuch abzustatten. Warum er diesen Vorschlag gemacht hatte, war ihm entfallen. Aber er konnte sich noch erinnern, daß die anderen der Idee begeistert zugestimmt hatten, daß irgendwer ein Taxi gechartert hatte, und daß sie hierher gefahren waren.

Dann sah er sie alle ziellos und lärmend durch das Gebäude streifen. Details wollten sich nicht einstellen. Vor allem das Fehlen der anderen konnte er sich nicht erklären. Hier blieb der Bildschirm völlig schwarz. Die letzten Minuten (oder Stunden, wer wußte das schon) mußte er vollkommen weggetreten gewesen sein. Himmel, selbst über Plagges Anwesenheit hätte er sich jetzt gefreut. Was tat er hier bloß? Egal. Auf jeden Fall mußte er sich bewegen, die anderen suchen, oder noch besser: raus aus diesem Bunker, den Moment der Klarheit nutzen, bevor er endgültig k.o. ging. Aber in welche Richtung? Unwichtig. Burkhard taumelte los, stolperte an Menschen vorbei, die er nur als Schemen wahrnahm. Er befand sich in einer Raumkapsel mit schwerem Antriebsschaden. Dieses Gefühl änderte sich kurzfristig, als er eine Gestalt erkannte, die ihm flüchtig bekannt vorkam. Na klar, die Inlineskaterin, die Braut, die ihm so bereitwillig Einlaß in ihre Möse gewährt hatte; die würde ihm sicher helfen. Er steuerte auf sie zu, sah so etwas wie Freude in ihrem Blick und öffnete den Mund, um sich in ihre Obhut zu begeben. Aber verdammt, was war das? Aus irgendeinem Grund kam ihm nichts über die Lippen, er brachte kein einziges Wort heraus, ganz so, als ob seine Zunge ausgefallen wäre. Sie dagegen sagte etwas. Aber was? Er verstand sie nicht. Also weiter, nur weiter. Er mußte nach Hause, irgendwie. Nur da war er in Sicherheit. Wenn er bloß nicht so kaputt gewesen wäre; er war so müde, so unendlich müde, und diese Gänge schienen kein Ende zu nehmen. Aber da, da war die Lücke. Kein Zweifel möglich, vor ihm lag der verheißungsvolle Ausgang.

Als er endlich im Freien war, ging es besser. Er konnte sich erinnern, daß es in unmittelbarer Nähe einen Taxistand gab. Dort schleppte er sich hin, und siehe da: Er hatte Glück. Ein einsamer Wagen war bereits in Position gegangen. Er kletterte auf die Rückbank, nahm seine gesamte Konzentration zusammen und schaffte es, dem Kutscher seine Adresse zu nennen. Als sie losgefahren waren, kam ihm eine naheliegende Frage in den Sinn. Hatte er eigentlich noch Geld? Er griff in seine Jacke. Ja, er hatte, und Koks war scheinbar auch noch da. Soweit so gut. Dafür tauchte ein anderes Problem auf. Ganz plötzlich schlug seine Blase Alarm und zwar mit einer Heftigkeit, die nicht zu ignorieren war.

Er mußte das *melden*. Er mußte den Fahrer bitten, einen Stop einzulegen. Allein, die dafür nötigen Worte zu bilden, überschritt die Grenzen des Machbaren. Burkhard hielt solange durch, wie er konnte, dann ließ er dem Brennen freien Lauf.

Während ihm die warme Flüssigkeit langsam die Hosenbeine tränkte, überkam ihn ein unendliches Gefühl der Erleichterung.

72

Plagge und Irina blieben verschwunden.

Sie waren nicht da gewesen, als er auf die Isomatte gekrochen war – das wußte er so deutlich wie nichts anderes –, und sie waren nicht da, als er erwachte. Er hatte ungefähr zwölf Stunden geschlafen (es war jetzt kurz nach elf Uhr abends), aber die beiden tauchten nicht auf. Damit war natürlich auch das Koks verschwunden; das Koks und die Kohle, die der Stoff den beiden bisher eingebracht haben mußte. Heilige Scheiße, wie sollte er das nur dem Krüppel erklären?

Burkhard war nur allzu klar, daß sie ihn abgezogen hatten, daß sie von Anfang an geplant hatten, sich mit Drogen und Geld aus dem Staub zu machen. Diese Erkenntnis fügte sich bestens in seine Gesamtstimmung ein.

Er fühlte sich wie nach einer dreiwöchigen Reise auf dem Sklavendeck – körperlich und seelisch war der absolute Nullpunkt erreicht. Ein düsterer Gedanke jagte den nächsten. Angst, Scham und unerklärliche Traurigkeit tanzten ein flottes Menuett, und Burkhard konnte nichts anderes tun, als reglos zuzusehen und darauf zu warten, daß der Reigen irgendwann ein Ende nahm. Er war zu geschwächt, um aufzustehen, ihm war zu schlecht, um zu rauchen oder Nahrung aufzunehmen. Und so starrte er wie mumifiziert auf den Fernsehschirm, ohne das dargebotene Programm auch nur ansatzweise zur Kenntnis zu nehmen.

Er wußte natürlich, daß derart unmenschliche Depressionen nach starkem Kokaingenuß durchaus normal waren. Und er wußte auch, daß sich das beste Mittel gegen diesen Zustand irgendwo in seiner Kleidung befand. Aber die Vorstellung, schon wieder Chemie einzusaugen, war nachgerade ekelerregend. Außerdem genügte allein der Anblick seiner achtlos auf den Teppich geworfenen Jeans (und die damit einhergehende Erinnerung an die Taxifahrt), um der Idee, in seinen Klamotten zu wühlen, ein rasches Ende zu bereiten. War ohnehin gesünder fürs Seelenheil, nicht nachzusehen, wie viel, besser gesagt: wie wenig Stoff er noch besaß. Diese Bestandsaufnahme konnte er immer noch vornehmen, wenn er sich wieder wie ein

Mensch fühlte. Und selbst dann würde sie noch genug Schrecken hervorrufen. Ein schneller Tod wäre ihm jetzt willkommen gewesen. Ein schneller Tod, oder ein Abtauchen in den mütterlichen Uterus. Da beides nicht zu haben war (ersteres zumindest nicht ohne Anstrengung), harrte er weiter aus und verfluchte sein vergangenes Dasein, insbesondere den Plan, in diese Stadt zu ziehen, und seine Unternehmungen Irina betreffend.

Als sie plötzlich vor ihm stand, ihren verschissenen Macker natürlich im Schlepptau, hatte er sich soweit ins Elend hineingearbeitet, daß ihr Anblick ihm keinerlei Erleichterung mehr verschaffte. Die beiden wirkten so unecht wie der Playboy, der in der Glotze gerade aus einem Coupe DeVille kletterte. Aber sie waren real, und obwohl sie so erschöpft aussahen wie Triathleten beim Zieleinlauf, hatten sie unerträglich gute Laune.

»Hey Freddy, alles fit?«

Burkhard sah sich außerstande zu antworten.

»Hast ja gestern ordentlich einen drauf gemacht. Nur schade, daß du dann stiften gegangen bist. Hast das Beste verpaßt.« Plagge brachte ein Päckchen Kippen zum Vorschein.

»Wo, äh ... wie haben wir uns denn verloren?« Burkhard griff sich ein Stäbchen und ließ sich Feuer geben. Umgehend verstärkte sich das flaue Gefühl in seinem Magen um ein Vielfaches.

Plagge gewährte ihm derweil einen Blick auf seine verfärbten Zahnreihen.

»Sag bloß, du hast diesen historischen Moment vergessen? Schade, Mann. Du warst in außergewöhnlich guter Form.«

»Aber, was hab ich denn ... was hab ich denn *gemacht?*«

»Tja, wir wollten gerade in einen von diesen Hörsälen, da bist du plötzlich durchgestartet. Bist losgesprintet, als ob du 'ne Medaille gewinnen wolltest. Nach ungefähr fünfzig Metern hast du dann versucht, irgend 'nem Typen mit ausgestrecktem Bein gegen den Kopf zu treten. Dabei hast du dich böse auf die Fresse gelegt. Mann, zu ärgerlich, daß wir keine Videokamera dabei hatten. Der Sprung war wirklich sehenswert.«

»Tja ...« Burkhard versuchte, so etwas wie Gleichmut in seine Gesichtszüge zu bringen.

Eins stand fest: Die Uni konnte er damit vergessen. Nach so einer Aktion würde ihn da nicht mal mehr ein Sondereinsatzkommando der Tscheka hintreiben. Aber das war längst nicht das Schlimmste. Nein, weitaus schlimmer war der Umstand, daß er nicht in der Lage sein würde, einem Drogenhändler die Summe zurückzuzahlen, die er ihm schuldete. Irina und Plagge waren zwar wieder da, aber sie sahen nicht so aus, als ob sie mehr als fünf Gramm verkauft hätten. Vielmehr blieb zu vermuten, daß der Großteil der Ware in eigenen und befreundeten Blutbahnen verschwunden war. Untermauert wurde diese Annahme durch die Tatsache, daß die beiden bisher offensichtlich keine Sekunde geschlafen hatten.

»Und was habt ihr noch so getrieben?«

»Na, wir haben uns irgend so 'nen Vorlesungsscheiß reingezogen. Ist aber schnell langweilig geworden. Also sind wir alle noch in diesen neuen Freizeitpark gefahren. Mann, das sind vielleicht Flitzpiepen, deine Unifreunde.«

»Und habt ihr, also ...« Burkhard kam nicht dazu, seinen Satz zu vollenden, da ihn Irinas Stimme unterbrach.

»Abendessen ist fertig.«

Burkhard sah in ihre Richtung. Sie hatte auf dem flachen Tisch neben seinem Bett drei amtliche Linien aufgestreut. Daneben lag eine Handvoll kleiner Briefchen. Wenn das alles war, was die beiden noch übrig hatten, dann wurde es Zeit, sich an kindliche Gebetsformeln zu erinnern.

Burkhard hätte sich am liebsten die Decke über den Kopf gezogen, aber die Frage, die er nun zu stellen hatte, ließ keinen Aufschub zu. Er brauchte Gewißheit.

»Ist das alles, was noch da ist?« Er deutete auf den flachen Haufen Papier auf der Tischplatte.

»Na ja, war 'ne lange Nacht, Freddy.«

»Habt ihr denn ... habt ihr was eingenommen?«

Irina hielt den Kopf gesenkt und konzentrierte sich auf den Schein, den sie gerade zusammenrollte. Selbst Plagge ließ für einen Moment so etwas wie Unwohlsein erkennen. Dann gewann sein idiotisches Grinsen wieder die Oberhand.

»Tja Freddy, so'n Freizeitpark ist teuer, weißt du.«

»*Nein*! Erzählt mir nicht, daß ihr die Kohle schon wieder ausgegeben habt.« Burkhard merkte, wie seine Stimme ins Hysterische umschlug. Er konnte nichts dagegen tun. »Mann, ich muß dem Typen tausendsechshundert Steine zurückzahlen. Was soll ich dem erzähl'n ...?«

Plagge legte ihm eine Hand auf den Unterarm.

»Beruhige dich, Freddy. Das kriegen wir wieder hin ...«

Irina reichte ihm den präparierten Geldschein.

»Entspann dich, Cowboy.«

Zum ersten Mal, seit Burkhard ihr begegnet war, besaß ihr Blick etwas uneingeschränkt Liebevolles.

73

Die Bestandsaufnahme war verheerend. Von den sechsunddreißig Gramm, die sie nach dem Strecken der Ware beisammen gehabt hatten, waren noch knappe sieben übrig. Demgemäß hätten sie, selbst wenn man die Kosten für Taxis, Getränke und Achterbahnfahrten großzügig veranschlagte, immer noch über zwei- bis dreitausend Steine verfügen müssen. Stattdessen befanden sich gerade noch fünf Hunderter in ihrem Besitz. Die Differenz war im wahrsten Sinne des Wortes verpulvert worden.

Burkhard ging zwar davon aus, daß Plagge und Irina einen gewissen Teil ihrer Einnahmen gebunkert hatten, aber er wußte nicht, wie er auf diesen Verdacht zu sprechen kommen sollte.

Und weil dem so war, hatte er auch keinerlei Einwände, als Plagge vorschlug, den Rest des Materials ebenfalls dem eigenen Vergnügen zu opfern. Auf die paar Gramm kam es jetzt auch nicht mehr an.

Drei Tage später – sie hatten sich gerade eine Familienpizza bringen lassen und kämpften mit dem erkalteten, fädenziehenden Käse – kam Burkhard zum wiederholten Mal auf die Konsequenzen ihres Handelns zu sprechen. Das Treffen mit dem Invaliden war nur noch zwei Tage entfernt.

»Eins ist klar, ich kann da unmöglich *hingehen*«, jammerte er – eine Sorge, die er, vielfältig variiert, in den letzten Tagen nur allzu oft geäußert hatte, die dessen ungeachtet aber nicht an Wahrheit verlor.

Sich bedeckt zu halten, schien die einzige Möglichkeit zu sein, heil aus dieser Geschichte herauszukommen. Wenigstens kannte dieser Krupp seine Adresse nicht. Das war in gewisser Weise beruhigend. Auch wenn Burkhard die Befürchtung nicht los wurde, daß dieser halbe und auf den ersten Blick nicht besonders furchteinflößende Mensch sich so etwas Profanes wie eine Adresse leicht würde besorgen können. Dennoch: Abtauchen war zumindest kurzfristig die beste Lösung.

Plagge sah das anders.

»Quatsch nicht rum, Freddy. Du kneifst deine Eier zusammen und triffst dich mit dem Typ.«

»Soll ich ihn etwa um Gnade anflehen, oder was?!«

»Bullshit. Du hast doch seine Nummer, oder?«

»Ich hab die Nummer von dieser Domina.«

»Na gut, dann rufst du da an und bittest darum, daß dein Krüppel sich hier meldet.«

»Und was soll ich dem sagen, *meinem* Krüppel?«

»Ganz einfach, du sagst ihm, daß du den Stoff verkauft hast und daß du dich wie verabredet mit ihm treffen willst. Nur soll er diesmal gleich die doppelte Menge mitbringen, und ihr trefft euch nicht in diesem Café, sondern irgendwo draußen, weil dir so'n Laden einfach zu heiß ist.«

»Und *wo* draußen?«

»Das überleg ich mir noch.«

»Hey, du willst den Typen doch nicht etwa ...?« Burkhard sah hilfesuchend zu Irina.

Die lächelte nur und schmiß ihr angebissenes Stück Pizza auf die Pappe zurück.

»Wir brauchen Kohle, oder?!« sagte sie, immer noch lächelnd.

»Ja, aber das ist *Raub*!«

»Hey, der Typ issen Dealer!«

»Ich weiß nich ...« Burkhard hatte ebenfalls den Appetit verloren und zündete sich eine Zigarette an.

Plagge übernahm wieder das Wort.

»Erinnerst du dich noch, worüber wir mal im *Palladium* gesprochen haben?«

Burkhard erinnerte sich. Plagge hatte ihm mehr oder weniger deutlich Irina angeboten und dabei hochtrabenden Unsinn von sich gegeben.

»Jetzt ist die Gelegenheit gekommen, deine Worte in die Tat umzusetzen.« Er klang schon wieder wie einer dieser Hollywoodganoven.

Dummerweise konnte Burkhard sich an seine eigenen damaligen Worte überhaupt nicht erinnern. Hatte er irgend etwas versprochen? Er wußte es nicht.

Erneut sah er Irina an. Sie war einmal mehr damit beschäftigt, Schneespuren anzulegen. Eine Nacht mit ihr würde zweifellos die Krönung seines bisherigen Daseins darstellen. Es hätte ihm schon genügt, ihre Brüste küssen zu dürfen. Aber deswegen Gefängnis oder Schlimmeres riskieren?

»Ich glaub, für 'nen Raub fehlen mir zur Zeit die Nerven.«

Irina unterbrach ihre Tätigkeit und sah zu ihm auf.

»Jetzt ziehst du erstmal 'ne schöne Linie weg, und dann rufst du diese Domina an.«

Zögerlich legte Burkhard seine Kippe beiseite.

74

Es geht doch nichts über eine ausgeprägte Menschenkenntnis. Natürlich habe auch ich mich im Laufe meines Lebens schon täuschen lassen – schwer sogar. Aber mit diesem Burkhard habe ich goldrichtig gelegen. Vorgestern hat er sich bei mir gemeldet und, zu meiner großen Freude, den vollständigen Verkauf der Ware verkündet. Besitzt wahrscheinlich einen großen Freundeskreis, der Junge.

Für heute hat er gleich die doppelte Menge geordert. Mir soll es recht sein. Je mehr er unters Volk bringt, desto weniger muß ich mir selbst die Hacken ablaufen, beziehungsweise die Beläge meiner Rollen ruinieren. Wer weiß, vielleicht kann er ja in naher Zukunft den gesamten Verkauf übernehmen, während ich mich gepflegt um den

Nachschub kümmere und die Gewinne verbuche. Professionell genug scheint er zu sein, hat unser heutiges Treffen gleich mal aus dem Café in einen unbelebten Park hinter dem Baseballstadion verlegt. Recht hat er. Das *Tscheljabinsk* ist wahrlich nicht der beste Platz für die Übergabe verbotener Substanzen.

Ich bin ein paar Minuten zu früh, als ich den kleinen Teich erreiche, an dem wir verabredet sind, und so beschließe ich, noch eine Runde zu drehen. Ich umkreise das Gewässer und sehe einem Schwan dabei zu, wie er ein Bleßhuhn aus seinem Herrschaftsbereich verweist. Der Junge ist nicht in Sicht, und auch sonst scheint das Gelände menschenleer zu sein. Als ich die Umrundung fast beendet habe, taucht ein einzelnes Pärchen auf; zwei junge Leute, die mir Hand in Hand entgegenschlendern.

Das Mädchen besitzt langes schwarzes Haar und kann trotz ihrer leicht herben Gesichtszüge nur als attraktiv bezeichnet werden. Ihr Freund dagegen wirkt eher grobschlächtig. Erstaunlich, was die Liebe doch manchmal für Pfade einschlägt ...

Ich will die beiden gerade passieren, weiche mit dem Brett soweit aus, wie es der asphaltierte Weg zuläßt, als der Grobschlächtige, den ich mir gut auf dem Rummelplatz oder in einer Schlachterei vorstellen kann, plötzlich ausfällig wird.

»Hey Stummel, was glotzt'n so dämlich?!« bellt er.

Ich will die Beleidigung ignorieren - hat gar keinen Zweck, sich mit so einem Schrank auf irgend etwas einzulassen. Aber der Schrank hat scheinbar schlecht gefrühstückt oder eine Mutter im Rollstuhl, die ihm in seiner frühen Jugend öfter mal die Rute gegeben hat. Auf jeden Fall verpaßt er mir ohne zwingenden Grund einen harten Tritt in die Rippen. Keine Frage, daß ich den Halt verliere und vom Brett falle. Während ich mich so gut es geht auf dem Gras abrolle, überlege ich, ob ich es hier einmal mehr mit einem geprellten Kunden zu tun habe, kann der Hackfresse aber keinerlei Erinnerung zuordnen. Es wird wohl einfach ein Irrer sein, einer der zahllosen Freizeitnazis, die ihrer Passion gern im Grünen nachgehen. Dessen ungeachtet versuche ich, die Wogen kraft meiner Zunge zu glätten.

»Hey, entspann dich, Mann«, rufe ich meinem Widersacher zu.

Aber der will oder kann sich nicht entspannen und beginnt auf mich einzudreschen, wobei er mich ohne Unterlaß beschimpft. Während ich alles daran setze, wenigstens meinen Kopf vor dem Tornado aus Fäusten und Stiefeln zu schützen, erhasche ich einen Blick auf die Begleiterin des Schlägers. Scheinbar versucht sie sein Tun zu unterbinden, zerrt an seiner Kutte herum und redet auf ihn ein. Aber ich kann mich des Eindrucks nicht erwähren, daß sie nur halbherzig bei der Sache ist.

»Komm, laß gut sein. Hör doch auf, Raimundo«, jammert sie, während Raimundo mir gänzlich unbeeindruckt eine kostenlose Rundumlektion im Kickboxen erteilt.

Wenn nur der Junge auftauchen würde. Nicht, daß er meinem Peiniger gewachsen wäre, aber er böte zumindest die *Aussicht* auf eine Veränderung der Lage. Aber der Junge kommt nicht, ist entweder zu spät dran oder hat sich angesichts der unschönen Szenerie bereits aus dem Staub gemacht. Ich könnte es ihm nicht verdenken.

Als Raimundo sich schließlich abreagiert hat, spüre ich eine ganze Anzahl von Knochen, die ich bisher noch nie zur Kenntnis genommen habe. Ich bin mir sicher, daß speziell im Rippenbereich einiges kaputtgegangen ist. Aber auch das Gesicht ist, meinen Schutzmaßnahmen zum Trotz, nicht unversehrt geblieben. Ich fühle Blut über meine Lippen rinnen, das vermutlich aus meiner Nase stammt.

Der Irre, der dieses Sakrileg zu verantworten hat, steht über mir und betrachtet mich zufrieden, bevor er mir eine großzügige Kostprobe seines Speichels auf die Stirn klatschen läßt.

»So«, sagt er dann und klingt dabei unangenehm selbstgerecht. »Jetzt woll'n wir doch mal seh'n, wo so ein Untermensch wie du die dicke Kohle stecken hat, die er sich jede Woche vom Staat in den Arsch schieben läßt.«

Ich möchte ihm am liebsten ein verächtliches Lachen entgegenschleudern – dicke Kohle! Der hat sie doch nicht mehr alle, der Einzeller. Kann sich bei der Fürsorge ja gern mal in die Schlange stellen und sich seinen Teller kalte Suppe abholen. Aber das Lachen verkneife ich mir wohlweislich. Stattdessen versuche ich mich an einem stoischen Gesichtsausdruck, eifrig bemüht, das Blut, das mir in die Mundhöhle sickert, nicht herunterzuschlucken.

Und dann plündert er mich aus, plündert mich vollständig aus, und ich kann nichts anderes tun, als mich mit dem Gedanken zu trösten, daß ich auch das hier überleben werde.

Er zieht mir die gesamte Ware aus der Jacke, wobei er jedes Tütchen mit einem unerträglichen Schmatzen begleitet; die fleischigen Lippen wie ein Karpfen Richtung Außenwelt gewölbt.

»So, so«, tönt er. »Der emsige Krüppel versucht also, sich das gut gefüllte Arschloch zusätzlich mit dem Verkauf von Drogen zu vergolden.« Er steckt die gesamten vierzig Gramm in seine Taschen, wobei er es nicht versäumt, sich auch meiner Börse zu bemächtigen. »Und nun werd' ich dir asozialen Sau eine Lektion erteilen«, fährt er fort. »Dir werd ich ein für alle Mal die Scheiße aus dem Kopf treiben.« Und dann packt er mich, klemmt mich mit einer Hand unter seinen Arm, als wäre ich nichts weiter als eine Aktentasche und er auf dem Weg zur Arbeit, und so schleppt er mich ein Stück am Ufer entlang.

Ich zapple mit den Stümpfen, schlage auf ihn ein, zerkratzte ihm den Rücken. Und auch seine Freundin protestiert wieder; diesmal wesentlich energischer.

»Hey, laß die Scheiße, Plagge. Nicht vom Steg, schmeiß ihn nicht vom Steg«, brüllt sie. Und ich bin so verwundert angesichts der Tatsache, daß dieser Raimundo plötzlich Plagge heißt, daß ich die Bedeutung des Begriffs Steg erst viel zu spät erkenne.

Tatsächlich ragt nämlich eine hölzerne Konstruktion in den See, deren Sinn sich mir bisher verschlossen hat, da hier weder gebadet noch Boot gefahren wird. Und auf dieser Konstruktion befinden wir uns bereits, als ich mich endlich keuchen höre: »Hey, warte mal. *Warte mal*! Ich kann überhaupt nicht ...«

Aber da hat Plagge, oder Raimundo, oder wie auch immer er heißen mag, schon längst die zweite Hand zur Hilfe genommen und mich nach einer dreifachen Drehung, die einem Kugelstoßer würdig wäre, bereits der Schwerkraft übergeben. Für eine Sekunde sehe ich Himmel- und Landschaftskonfetti an mir vorbeisausen. Dann schlägt das Wasser über mir zusammen.

Ich warte darauf, daß meine Viertelbeine auf Grund stoßen, warte darauf, daß ich mich irgendwo abstoßen kann. Aber da ist nichts.

Da ist *gar nichts*. Nur grüne Dunkelheit und Wasser, das mir in die Atemwege dringt.

Dennoch schaffe ich es, schaffe es irgendwie zurück an die Oberfläche. Aber ich kann mich nicht halten, nur ein bißchen gurgeln und mit den Armen herumplanschen.

Als ich wieder hinabsinke, fällt mir ein Behinderten-Wettkampf ein, den ich vor einer Ewigkeit im Fernsehen verfolgt habe. Man kann auch ohne Beine schwimmen - eindeutig. Das Dumme ist bloß: *Ich* hab es nie gelernt.

75

Burkhard rannte wie ein Handtaschendieb, dem ein Dutzend aufgebrachter Bürgerwehrangehöriger im Genick saß. Er fühlte und hörte ein gutes Kilo Reißzwecken in seinen Lungen rasseln, während sein Herz einen wilden Technobeat schlug. Dennoch ließ er nicht nach, versuchte im Gegenteil, noch Tempo zuzulegen. Die Knie abwechselnd bis zu den Brustwarzen hochgerissen, die Arme eng an den Körper gelegt, sprintete er durch die Grünanlage, wobei er sich redlich Mühe gab, nicht auch noch in einem der zahllosen Löcher hängenzubleiben, die die Kaninchen hier gegraben hatten.

Aber selbst das würde am Ende wohl keine Rolle mehr spielen. Er würde, auch wenn er nicht hinfiel, unwiderruflich zu spät kommen. Das war so klar wie die Tatsache, Mitglied eines dauerhaften Verliererteams zu sein. Dabei war der Plan so einfach, ja beinahe genial gewesen. Irina und Plagge hatten den Krüppel ausnehmen, Plagge ihn dann in den Teich schmeißen sollen, und am Ende hätte er selbst ihn schließlich unter dem erbarmenden Einsatz seines Lebens aus den Fluten gezogen. Das hätte ihm nicht nur die ewige Dankbarkeit des Dealers gesichert, sondern auch geschickt jede Verbindung zu dem räuberischen Pärchen verschleiert.

Er hätte bloß zur verabredeten Zeit in einem der zahllosen Gebüsche hocken müssen, die das Gewässer umgaben. Aber er saß in keinem Gebüsch, er rannte über eine endlose mißhandelte Rasenfläche, und noch immer war kein See in Sicht.

Der Grund für seine Verspätung war so banal wie lachhaft: Die *Bullen* hatten ihn aufgehalten.

Irina und Plagge waren gerade mal eine Viertelstunde weg gewesen, weil sie, wie sie sich ausgedrückt hatten, noch irgendwo einen Schluck zur Stärkung genehmigen wollten, als er, um sich nun endlich auch selbst auf den Weg zu machen, seine Wohnungstür öffnete und plötzlich zwei Uniformierte vor der Nase hatte.

»Hoppla, wir wollten gerade bei dir klingeln, Jungchen«, sagte der kleinere der beiden, dessen fettarmes, scharf geschnittenes Gesicht den Vergleich mit einer Hyäne nicht zu scheuen brauchte.

Burkhard war so perplex, daß es ihm noch nicht einmal einfiel, seine Identität zu verleugnen. Vielmehr ließ er sich auf das übliche Frage- und Antwortspielchen ein, in dessen Verlauf er wenigstens den Grund für den unerbetenen Besuch erfuhr. Sie waren wegen des Kellers gekommen, vielmehr wegen des Einbruchs in denselben. Dieser *lächerliche* Einbruch. Es war unfaßbar. Das Ereignis mußte jetzt gute drei Wochen zurückliegen!

Natürlich versuchte er, sich herauszuwinden. Er schob die Uni vor, ein wichtiges und dringendes Seminar. Aber die Bullen beruhigten ihn; es würde nicht lange dauern, man wolle nur mal eben einen Blick auf den Tatort werfen. Und so stiegen sie zu dritt in den Keller hinab.

Einmal in den Fängen der Staatsmacht, gab es dann kein Entkommen mehr. Und natürlich ging es alles andere als schnell: Sie stöberten überall herum (obwohl es rein gar nichts zu sehen gab), wobei sie ihn ordentlich zulaberten, ausufernd von anderen Einbrüchen und Serientätern berichteten.

Als sie endlich verschwanden, hatte sich die Viertelstunde, die er sich für eventuelle Schwierigkeiten reserviert hatte, in eine halbe Stunde Rückstand verwandelt. Er strich den geplanten Ritt mit dem Bus und nahm sich stattdessen ein Taxi. Aber das benötigte im unvermeidlichen Berufsverkehr nicht weniger Zeit, und so konnte er trotz seiner fanatischen Anfeuerungsrufe an die Adresse des Fahrers nicht eine Sekunde wettmachen.

Er war zu spät dran. Er war einfach zu spät dran. Den endgültigen Beweis dieser Ahnung lieferte ihm die Szenerie, die sich ihm bot, als er endlich, nach einem lang ansteigendem Hügel, den See ins Blickfeld bekam.

Irina stand wild gestikulierend auf dem Steg – so weit, so gut. Aber Plagge, wo war Plagge? Und *wo* um Gottes Willen befand sich Krupp, der Drogenhändler? Burkhard hielt inne und versuchte, das Flimmern in seinen Pupillen zu bändigen.

Zwei Wimpernschläge später sah er zumindest Plagge, der wie aufgezogen im Wasser herumpaddelte. Von Krupp keine Spur.

Burkhard nahm seinen Sprint wieder auf, gab noch einmal alles – oder das Letzte. Und wußte doch, daß wieder einmal nichts anderes als die Blechmedaille der Lohn sein würde.

76

Plagge übertrieb es; er übertrieb es einmal mehr – ein sadistischer Söldner, dem der aufsteigende Geruch gegnerischen Blutes komplett die Schaltzentrale lahmgelegt hat. Es genügte nicht, daß er auf das bedauernswerte Schwein eingedroschen hatte wie auf einen Klumpen Pizzateig. Nein, jetzt schleppte er ihn auch noch auf diesen Steg, wo doch ein Wurf *vom Ufer* vollkommen ausgereicht hätte.

Irina ahnte die Gefahr, immerhin hatte der Typ nicht nur ordentlich einstecken müssen, sondern besaß unterhalb der Hüften auch nichts, was dem Begriff Schwimmflossen wenigstens ansatzweise nähergekommen wäre.

»Hey, laß die Scheiße, Plagge! Nicht vom Steg, schmeiß ihn nicht vom *Steg*!« schrie sie deshalb.

Aber sie drang nicht zu ihm durch. Das idiotische Riesenarschloch hatte scheinbar nur noch das große Rauschen in den Ohren.

Also lief sie ihm hinterher, sprang ihm ins Kreuz und versuchte, ihre Rechte in seinen wulstigen Kehlkopf zu drücken. Sie hatte keine Chance. Er schüttelte sie mit einer einzigen Bewegung ab, entwand sich ihr wie ein Rassepferd dem zu klein geratenen Tierficker. Und während sie noch Beine und Arme sortierte, um wieder in die Senkrechte zu kommen, hörte sie bereits das befürchtete Geräusch – ein sauberes, sattes Klatschen, wie früher, wenn einer ihrer Brüder sich im Strandbad mit einer Arschbombe hervorgetan hatte. Diesmal allerdings war Schlimmeres zu erwarten als die Predigt eines altersschwachen Bademeisters.

Selbst Plagge schien für einen Moment erschrocken. Er glotzte starr aufs Wasser, wie in Beton gegossen. Es dauerte allerdings nur kurz, bis seine ausgeprägten Selbsterhaltungskräfte wieder das Kommando innehatten.

»Los. Abgang«, befahl er und schob Irina unsanft Richtung Ufer.

»Warte! Wir sollten den besser da *rausholen*, der säuft uns doch ab.« Sie stemmte ihre Hacken in die ausgetrockneten Bohlen.

»Scheiße, das erledigt der Kleine.«

Aber der Kleine, also Burkhard, war nirgends zu sehen.

»Blödsinn, Mann, bis der hier is', isses zu spät.« Irina riß sich los, lief ein paar Schritte zurück und schickte sich an, in das dunkelgraue Naß zu springen.

Das reichte aus, Plagge umzustimmen. Wenn schon eine Rettungsaktion anstand, dann konnte er das natürlich unmöglich seinem Mädchen überlassen.

»Ich mach das schon«, sagte er, fügte etwas leiser ›so 'n Schwachsinn‹ hinzu und flog mit geübtem Kopfsprung in die Brühe.

Der Krüppel war derweil definitiv von der Bildfläche verschwunden. Einzig die weit übers Wasser verstreuten Blasen ließen einen gewissen Schluß über seinen momentanen Aufenthaltsort zu. Aber so sehr Irina auch dirigierte (»Links, weiter links! Nein, *links* hab ich gesagt!«), so sehr Plagge auch kraulte, paddelte und tauchte, so wenig wollte der Drecksack wieder ans Tageslicht zurückkehren.

Als plötzlich Burkhard neben ihr auftauchte, kurzatmig wie ein obszöner Anrufer, war ihr längst klar, daß *dieser* Sozialfall den Staat kein Geld mehr kosten würde.

Das schien auch Burkhard zu begreifen. Denn ohne daß sie ihm auch nur ein Wort erklären mußte, fing er zu heulen an.

»Scheiße, das kann doch nicht sein«, wimmerte er. »Das kann doch einfach nicht sein.«

Selbst die Ohrfeige, die er von Plagge verpaßt bekam, der endlich die Suche aufgegeben hatte und nun mit tropfenden Klamotten vor ihnen stand, vermochte seine Tränen nicht zu stoppen.

»Verdammt. Wo warst du denn, du Arschgeige?« brüllte Plagge und holte noch einmal aus.

Irina hielt ihn zurück. Die andere Hand legte sie sanft auf Burkhards Schulter. »Hey, es ist vorbei, wir müssen weg hier.«

»Nein, das kann nicht sein«, murmelte Burkhard. Dennoch setzte er sich in Bewegung, tranig und roboterhaft wie einer dieser Untoten in einem uralten Zombiefilm.

Wieder am Ufer, griff sich Plagge den fahrenden Untersatz des Krüppels und schmiß ihn dem nutzlosen Körper hinterher.

Burkhard schien das nicht wahrzunehmen. Er stierte mit glasigen Pupillen ins gelblich-grüne Gras, als ob dort soeben eine mit Zaubertinte geschriebene Nachricht aufgetaucht wäre.

Als er seinen Blick schließlich auf ihr Gesicht richtete, sah er aus wie ein Achtjähriger, dem im Kaufhaus die Mutter abhanden gekommen war.

»Aber wieso habt ihr ihn denn ...? Warum denn vom Steg?« stammelte er.

Irina überkam das unbezwingbare Bedürfnis, ihre Jacke nach Zigaretten abzusuchen.

77

Kaum, daß sie zurück in der Wohnung waren, sorgte Irina dafür, daß Burkhards blutleere Lippen einen halben Liter Branntwein passieren ließen. Das half zwar – wie beabsichtigt – gegen sein unerträgliches Zittern, förderte dafür aber den Redefluß. Und der war nicht weniger unerträglich. Unentwegt lamentierte er darüber, was sie alles hätten unternehmen können, um den Alten vielleicht doch noch zu retten.

»Wir hätten wenigstens die Bullen rufen müssen«, jammerte er.

»Quatsch.« Irina reichte ihm noch einmal die Flasche und schob mit einem Fuß verstohlen das Telefon aus seinem unmittelbaren Aktionsbereich. Nur für alle Fälle.

Nachdem sie noch im Park beschlossen hatten, daß Plagge sich besser getrennt von ihnen auf den Rückweg machen sollte, war Burkhard in geradezu unheimliches Schweigen verfallen. Sie hatte alles

Mögliche versucht, ihm wenigstens einen Satz zu entlocken, war aber gnadenlos an seiner leichenartigen Starre gescheitert. Jetzt wünschte sie sich diesen Zustand sehnlichst zurück. Wenn wenigstens Plagge an Land kommen würde. Aber der hatte scheinbar einen noch größeren Umweg gewählt als sie selbst.

Nach einem weiteren viertel Liter begann der Saftarsch dann auch noch, die sentimentale Schiene zu reiten: »Scheiße, der hatte mir doch eigentlich nur helfen wollen, der Krüppel. Er wollte mir einen Gefallen tun ... Einen *Gefallen*, verstehst du das?! Er wollte mein ... na, also mein, äh Freund, ja mein *Freund* sein ...«

»Der Arsch war nichts weiter als ein schmieriger Dealer.« Irina stand auf und betätigte die Play-Taste des CD-Spielers.

Aus den Boxen drang *Dopeman* von N.W.A. ... Sehr passend.

Keine drei Songs später war der Branntwein alle, und Burkhard ebenfalls. Sein Köpfchen mit der zarten Bubenhaut war ihm auf die schwächliche Brustmuskulatur gesackt, auf den geröteten Wangen eine kaum sichtbare Kriegsbemalung aus Salz.

Irina schaltete die Anlage aus und den Fernseher ein, rollte sich einen Joint und wartete, während vor ihren Augen ein Söldnerkommando tonnenweise Munition in schmächtige Vietcongkämpfer pumpte. Seltsam, die Leichen auf dem Bildschirm wirkten nach wie vor unecht; ein Zusammenhang mit dem abgesoffen Invaliden wollte sich nicht einstellen.

Irgendwann mußte sie dann selber weggedämmert sein. Als der hektische, durchdringende Sound der Türklingel ihr das nächste Mal die Mattscheibe ins Blickfeld trieb, waren die markigen, behelmten Gesichter jedenfalls durch ein Paar Titten ersetzt worden. Müde schleppte sie sich zur Tür. Das Klingeln hielt an, bis sie den Öffner betätigte.

Natürlich war es Plagge.

»Mann!« Irina konnte den vorwurfsvollen Ton nicht unterdrücken.

Plagge winkte ab und schob sich wortlos an ihr vorbei, vor seinem verquollenenGesicht, gewissermaßen als Bugwelle, waberte eine Fahne, die in ihrer giftigen Wirkung an ein schwedisches Fischgericht erinnerte.

Nachdem er sich in den Sessel hatte fallen lassen, griff seine Hand roboterhaft nach der Branntweinflasche. Als er bemerkte, daß sie leer war, begann er, in seiner Jacke herumzukramen. Seine Pupillen, die auffällig lebendig wirkten, wanderten derweil zu Burkhard.

»Schläft der kleine Scheißer?«

Irina nickte.

»Wo warst'n?«

»Rat mal.«

»Im *Sir Henry.*«

»Aber genau.«

»Bist du bescheuert?!«

»Hey, bleib sachlich, ja. Ich *brauchte* einfach 'nen Schluck, okay?! Kein Mensch hat was gemerkt. Meine Sachen sind schon auffem Weg getrocknet.« Plagge hatte endlich gefunden, was er gesucht hatte, und legte einen durchsichtigen Beutel auf den Tisch. »Sehr umsichtig von diesem Penner, das Zeug wasserdicht zu verpacken.«

Irina verkniff sich die Widerworte, die ihr schon auf der Zunge gelegen hatten, und brachte das Gespräch auf Wichtigeres.

»Was machen wir jetzt?«

»Tja«, Plagge, der bereits Kristalle pulverisierte, sah kurz zu ihr auf. »Zwei Möglichkeiten: Abwarten oder Abhau'n.«

»Und mit ihm?« Irina ließ ihren Kopf eine Bewegung in Richtung des röchelnden Gastgebers vollführen.

»Am besten erschießen.« Plagge lachte laut auf.

»Er könnte zu den Bullen rennen.«

»Nicht, wenn wir auf ihn aufpassen.« Plagge reichte ihr einen zusammengerollten Schein. Das Papier fühlte sich feucht an.

»Also bleiben wir erstmal.« Sie schob sich die trichterförmige Öffnung in die Nase.

Plagges Grunzen konnte als Zustimmung gedeutet werden.

78

Ein Gefühl wie nach einem schweren Partyabsturz. Du wachst allein in einem fremden Zimmer auf und versuchst vergeblich, herauszufinden, wo nur all die fröhlichen Gesichter geblieben sind, die dir ein paar Stunden zuvor noch diese köstliche Ahnung nie enden wollender Alltagsferne vermittelt haben. Du stolperst durch ein Fußbad aus Flaschen, Aschenbechern und Papptellern, auf denen eingetrockneter Nudelsalat bedrohliche Rohrschachmuster gebildet hat, entdeckst keine Menschenseele, dafür aber das Fehlen deines Wohnungsschlüssels und deines Portemonnaies. Und noch bevor deine Rechte nach der nächstbesten halbvollen Flasche greift, noch bevor dir ein Schwung biergesättigter Kippen in die Mundhöhle schießt, füllt sich die Schweinsblase, die du Magen nennst, schon mit guter, reiner Angst. Dein einziger Trost besteht in der berechtigten Hoffnung, in naher Zukunft in ein sicheres, warmes Bett kriechen zu können. Denn wenn der Schlüssel auch weg ist, die Wohnung wird schon noch da sein.

Burkhard allerdings *war* schon zu Hause. Er versuchte, sich der Wirklichkeit zu verweigern, indem er, kaum, daß sich ein erster, unklarer Zustand des Wachseins in sein Bewußtsein geschlichen hatte, alles daran setzte, wieder einzuschlafen.

Aber der Traum, der ihn gerade noch gesäugt hatte wie ein schwerer, samtweicher Euter, ließ sich nicht mehr einfangen. Stattdessen zuckte die Erkenntnis auf, daß ein gehbehinderter Mitbürger vor noch nicht mal vierundzwanzig Stunden zuviel Wasser geschluckt hatte. Der unansehnliche Krüppel hatte sich in eine unansehnliche Leiche verwandelt. Und er selbst? Unwillkürlich öffnete er die Augen und bekam das Boo-Ya T.R.I.B.E.-Poster in den Blick. Sechs waschechte Ghettobrüder, sechs lupenreine Gangster starrten verdrossen zu ihm herab. Guten Tag auch, Kameraden!

Ein Schluck Schnaps wäre jetzt gut gekommen. Burkhard sah sich um und entdeckte die Flasche, die ihm Irina gestern besorgt hatte. Sie war leer. Dafür flog ihm plötzlich eine Schachtel Kippen samt Feuerzeug vor die Nase. Beides kam von Irina, die mit angezogenen Knien reglos und stumm im Sessel saß.

Während er sich aufrichtete und eins der Stäbchen entzündete, musterte sie ihn skeptisch. Jetzt hieß es keine Schwäche zeigen.

»Plagge nicht da?« stieß er hervor.

»Nee, der ist Zeitungen besorgen«, antwortete sie.

»Na, hoffentlich bringt er was zu Trinken mit.« Burkhard nahm einen ausgedehnten Zug und gab sich Mühe, den Rauch möglichst langsam entweichen zu lassen.

»Und?« Ihr prüfender Blick blieb unverändert. »Wie geht's dir?«

Burkhard betrachtete einen Moment lang die weiße Tapete neben ihrem blassen Gesicht.

»Gut«, sagte er dann. »Gut geht's mir.« Das verächtliche Lachen, das er ausstieß, klang noch nicht mal für ihn selbst überzeugend.

»Es könnte sein, daß wir Schwierigkeiten bekommen.« Ihre grünen Augen zwangen seinen Herzschlag zu einem Zwischenspurt.

»Ja«, sagte er nur und versuchte sich an einem entschlossenen Gesichtsausdruck. Er konnte sich gerade noch zurückhalten, etwas Kitschiges hinzuzufügen. Etwas wie ›solange *wir* nur zusammenbleiben, scheiß ich auf Schwierigkeiten‹.

Dennoch verspürte er zum ersten Mal seit seinem verhängnisvollen Versagen so etwas wie Zuversicht. Keine Frage, dieses schwarzhaarige Mädchen und er waren von nun an durch ein ganz besonderes Band miteinander verbunden. Verdammt, das war großes Kino, oder nicht?!

Eine Dosis Alkohol hätte jetzt trotzdem nicht geschadet. Aber Plagge, der nur ein paar Minuten später ins Zimmer stürmte, hatte das Wesentliche vergessen. Er trug nichts weiter als einen Stoß Zeitungen in der Hand. »Wir sind drin. Unsere scheiß *Bilder* sind drin, verfickt noch mal!« fluchte er, die Lefzen rotfleckig vor Zorn.

Und tatsächlich. Unter der Überschrift ›Mysteriöser Tod im Ententeich – Unfall oder Mord?‹ befanden sich drei Zeichnungen, die eindeutig ihrer Existenz geschuldet waren. Plagge mit seinem Affenschädel war noch am besten getroffen; bei Irina und ihm selbst hielt sich die Ähnlichkeit in Grenzen. Dennoch war es offenkundig, daß sie alle drei kurz nach dem Vorfall beobachtet worden waren. Vielleicht hatte irgendwo ein Jogger im Gebüsch gesessen, der seine Verdauung nicht im Griff gehabt hatte.

Burkhard vertiefte sich in die groben Striche, die sein Antlitz darstellen sollten. Bisher hatte er Phantombildern niemals auch nur irgendeine Bedeutung beigemessen, hatte sie beim Zeitungslesen übergangen wie Werbe- oder Todesanzeigen. Doch jetzt hatte es ihn selbst erwischt. Ein Schwerverbrecher, ein gesuchter Killer – ›Tot oder lebendig für eine Handvoll Yen‹. Seine Mutter würde mindestens Krebs bekommen, wenn ihr diese Zeichnungen unter die Augen kämen.

Plagge unterbrach seine Betrachtungen.

»Eins steht fest. Wir müssen verschwinden.«

»Und wohin?« Irina starrte ebenfalls in eins der Revolverblätter.

»Das laß mal meine Sorge sein. Ich besorg uns 'n Auto. Ihr packt schon mal zusammen.«

Untertauchen? Abhauen? Gestohlene Wagen und Ärger mit der Polizei? Ganz klar. Untertauchen, was *sonst*?! War ja ganz normal, war ja nur *logisch* ... in *Hollywood*.

79

Plagge hatte tatsächlich einen Wagen besorgt, einen Datsun, dessen ursprünglich metallicblaue Lackierung durch das scheinbar unaufhaltsame Vordringen zahlloser Rost- und Spachtelflecke auf ein paar kleine bis mittlere Binnenmeere zusammengeschrumpft war. Der Vorbesitzer war offenkundig Countryfan. Bisher jedenfalls hatte noch keins der Tapes, die Irina ausprobierte, auch nur ansatzweise etwas anderes preisgegeben. Kein Wunder, daß sie alle auf den Asphalt geflogen waren. Immerhin drang plötzlich *Solitary Man* aus den Boxen – Johnny Cash also. Irina schien das nicht zu bemerken. Sie betätigte schon wieder die Auswurftaste.

»Hey, laß das drin!« schrie Burkhard.

Aber sie schenkte ihm kein Gehör.

»Die *Scheiße*?« Sie lachte spöttisch, dann sah Burkhard das kleine Stück Plastik auch schon an seinem Fenster vorbeizischen.

Na, auch egal. Es gab Schlimmeres, zum Beispiel die Tatsache, daß er sein wohlbehütetes Heim, ja sein wohlbehütetes Leben verlassen hatte, um sich unter der Führung eines psychotischen Totschlägers auf eine Reise zu begeben, an deren Ende aber mindestens Gefängnismauern warteten. Es war lachhaft, ein Scherz aus dem Raritätenkabinett. Er hatte nichts weiter gewollt, als der schwarzhaarigen Schönheit auf dem Vordersitz einen Platz in seinem Alltag freizuräumen. Jetzt war dieser Alltag dahin, und die Schönheit gehörte immer noch einem anderen. Dafür segelte er selbst einer ebenso ungewissen wie beängstigenden Zukunft entgegen. Gar nicht auszudenken, was als nächstes anstand. Wahrscheinlich ein Bankraub. Aber nein. Erst einmal galt es ja, den von Plagge angekündigten Schlupfwinkel aufzusuchen.

Bisher allerdings hatte ihr großer Führer noch kein einziges Wort darüber verloren, wo die Reise eigentlich hingehen sollte, und Burkhard verspürte wenig Lust, sich danach zu erkundigen.

Die Stimmung im Cockpit war schon gereizt genug. Vielleicht hätten sie vor ihrer Abfahrt nicht soviel Koks schnupfen sollen. Vielleicht hatten sie aber auch einfach nur zu wenig geschnupft.

»Du hättest ruhig 'ne Kiste nehmen können, die auch was im Tank hat.« Irina hatte scheinbar alle Kassetten durch. Es war keine Musik mehr zu hören.

»Was?« Plagge schob sich abwesend die Sonnenbrille auf die Nase. Auch sie gehörte dem eigentlichen Besitzer des Wagens, sollte mit ihrer monströsen Fassung wohl die Brüste von Dolly Parton symbolisieren.

»Der Sprit ist gleich alle.«

»Na und. Tanken wir eben ...«

»Ja, wenn noch 'ne Tankstelle kommt, in den nächsten paar Minuten.«

»Hey!« Plagge drehte seinen Backsteinschädel ein paar Grad nach rechts und hielt Irina den ausgestreckten Zeigefinger unter die Nase. »Quatsch mich bloß nicht von der Seite an, sonst fängst du dir eine. Paß lieber auf, daß dein Pflegekind da hinten nicht aus dem Wagen fällt oder plötzlich zu kotzen anfängt.«

Burkhard versagte sich eine Erwiderung und konzentrierte sich stattdessen auf den Viehtransporter, an dem sie gerade vorbeizogen. Die ineinander verkeilten Hühner hatten auch nicht gerade den

Jackpot vor Augen. Einen Vorteil besaßen sie allerdings: Ihnen fehlte jede Möglichkeit, sich das eigene Schicksal *auszumalen*.

Daß Plagge wütend auf ihn war, überraschte ihn nicht weiter; ein klassischer Fall von Schuldübertragung. Ein Wunder eigentlich, daß er ihm noch keine Schläge angeboten hatte. Na, was nicht war, konnte ja noch werden.

Als keine zehn Minuten später eine Tankstelle in Sicht kam, unternahm Plagges Laune einen kurzen Ausflug ins Reich der Mitmenschlichkeit. »Braucht jemand was?« wollte er wissen, nachdem er mit zufriedener Miene ausgiebig die Kraft seiner eigenen Vorsehung gepriesen hatte.

»'ne Cola«, sagte Irina.

»Ich könnt 'n Bier vertragen«, murmelte Burkhard. Es klang selbst in seinen Ohren halbherzig.

»Nix da. Du mußt nachher noch fahr'n.«

Nachdem Plagge getankt hatte und Richtung Kasse stolziert war, sah Burkhard die Gelegenheit gekommen, endlich das Ziel ihrer Flucht in Erfahrung zu bringen.

»Weißt du, wo es hingeht?«

»An die Küste, schätz ich. Er hat da Freunde. Na ja, Freunde ...« Sie lachte.

»Und? Meinst du, das ist 'ne gute Idee ... also *abzuhauen?*«

Sie schwieg einen Moment.

»Tja«, sagte sie dann. »Was würdest du tun?«

»Keine Ahnung ...«, sagte Burkhard und blickte aus dem Fenster. Und dann sah er Plagge, der wie ein fleischgewordener Dartpfeil auf sie zugerast kam, wobei er irgend etwas brüllte und wie wild mit seinen Gorillaarmen herumfuchtelte. Er war ganz offensichtlich auf der Flucht.

Die Frage, vor wem oder was, beantwortete sich nur eine Sekunde später, als er in seiner Hast einen herumstehenden Wassereimer übersah, der Länge nach hinschlug und plötzlich einen Mann im Overall über sich stehen hatte. Und dieser Mann, der - soviel war klar - nur der Kassierer sein konnte, hielt eine Art Haarschneidemaschine in der Hand, die er Plagge nun ins Genick drückte. Der Schrei, der daraufhin ertönte, war diesmal gut zu verstehen. Aber er enthielt keine Botschaft. Außer der vielleicht, daß das Leben hin und wieder überaus schmerzhaft sein konnte.

Noch bevor Burkhard diese Szene irgendeinem Schema zuzuordnen vermochte, vernahm er mit einem Mal das Aufheulen des Motors, und dann warf ihn die Beschleunigung auch schon in die Polster zurück. Das Letzte was er sah, war Plagges Versuch, wieder auf die Beine zu kommen. Ein Unterfangen, das der Elektroschocker – denn nichts anderes war das ja wohl, was der Kassierer da in der Hand hatte – umgehend zu vereiteln wußte. Und dann waren sie wieder auf der Schnellstraße, und Irina, die auf den Fahrersitz geklettert war, ohne daß er davon auch nur einen Hauch mitbekommen hatte, bearbeitete das Gaspedal wie einen aufsässigen Leibeigenen.

Sie sprachen kein Wort miteinander, ja sie schwiegen selbst dann noch, als der Datsun nach halbstündigem Höllenritt endlich auf einem Parkplatz zum Stehen kam.

»Mann«, stöhnte Irina nach einer Weile, stieß die Tür auf und schwankte ins Freie.

Burkhard tat es ihr nach.

»Was *war* das?« fragte er schließlich, nachdem er für sie beide je eine Zigarette angezündet hatte. »Was hat er da bloß *gemacht* in der Tankstelle?«

»Keine Ahnung. Vielleicht hat er 'nen Schokoriegel geklaut.« Irina brach in wildes Gelächter aus, und auch Burkhard konnte nicht mehr an sich halten, jagte die ganze Anspannung speichelsprühend in die kohlendioxydgeschwängerte Luft.

»Und nun?« wollte sie wissen, nachdem sie wieder zu Atem gekommen waren.

»Ich weiß nicht ... Vielleicht sollten wir doch die Bullen ...?«

»Bist du bescheuert?!« Sie schnippte ihre Kippe ins Gras. »Wir nehmen die nächste Abfahrt und wenden, und dann fahr'n wir zu meinen Alten. Vielleicht kann Bertrand uns weiterhelfen. Außerdem suchen sie uns in der Richtung nich'.«

Burkhard zögerte.

»Los, komm schon!« rief sie und war bereits am Auto.

Und da erst wurde ihm bewußt, daß er sie plötzlich ganz für sich *allein* hatte.

80

Die heruntergewirtschafteten Gebäude, die Autowracks, der kläffende Köter – die Dritte-Welt-Kulisse war dieselbe wie bei seinem letzten Besuch. Die Regieanweisung allerdings war einer drastischen Veränderung unterzogen worden. Diesmal durfte er die heilige Pforte durchschreiten.

Irina hatte ihn angewiesen, das rostige Tor aufzusperren. Nachdem sie hindurchgefahren war und abgeparkt hatte, kam ihm eine naheliegende Frage in den Sinn.

»Keine Angst wegen dem Auto?«

Sie sah ihn entgeistert an, offensichtlich konnte sie keinerlei Sinn in seiner Bemerkung entdecken. Burkhard versuchte, den Grund seiner Besorgnis zu verdeutlichen.

»Ich mein, wegen deiner Eltern ... daß die sich fragen, wo du die Karre her hast, oder so ...«

»Meine Eltern?!« Sie lachte. »Meine Eltern interessieren sich für andere Dinge. Wart mal ab, bis du sie kennengelernt hast.«

Was immer das auch heißen sollte, Burkhard beschloß, auf jeden Fall gewappnet zu sein. Er würde sich durch nichts erschüttern lassen.

Dieser Vorsatz brach augenblicklich zusammen, als sie die Küche betraten; gewissermaßen der Empfangsraum des Hauses.

Die Stapel schmutzigen Geschirrs, die Batterie leerer Flaschen, der Dreck, der dieses Zimmer beherrschte, waren durchaus noch zu verarbeiten; ja, selbst der pestilenzartige Gestank, der unverkennbar eine Spur Pisse enthielt, war irgendwo auszuhalten. Aber der Anblick dieses abgezehrten Greises, der da, in einer Ecke an eine Eisenkette gelegt, unverständliches Gemurmel von sich gab, war des Guten dann doch zuviel.

»Um Gottes Willen, wer *ist* das?«

»Das is' mein Alter«, sagte Irina ungerührt, während sie sich am Kühlschrank zu schaffen machte.

Der Köter, den Irina, kaum, daß sie aus dem Wagen gestiegen war, von der Kette gelassen hatte, und der seitdem wie ein berauschter Derwisch um sie herumsprang, begann derweil den Greis ekstatisch mit seinem Zungenlappen zu bearbeiten. Burkhard konnte sich des Eindrucks nicht erwehren, daß nicht viel fehlte, damit das Vieh auch noch seinen Blaseninhalt in den Begrüßungstaumel warf.

»Scheiße. Nichts zu fressen da.«

Burkhard interessierte diese Botschaft nur bedingt. Er konnte seinen Blick nicht von diesem hauseigenen Häftling losreißen.

»Aber wieso ... *Wieso* ist der da angekettet?«

»Wieso ...?! Tja Mann, das is' 'ne längere Geschichte.« Irina gab der Kühlschranktür einen Tritt. »Ich erzähl's dir 'n anderes Mal. Jetzt laß uns erstmal hochgehen, gucken ob Bertrand da ist.«

Sie verließ die Küche in Richtung einer schmalen Stiege, und im Bann ihres jeansumschmeichelten Hinterteils gewann auch Burkhard die Kraft, sich loszureißen. Der Hund folgte ihnen, ohne ein vernehmbares Kommando erhalten zu haben.

Oben angekommen, öffnete Irina mehrere Türen in kurzer Folge, konnte aber nicht mehr als den Anblick leerer Betten präsentieren.

»Alle ausgeflogen«, sagte sie und steuerte die einzige noch verschlossene Tür an. »Macht nichts, warten wir eben.«

Ganz unzweifelhaft war das ihr eigenes Zimmer, das verrieten nicht zuletzt die Plüschtiere, die sie überall plaziert hatte.

Da es sonst nichts gab, wo er sich hätte hinsetzen können, ließ sich Burkhard auf dem vergilbten Laken nieder. Irina fütterte derweil den Kassettenrecorder.

»Tja, Arschlecken. Es gibt weder was zu essen, noch gibt's was zu trinken, und der Stoff ist zusammen mit Plagge über Bord gegangen.« Während sie neben ihm Platz nahm, krochen die ersten Klänge von *Mother Vortex* durch den Raum. »Aber wir können die Wartezeit ja auch anders überbrücken.«

Bevor Burkhard noch irgend etwas hätte erwidern können, hatte sie ihre Rechte schon auf den Bereich seiner Hose gelegt, unter dem sich sein Fortpflanzungsorgan verbarg.

»Hey ... Hey, warte mal!« stieß er hervor.

»Was denn?! Keine Lust?« sagte sie leichthin, während sie ihm unverwandt in die Augen sah.

Dann erstickte sie jeden weiteren Protest kurzerhand mit ihrer Zunge, die ihm in den Mund schoß wie eine Emboliespritze in die Haut des Langzeitpatienten.

Als sie sich zurücklehnte, um sich das T-Shirt über den Kopf zu streifen, schmiß er seine Scheu über Bord. Verdammt, genau *deswegen* war er ja hier. Dieser gottgeformte Körper und seine Bereitschaft, ihn zu empfangen, waren ja nichts weiter als der verdiente Lohn für das abstruse Abenteuer, in das er sich so gedankenblind geworfen hatte. Er riß sich nun selbst die Klamotten vom Leib. Dann warf er sich über sie und nahm die so lang ersehnten Köstlichkeiten in Besitz. Und es war genauso, wie er es sich all die ungezählten Male vorgestellt hatte. Nein, es war besser. Ihre Haut, ihr Fleisch, ihre deutlich spürbare Lust - mehr Glück war nicht möglich.

Als es allerdings darum ging, sein Verlangen endgültig zu stillen, vermißte er einen liebgewonnenen Reflex, eine notwendige Voraussetzung, um seinen Träumen Erfüllung zu verschaffen. Es war unfaßbar, vollkommen unlogisch, aber es war nicht von der Hand zu weisen: Sein Schwanz wurde nicht steif, blieb so schlapp wie eine Luftmatratze mit undichtem Ventil. Er konzentrierte sich, er versuchte, jede Art von Konzentration zu vermeiden, er biß ihr in den Nacken, er ließ seine Zungenspitze wahre Kapriolen vollführen. Es half nichts. Sein Gulliver vermochte die Reise ins Paradies nicht anzutreten. Und irgendwann begriff auch Irina, was hier geschah; besser: *nicht* geschah.

»Hey, so wichtig is' das auch nich'«, stöhnte sie. Und dann rollte sie unter ihm weg und griff nach ihren Klamotten.

Burkhard blieb nichts, als die Blutarmut der eigenen Körpermitte mit einer Zigarette zu trösten.

Und genau in diesem Moment, in diesem schicksalsschweren Augenblick, während sie sich wieder anzog und er die Glut unter seiner Nasenspitze mit einer Intensität fixierte, als ob dort ein lebensbedrohendes Insekt kreisen würde, genau in diesem Augenblick meinte er, von irgendwoher den Klang von Sirenen zu vernehmen.

+ + + Jan Off bei Ventil + + +

»Angsterhaltende Maßnahmen«
Homestories

Neue Geschichten aus der Trash-Fabrik - abgründig, grotesk und wortgewaltig.

Jan Off legt seinen dritten Erzählband vor, der den Autor abermals als Meister der Drastik und des Grotesken präsentiert. Wir begegnen Hamster mordenden Mädchen, von Sperma besudelten Lokalpolitikern und nerdigen Pullunderfreaks. Normal gibt es nicht, gestört ist hier jeder.

160 Seiten / ISBN 9783931555849

»Hanoi Hooligans«

Mit sprachlicher und emotionaler Hingabe sowie ausgesuchter Höflichkeit zelebriert Off die mannigfaltigen Exzesse und Niederlagen seiner Figuren - und die sind allesamt irre oder auf dem besten Weg dorthin. Neben den gewohnt skurrilen Storys blitzen in »Hanoi Hooligans« die dichterischen Qualitäten des Autors auf.

144 Seiten / ISBN 9783930559800

»Jan Off liest aus Vorkriegsjugend«

Goldene Tage waren das zu Beginn der 80er, als gefärbte Haare und zerrissene Klamotten bei Eltern, Lehrern und deinem Gegenüber in der Straßenbahn noch echte Empörung auszulösen vermochten. Eine Zukunft sollte es nicht geben – das hatten zumindest die Großmächte versprochen. Wozu also die knappe Zeit mit einer Berufsausbildung vergeuden?! Der Roman »Vorkriegsjugend« würdigt eine Dekade, die so furchtbar gern kalt sein wollte, sich im Vergleich zum nachfolgenden Jahrzehnt aber als echter Ponyhof präsentierte.

Sir Jan Off höchstpersönlich gibt sich nun die Ehre, aus seinem literarischen Geniestreich vorzutragen.

Hör-CD, ca. 70 Minuten / ISBN 9783931555962

Alexander Wall: »Hotel Monopol«
Roman

Ein Café in einer norddeutschen Großstadt. Doch es handelt sich nicht um ein gewöhnliches Café, in dem Schüler vormittags ihre Stunden schwänzen. Inmitten des Rotlichtmilieus gelegen, zieht es all die enthemmten, verrückten und manchmal auch gefährlichen Gestalten aus der Nachbarschaft an. Sie greifen in das Leben des Betreibers ein, als ob es ihr eigenes wäre.

»Hotel Monopol« ist direkter als andere Kneipenromane und häufig so schmutzig wie seine Umgebung. Mal witzig, mal erotisch, aber immer überraschend verlaufen die großen und kleinen Geschichten, die Alexander Wall zu einem großen, nicht mehr ganz fleckenlosen Teppich verwebt.

204 Seiten / Hardcover / ISBN 9783931555825

Moses Arndt: »Chaostage«
Roman

Die Romanvorlage zum Kinofilm!

Ex-Szene-König Moses Arndt beschreibt nicht die berühmt-berüchtigten Chaostage von Hannover, sondern die alltäglichen Chaostage im Underground. Erzählt wird die Geschichte einer Gruppe Punks, Skins, Autonomer und einiger Polizeibeamter, irgendwo in Deutschland an einem ganz normalen Wochenende. Als sich die Wege kreuzen, kommt es zur Katastrophe.

220 Seiten / Broschur / ISBN 9783930559658

Lee Hollis: »Strategy for Victory«
Short Stories

The Master of Spoken Punk Rock strikes back!

Ob großmäulige Wrestler aus der Nachbarschaft, das selbstmörderische Treiben der Stöckchenschnitzer in Alabama, die Gefahren eines Nachtbarjobs in Saarbrücken oder die absolut irrwitzigen sexuellen Vorlieben einer fragwürdigen G.I.-Bekanntschaft - der Spermbirds- und Steakknife-Frontmann Lee Hollis steigt erneut in den Ring und erzählt pointiert Geschichten aus seinem Leben ... oder solche, die aus seinem Leben stammen könnten.

112 Seiten / Broschur / ISBN 9783931555733

+ + + www.ventil-verlag.de + + +